无人在意的
赖安比尔菲的
成年前后

萧荼 著

北京燕山出版社
BEIJING YANSHAN PRESS

图书在版编目（ＣＩＰ）数据

无人在意的赖安比尔菲的成年前后 / 萧荼著 . —— 北
京：北京燕山出版社，2020.2
ISBN 978-7-5402-5618-0

Ⅰ.①无… Ⅱ.①萧… Ⅲ.①中国文学 – 当代文学 –
作品综合集 Ⅳ.① I217.2

中国版本图书馆 CIP 数据核字 (2020) 第 017048 号

无人在意的赖安比尔菲的成年前后

作　　者：萧荼　著
责任编辑：王月佳
出版发行：北京燕山出版社有限公司
社　　址：北京市丰台区东铁匠营苇子坑路 138 号嘉城商务中心 C 座
电　　话：010-65240430（总编室）
传　　真：010-63587071
印　　刷：河北盛世彩捷印刷有限公司
开　　本：880mmx1230mm　1/32
字　　数：263 千字
印　　张：10.5
版　　次：2020 年 2 月第 1 版
印　　次：2020 年 2 月第 1 次印刷
定　　价：56.00 元

目录

我的第一个英文名是 Jerry，来自《猫和老鼠》里的那只老鼠。小时候我总希望自己可以变成它，整天不用干正事，乐趣全部来自不计后果地捉弄汤姆猫。后来上了初中，我感到 Jerry 太可爱，不适合带进长大人的世界，便放弃了它，把我人生中第一个想成为的角色抛在身后。

接着，我花了好长时间寻找新名字，摸索自己想成为的模样。那时我沉迷于日本动漫，最爱《妖精的尾巴》，其中最吸引我的，是一个叫"杰拉尔（Gerard）"的反派。他有着蓝色的头发，眼睛边上纹有红色的符号，平日里总是冷冷的，用长袍风衣来掩盖狂野甚至疯癫的本性。曾经的我觉得他很酷，便拿来他的名字，以为这样就可以成为他，顺便也可以看作 Jerry 长大后的样子（Gerard 的确是 Jerry 的正式名）。成年后我开始反省，总结出我的性格更适合安在反派身上，不是最坏的，更像那种还有一点点怜悯之心藏着，平时却又得故作无情的类型。现在回忆，原来这点从初中时的取名就能看出。

但 Gerard 也没能陪我太久，原因是英语老师总读不对，最后干脆放弃，又叫回了 Jerry（我也一度受挫）。后来我又喜欢上美剧，最中意的一部叫作《童话镇》，讲的是童话里的角色因为诅咒而来到现实世界。就是在这部剧里，我遇到了 Baelfire，比尔菲这个名字。他是侏儒怪的儿子，白雪公主女儿的男友，也是剧中为数不多以悲剧收尾的角色。我第一次听到这个名字时便对它抱有极大的好感，觉得它与众不同。于是，我当机立断把名字改成了它。高中有外教听说了这个名字，很是惊讶，说好有"超级英雄"的感觉。只可惜好景不长，高中的男生特别喜欢开谐音的玩笑，而我"非常规"的名字也难逃一劫，总是被他们叫作"不要烦"（不得不说真的很像）。偶尔一两次我无所谓，可他们似乎叫上瘾了，就连女生也跟着起哄。我沉不住气，连忙和英语老师商议，她根据我的中文名列出一排名字，在深思熟虑之后，我选择了 Ryan，赖安，没有更多的附加含义。与此同时，我依然热爱 Baelfire，便偷偷将它留下。

平时我让别人叫我 Ryan，普通一点，混在人群里毫不起眼也挺好；Baelfire 是象征，像超人眼镜下的身份，是一个不存在于日常的虚构体，是青春期所有猖狂幻想的凝聚；而 Ryan Baelfire 呢，赖安比尔菲，嗯，才是本书的主角。

赖安比尔菲不是我，他是个以我为原型塑造出来的角色。有点点像三毛对于陈平，在《梦里花落知多少》里，陈平曾因厌烦读者不断地写信打电话拜访而吼道：三毛死掉啦！好似三毛只是她笔下的人物，只存在于文字里，其命运掌握在陈平的手心。三毛源于陈平，却又不是陈平，只是以陈平人生历程为蓝本的系列小说的主人公。就像赖安比尔菲源于我，却不能与我画上等号。本书的很多文字看似有感随记，是散文，而实际上却是小说或小说片段，是极其贴近我生活的故事，并非虚构，却也不全然真实。其中各类夸张的艺术加工都是为了服务角色与情节，增添趣味性，就和其他小说一样。

而萧荼呢，萧荼比赖安比尔菲更像我，严格意义上在文字界里他就是我，就像鲁迅对周树人，冰心对谢婉莹，巴金对李尧棠。和角色名一样，我对笔名的确定也反复斟酌了好久。

很多人应该都会有这种感觉，看到一个字，没有任何原因的，就爱上了，疯了一般。对我，"荼"便是这样的存在。

最初见到这个字是什么时候已经忘了，只知道它有"毒草"的意思，觉得好有趣。再大一点后我听了王菲的《开到荼蘼》（当时还念错了好久，以为是"荼霏"），我死心塌地爱上了这首歌，觉得不论是歌词、旋律还是编曲都是无上的存在（至今依旧固执地认为）。又很偶然地，我发觉这首歌几乎与我同时出生，不禁感到冥冥之中缘分的微妙。而让我真正握紧这个字永不放开的，却是第二个原因。母亲上大学时曾在校刊上发表过文章，这是我很小就听说了的事，当时她用的笔名是"小草"。后来她年龄大了，我们又一次提到这个事情时，父亲戏称她现在已经是"长茅草"了，引得我和妹妹都哈哈大笑。而在那之前，我已经开始用"小荼"这个名字发表文章。有一天母亲问我原因，我支支吾吾地说不出来。之后有一天她告诉我，说她在网上查了查"荼"的意思，发现有一条竟是"茅草、芦苇的小白花"。我不禁倒吸了一口冷气，真是太巧。而"萧"字相比之下没有太多意思，只是"小"的进化吧，就像Jerry成为了Gerard，都是剔去青涩，走向成熟的标志。

每个人的一生都是一本小说，有人觉得这是部只能给自己看的最私人的书，羞愧于或是认为没有必要展示给世界，而我不想这样，觉得好没有意思。这里不得不再提三毛，每个读者都会觉得她有出众的一生，譬如与荷西的那段刻骨铭心的爱情，又如远走异乡来到沙漠的无畏和自由。三毛的人生不是故事书里的情节，可却没有任何一本小说能够与之媲美。

我想把我的一生活成一出戏，编剧是我，导演是萧荼，演员是赖安比尔菲，而观众也还是我（如果有别人愿意去读的话我也不介意）。于是呢，我在生活里常会有心地留意，对一件事潜在的发展总是像看剧读书般对待。有时偏激了，我还会在做出某些选择前特意告诫自己，观众读到这里时会期待什么，会因为什么而鼓掌或是倒吸冷气，然后我再依着那种逻辑演下去。不像某些小说电影里精神分裂的罪犯，没有所谓的另一个声音告诉我该怎么做，我知道那是我自己，都是我的选择，所以还是有分寸的（笑）。

肯定会有人说我是因为在现实世界太不得意，"中二病"，才会想要用这种方式哗众取宠，殚精竭力地证明自己存在的意义。其实他们对了一半，我的确想要证明自己的存在，会有谁不想呢？这一生几十年的功夫在人类的运程里说短也不短，要是一点点星火都留不下，那也太可怜了。我的理想，我在努力的所有工作，包括艺术、音乐、戏剧和文字，其总和只有一个目的：尽可能延长自己存在的时间。没错，我就是这么自私，恬不知耻地承认我所做的一切都是为了自己。有人会说我现在还太小，必然会有这样的孩子气，可不知为何，我觉得要改变这一观念，会好难好难。

这就是为什么我打死都不会去金融行业，因为它们对延展生命长度没有任何意义（有可能太过偏激）。活着的时候，早年没命地挣钱，然后晚年大手大脚地用钱，享尽荣华富贵；死了，后代继续花钱，两三代以后，终于有一天赚来的钱都花完了，那人也就彻底消失了，就像从来没有出生过一样。到头来想，还有任何其他的价值吗？我看很是尴尬。这样的来去，相对于地球来讲，没有一点点变化。我最初选择读艺术的原因也是源于此。你就算是再无名的画家，一生只留下了十指可数的作品，只消那些画没有被一把大火烧掉，你就还有 physical（实体的）证据证明你存在过不是吗？就是这么幼稚可笑的观点，却毫无破绽可循。而其他行业呢？在科学数学里，理论定律总在被推翻，一不留神，一辈子研究的心血可能就变成了"垫脚石"，虽然对整个大环境来讲是件好事，但对个人来说未免太伤感，至少我难以承受。

然而最近我又觉得，艺术创作的最终还是会消失，譬如说国画宣纸易碎，油画易裂，雕塑也会被风化。再说得严重一点，一不小心卢浮宫着火，大英博物馆遭到恐怖分子袭击，甚至是地球毁灭的那一天，人类纷纷逃亡外星球，这时候绝无可能带走所有的画，我那些毫无名气的作品必然会被落下。那该怎么办呢？我想着，终于开始写作，文字只要装进芯片里就能有无限备份，再也丢不掉了，也不占空间，那便可以永远传下去了不是吗？（笑）

其实最后，我有可能变成哲学家也不一定，毕竟能被最长久保留的，除了宗教便是思想，可创建新的宗教太难，没办法，我只好委屈着，努力去想些新的做人道理出来。

这就是所有我要说的，人物与动机。

接下去就是赖安比尔菲的故事了。

从三毛到潘多拉到我

　　中国作家里，给予我最大影响的必定是三毛。初次接触她的书是在五年级之后，那时我休学在家，看完了父亲推荐的金庸全套，满脑子想的都是武侠江湖里的恩怨情仇；母亲觉得我需要换换口味，便把她办公室里珍藏多年的《三毛全集》推荐给我。那时，我对三毛的认知仅局限于漫画人物，以至于当我知道还有一个作家也叫三毛时，我的第一想法竟是：他也是秃头的吧！后来我才意识到，第一，她是个女作家：第二，她有一头令许多女性都羡慕至极的茂密长发。我在很短的时间里便看完了整套书（除了《滚滚红尘》，由于是剧本，当时的我提不起兴趣），可以这么说，我想把成年前后四年给记录下来的念头，就源自《雨季不再来》。读着三毛的回忆，想着每个人都会逝去的青春年少，我开始渴望能用最保险的方式记录下这段岁月。我非常珍惜这四年，我的高中生涯，人生目前为止做出的最关键的选择（譬如是否出国，大学的专业），最大的改变（从外表到内心），都集合在这段时间里；也遇到了许多伙伴、导师、一辈子的友人，我写这本书的目的便是想记录下这些人这些事。至于面临成年，我反倒没有过分的感悟，没有人会在一夜之间长大，就算是如今我看着镜子里的自己，也还会把里边的人当作小孩。从十六岁到十九岁，从国内到国外，我既有了天翻地覆的改变，却又什么都没有改变。

但启发我写这篇文章的却是三毛的另一本书，叫作《我的宝贝》，里边记载了作家收藏的各种宝贝，每一个挂件，每一个摆设，以及它们背后的故事。我第一次翻开这本书的时候大吃了一惊：居然还真的有人会去这样写作！每一篇文章都关于一件物品，也许是精美的银饰，也许是不起眼的石块，但它们对于三毛来说，都负载着同等重量的回忆。我越看越痴迷，甚至有时候因为故事太动人，恨不得想从三毛的手中把那宝贝抢过来，可惜办不到，只好流着口水不断摩挲书上的插图。于是，我也开始想要有自己的"宝贝"，不过那时候我还不懂"宝贝"身后故事的重要性，只是胡乱地收集，还特意问母亲要了一个装化妆品的盒子，精心地在里面铺上棉花，秩序井然地摆好一个个小玩意儿，再把盒子放在书桌下面，有事没事就打开，欣赏属于我的"宝贝"。记得因为当时的狂热，有一次国外的阿姨给我压岁钱，我没有和母亲说，把钱藏了起来，双休日偷偷跑去范宅（宁波一个专门交易古玩的地方），买来了一大堆破铜烂铁还偷着乐，没过多久竟把千余元钱给用尽了。如今在我的众多收藏里，当时买的所有东西中仅留有一把琵琶锁，我说不清它究竟是老东西还是仿造的，但真的很别致，用了沉甸甸的青铜与凤凰的浮雕，琵琶的上端有一个缺口，思索着也许曾镶有宝石，可惜后来被人挖去了。

……

将我"收藏"这一爱好正式领上路的人是母亲，是她带我认识了潘多拉。当然最初呢，母亲是因为自己的喜好，把我一起拉着去只是为了让我帮她参谋。结果，只是第一次站在那玻璃柜台前，我就被潘多拉深深吸引了——怎么能有如此生动的珠宝！每一个挂件（后来我知道应该唤作 Charms）都与众不同，每一颗珠宝的背后似乎都有一个故事，不论是童话还是旅行，有关亲情还是爱情，代表爱好还是性格。甚至还没有用手去触碰其中任何一颗，我就知道了我将痴迷这个品牌很久很久。倘若我以后成为珠宝设计师，我认识潘多拉的那天便是这一旅程的起点。

母亲自然很意外，没有想到我会如此喜欢这个牌子（女性珠宝，喂！），甚至比她还要感兴趣。但她看着我垂涎三尺、趴在柜台上"饥渴"的样子，兴许是没了法子，便让我挑三颗，"就当作圣诞礼物吧！"我当时别提多兴奋了，第一次庸俗无用的物质上的极大满足而欢呼雀跃——进入资本主义就再也无法回头。我尽可能地选偏中性的，最后选定了一个蓝白相间的珐琅热气球，一个圣诞老人，以及镶有蓝色皓石的海星（它们经常被母亲借走，但我始终会在自己的手串上留下三者之一，用来纪念起源）。

潘多拉可以说贯穿了我的整个初中生涯（现在想起来真的有些别扭，一个初中的小男生竟然如此喜欢一款女性流行首饰，去哪里都还戴满满一串，我当时居然还没有发现任何的不妥，哎）。首先呢，潘多拉被母亲用作鼓励机制。那时我正处于学习的低谷期，几次重要的大考成绩都不尽人意，让我有些泄气，每天郁郁寡欢。就连自初中以来便不太在意我学习的母亲也注意到我这次萎靡不振的时间有点久了，倘若要凭我自己振作起来，一定还需时日。她似乎读懂了我的心，看透了我那靠奖赏维持的干劲，有一天她便问我："每当你考上班级前十五呢，我就奖励你一颗潘多拉；十四名呢，就奖励两颗，以此类推，你觉得怎么样？"这是多么简单又诱人的条件啊！我内心狂喜，认为十四五名是轻松至极的事。别说我太物质，偶尔用点无伤大雅的诱饵来激发潜力，让本艰苦的学习锻炼之路充满盼头也是可取的。果然，这方法非常有效，下一次大考，我竟窜到了十三名，我明白这还不是令人自豪的成绩，但与先前的二十六、二十八名相比可还是有极大进步的。我和母亲都很兴奋，立马开车进城，挑选了三颗潘多拉。宝库一下子翻倍的满足感盖过了我因进步而产生的欣慰，这在别人眼中也许不是件好事，但我不管，总之结论就是我学习进步了，还多拥有了三颗潘多拉！既然有效，我们便把这当传统延续下去，直到我考进前十的次数太频繁，连我都不忍心再伸手要奖励了才停止。可这并不是我收藏潘多拉的终点，只是他们出现在我手串上的速度放缓了而已。

长大了些，我对潘多拉的爱不再那么强烈，不会再轻易因为"好看"而产生去买的冲动。但我依旧在留心，每一次走过店铺的橱窗时，都还会停下脚步往里望，想着它对于我还会不会有除了装饰品以外的价值。

……

摸着手腕上黑色皮绳以及上边沉甸甸的挂件，我想到，自己是从什么时候开始选择用潘多拉来记录生活的呢？让它从单纯的点缀成为我多情的收藏。手指捻过一颗颗珠子，一段段记忆再次被点亮。这份紧密与怜惜究竟是源于丢失那颗"菠萝"的悔恨还是因为"城堡"的失而复得？

我抚过银色爱心，转了转那刻有代表我姓氏"D"的珠子，目光最后停留在一颗树的吊坠上。这不是普通的树，无关自然与环保。翻开那个悬吊在上方的小银牌会看到里面刻着的文字：family。它是一棵家庭之树。

家庭一直是潘多拉最重视的主题之一，也贡献了泉涌般的设计。很意外地，它们打动了冷漠的我。我一直觉得母亲手链上那颗镌有牵手四人的挂件很像我们家的四口，便常磨在母亲身边，想让她把那颗"借"给我。终于有一天母亲答应了，我便把它塞到银手链的最里面，吊在我无原因最喜爱的"菠萝"以及"城堡"中间，以为这样子就能永远记挂家庭。

可它却在一场恶习带来的灾难中离我而去，我伤心自责了很久，总觉得这不是什么好的兆头，惶惶心慌着。好久以后才再敢请求母亲，买了现在的这棵"家庭之树"，并发誓永不遗弃。

还有这颗银色爱心！我倒回目光。由于非常非常地感激母亲啊，感激她一直在背后支持我，尊重我的决定，满足我各类与众不同到近乎偏激的爱好，我想一定要留有代表这般感情的东西在身边，就买下了这颗刻满各种语言的"母亲"的银色爱心。原本还有一套两只的蓝色珐琅爱心吊饰，分别刻有 mom 和 son，我与母亲一人一只，可后来母亲需要用它们来搭配，就还给了她。有人会说吧，这样很不真诚，用母亲的钱买了不实用的东西，再美曰其名用来纪念，虚假做作得很。我不会反驳，潘多拉说到底也只是首饰，对于这种身外之物每个人想得都不一样，只要出发点不坏其实也没必要讲得那么偏激。

除了重要的感情以外，我还用潘多拉来记录我的爱好与态度，譬如那个"城堡"，哦，我失而复得的"城堡"。那是我在第二个圣诞节时得到的，不是特意的要求，而是母亲知道我一直想要它，便把它作为最后的惊喜。我明白它价格不菲，"城堡"的底部还有黄金的皇冠作为点缀。于是之前在它与"童话书"里选择了较便宜的后者。母亲发现了我眼中的恋恋不舍，那种痴迷，那种渴望，便偷偷留心，把它当作未来的惊喜。"城堡"之所以重要是因为我对童话狂热的爱，从小到大都未中断，它也在各种层面上影响过我，指引了我的未来，不过这是后话。

只是很可惜，"城堡"也是往后发生的惨烈恶习大事件里的牺牲者。好在母亲发现了它对于我不凡的价值，我还没有发声，便又买了一个给我——这回我必须得用灵魂去守护了。

除此之外，我的潘多拉里还有好多好多其他故事：因为一直想去意大利却没有机会，便收下了那辆"红色珐琅摩托车"吊坠；因为母亲说我属兔，需要猪来守护，便收下了那最可爱的"小猪"吊坠；因为好喜欢《破产姐妹》和《饥饿游戏》，见着机会，就买了"纸杯蛋糕"以及"知更鸟"的珠子；为了纪念难以忘怀的东极岛旅行，特意挑了那刻有菠萝、太阳镜与鸡尾酒的代表夏日的挂饰；在爱丁堡的飞机场，我瞧中了那一把精致的茶壶；纪念与女孩在小镇漫游的蓝色珠子；还有那一次上海迪斯尼……有一些吊饰和潘多拉无关，譬如源自《古战场传奇》代表永恒爱情的"琥珀里的蜻蜓"，由于合适，我也把它收进手链。

有人说潘多拉不好看，一串乱七八糟的。但如今我已不把它当成首饰，更像实体化的日记，记录着赖安比尔菲的人生故事，永远串不满，会永远讲下去。

……

前面说了好多关于"恶习"的事，原本想写一篇独立的自我反省文，可它与潘多拉有着脱不开的干系，最后决定还是接在这里写下去。虽然事情已经过去很久，那份淡淡的懊悔和羞愧还是难从胸口散开，伴着无以言表的失落；想要发泄，最后选择将情绪化为文字，作为自省和对未来的警示。

我被从小教训到大，因为不小心"落下""忘带""想不起来"事情与东西，常常被指责做事情时不专心，不带脑子。小时候我很不重视，甚至反感长辈滔滔不绝的啰唆，认为这只是"偶尔"的"粗心"，只要不影响大局，就没有事。

的确，那时因为不留心而犯下的错没有严重后果，顶多是学校的作业本没带，红领巾忘系，雨伞落在小店等小事，大多可以弥补，我没有实质性损失。所以哪怕大人不甘心地批评，我仍旧难移本性。

后来啊，随着年龄大了，拥有的东西多了，私人的储物区愈见丰满，于是这下子，我开始意识到恶习的确是个问题。我开始有了心爱的小东西，从木质宝剑、折扇，到移动硬盘，我无一例外地丢过，当然这还不是全部，仅仅是我稍稍翻找记忆的结果。

丢三落四的习惯在我身上扎根很久，已经成为生命里的一部分，可我对它产生真正的恐惧，却是这两年才开始的。

这件事到现在我都没能理解，想不清究竟发生了什么，倘若未来发明了全民可用的时光穿梭机器，我首选的旅程便是调查清楚这件事的真相。

记得那天下午去上了吉他课，晚上回家时，吉他就不在背上了。我的吃惊程度丝毫不亚于听闻这事的其他人——这可是迄今为止我丢过最大的东西，我一路上究竟是有多大大咧咧，注意力究竟花了多少在手机上啊！我努力回忆那天的每个细节：吉他肯定从上课的地方背出来了；去必胜客吃晚饭的时候有印象放在桌子对面；然后，然后印象里就没有吉他的存在了，也许从餐厅里出来时背着，也许没有；也许我把它落在了出租车上，也许没有；也许我在掏出钥匙开门的时候把吉他放在了大门外面——我连忙去看，并没有。接下来的一天，我不断地给必胜客和出租车公司打电话，可什么后话也没有。看样子，是不可能寻回来了。

父母这一次反而过分安静，他们应该看出了我反省的深度，已经尝到足够的苦果，就忍住没再说多余的话。

但他们那时还不知道，让我感到痛心的不是丢了吉他本身，而是我课前从手腕上摘下来，放在吉他包里的潘多拉。我丢了我的潘多拉！那串满了我最心爱、最珍贵、最回忆的潘多拉！我忘了三毛有没有在《我的宝贝》里提到说她不慎丢掉过某样心爱的宝贝，但我没有心思翻书去找，那种濒临崩溃的伤心不需要靠典故来形容，就是伤心、后悔，以及对自己生气，非常非常生气。我好难过，却哭不出来，只是第一次对自己感到那么的失望，咬牙切齿的失望。

后来我告诉了母亲，肯定得说，这不是什么躲躲藏藏就能够掩盖过去的事情。母亲看我魂不守舍的样子，知道我已经反省过，也就没再数落我。

这件事后，父母只说了一句话："现在这些都还算小事，潘多拉掉了也能补救。要是以后在国外，护照学生卡掉了，又或是工作时把重要的合同丢了，那才是真的麻烦。到时候损失个几百万，可别怪别人，就怪现在没养好习惯。"

如今还没有重要合同先不说，但是对于护照学生卡我可是非常非常上心的，再也不敢随便哪里一放就去玩手机。和同学出门，我会在偶尔放宽心的片刻后突然冷汗直冒，连忙全身上下摸，把整个包翻过来看，直至捏到钱包和护照才安心。虽然这只是不断地自己吓自己，可事实却是我的确需要这样的刺激，只有这样我才能逐渐长上心眼，让它成为条件反射。

丢三落四是我最可恨的恶习，真希望有一天我能彻底改掉，这会是长路，但的确是不得不进行的任务。

2017.12

面具

它被我放在书柜的最上方，在黄水晶柱与帆船模型边上。

这是一张红白黄三色相间的狐狸面具，一旁还用红丝绳悬挂着仿珐琅的铃铛，那是由镀金和白色金属片相衔接而成，不难看出典型的日本特色。

女孩曾答应给我一张，所以我得到了它。我又一次将它从柜子上取下，仔细地抚摸着，感受细致的纸浆纹路。

……

面具，这本来不是我的题目，也不是我的文章。

面具，更像一段时光，一个人沉淀在我心底的痕迹。

女孩叫作安祺，天使的象征，她母亲将"琪"字改为"祺"，更添祝福的意味。我和她曾经有过三年的友谊，但也仅存于这三年，时间长了，该散的总会散去，剩下的就随它继续徘徊在记忆的暗谷里吧。可三年的时间却足以让一个人在你心里留下点地方，安祺就是这样一个人。

我依稀记得她那时的样子，如同大多数女孩，安祺留着一头过肩的长发，她时而编出麻花，让辫子在摆头时随意地左右晃动；可大多数时候她还是喜欢将头发轻轻松松地放下，悬垂在背上，戴上素色的发箍，安静地端坐在书桌前，身穿白色的连衣长裙，优雅地生活。安祺给人的感觉像是小野丽莎的波萨诺瓦爵士乐，从容中不失惊喜，简单却又闪耀。

我之所以接近她便是因为这份气质。相比较于那些过分开朗热情的姑娘，我似乎发现自己更能在安安静静的女孩旁边找到舒适。和她谈心，在窗台边，看着对岸的柳树抽出新绿，不知名的鸟儿在一旁嬉戏；欣赏温和的太阳投下纷纷扬扬的光芒，刺激了泛着皱褶的河面，使它发亮；同时那风吹拂着我们，掠过女孩的发梢，卷走了想悄悄停在她肩上的蝴蝶；又或是我站在她的桌子前，对上她刚抬起的目光，那双即使有着玻璃镜片的阻挡，却依然澄澈干净的双眸。我们会聊一些彼此都感兴趣的东西，就像是书籍，这似乎是个不朽的经典话题。东野圭吾是当时我们最倾心的作家，从《解忧杂货店》到《嫌疑人 X 的献身》，再到《白夜行》，我们在夕阳收起余晖的时候讲述自己的心得，分享对书的新鲜看法。我喜欢平和，所以我享受和她在一起的时光。

她是一名稳重的文学少女。闲暇之余，除了读书以外，安祺最喜爱做的，莫过于拿着笔，在白纸上翻飞，写下一篇篇的随笔散文。她时常会让我阅读她的作品，寻求见解。安祺的文字自然又灵动，就和她的形象一样。还记得有段时间，稻草人和风铃是她最钟情的意象，她朴实的笔调领我走进乡村麦田，每字每句得当的运用给予我满心的温暖和向前的光芒；那文风时而跳跃，好比风铃的声响，点醒梦中人，留下隐隐笑声与无尽思索。安祺对于她所想要描写的事物，并不仅仅局限于刻画它实质的美，而是努力尝试将其内涵融在每一个用词、每一样修辞上。因为她，我也慢慢地开始尝试并且喜欢上了写作。文字用它极大的魅力征服了我，而安祺则是重要的领路人。

我之所以想写这篇文章，是因为安祺有一部小说也叫《面具》，它获得过外界极大的褒奖。在她的笔下，每个人都带着一张面具——也许是历经了人间悲欢后的冷漠面孔，又或者是人情世故下的笑脸，表面上的善良伴上内心的不屑；而自己真正的脸却被他人戴着，被别人用作处世的工具。当然，这部小说的讽刺不可能靠我三言两语就能概括。不可否认，这本书为我心灵带来了极大的震撼，这不仅仅是因为安祺的文笔又一次地惊艳到了我，还因为我被她深邃的内心所触动到了，她在人性的剖析上竟然有着如此深刻的见解，这是我所没有想到的。也是这时，我对她形象的看法产生了些许的改变，因为文章的内涵与本质的确能反映一个人的内心世界与思维方式啊。而安祺呢，我只能说我还是不够了解她吧，不知道她真实的一面究竟如何。

后来圣诞节到了，她问我想要什么礼物，我随口说道，就面具吧。她说，行。

我就这样得到了第一个面具。那是个塑料制的黑白面具，绮罗的造型正好可以遮住我的眼睛。

"为什么会想要这个呢？"她后来问道。

"也许是想去隐藏自己吧。"我答道。她笑了笑，灿烂得像欧珀上的华彩，意味深长。

......

　　然后，一切在无声中发生了翻天覆地的变化。不知道是否因为我们都习惯了改变，还是习惯了去忽视改变。

　　有一天，有朋友和我说，她和那个人在一起了。我十分吃惊，我自以为了解安祺的为人，而那样的她绝对不会和只用钱来取悦女孩的人在一起。

　　第二天，我注意到安祺身着一件黑色连衣裙到来，衣服上精细的镶边与蕾丝让我感到这价格不菲，我意识到这条裙子是那人的礼物。我努力地压制住心里的疑惑，仍然和以前一样走上前去，向她问好。她对我报以微笑，我松了口气，因为她还是她，她的眼眸依旧灵动自然。

　　接着她问我："你觉得这条新裙子怎么样？他前两天刚给我买的，是纪梵希的高级定制，挺合我的口味。"说着，还特意翻了翻那袖子，露出里面的金线缝边。

　　我沉默了，愣在她的话前，我张了张嘴巴，却实在想不到什么得当的话来回复。半晌才说道："其实吧，我觉得还是那条白色的更适合你……"

　　还没等我给出理由，她打断了我："怎么可能啊，我是因为实在没有什么可穿的了才会选择穿那条出门，那种普普通通的我可不喜欢，你就别讽刺了！但这件多精致啊，看这细密的刺绣，多么精巧绝伦啊……"

在她连绵不绝的对裙子的夸耀中，我只好住嘴，但心中的滋味却三番杂陈。看着她兴致勃勃、手舞足蹈描述那裙子时的样子，就像那些活着就是为了追求外表光鲜亮丽的平庸女生一般；可她的眼睛和以往一样透着闪亮的光。是什么改变了？我眼中的安祺不再安稳，不再自然纯净，但那不正和她的本性背道而驰吗，她为什么要接受这样负面的改变？又或者，她其实什么都没有变，做出错误判断的一直是我……

我不敢再往下想，世界上的的确确有很多人戴着她笔下的面具，可安祺不会，她没有理由，她没必要隐藏真实的自己，至少在我面前不需要。

一天晚上，我与一个女孩结伴回家。她当时一直处于闷闷不乐的状态，我询问原因。她低落地说："你应该是清楚的，前段时间安祺和那个男人在一起了。"我点点头，猛然回忆起，那个人当初十分喜欢走在我身边的她，曾苦苦追求。他究竟为什么会突然选择安祺？

女伴继续她的讲述："是安祺主动和他告白的，他也就答应了，我当时还特别为他们感到高兴。"等等，听到这儿，我停下了脚步，随后陷入更深的迷茫之中。难道真的是因为金钱吗？除此之外我完全想不到其他原因，能让安祺这样"高傲"的女孩投入他的怀抱，一个平庸、低俗的人。可安祺想要金钱究竟是为了什么呢，难道知识与心灵上的抚慰不能满足她？

女孩也和我一样停驻下来，转过身面对我，喃喃道："当时我还以为这件事和我没有任何的关系，可谁知道，安祺她，她居然认为我和那个男人之间还有感情，空穴来风地产生了嫉妒。她想方设法地孤立我，在别人面前诋毁我。如今所有的朋友都离我而去，要知道，我本来就没有多少能够交心的人……"我低下头，陪她沉默。夜晚的风旋转着吹着我们，路灯洒下蓝幽幽的光，在空旷的街头丢下我们单薄的影子。

在听完女伴的话后，我彻底清醒，不论我多想去否认，可这才是安祺真实的样子。

我所看到的，只是她极小的一个面罢了，只是她众多面具中用来面对我的一套，她用纯洁的目光欺瞒了我，又或者她没有，是我选择去相信眼前看到的虚像。我不知道安祺内心的真实想法，但我知道，不论如何试探摸索，安祺在我面前依旧会摆出那副清纯的嘴脸，用她善良的瞳仁感动我。如果面具能这么轻易就被取下，她在最开始就不会想戴上了。

罗杰·泽拉兹尼曾在《混沌王廷》中写道："其实每个人都拥有满满一架子的面具，用来应付不同的场合。我听说著名的心理学家抨击这个理论已经有好几年时间了。尽管如此，我确实遇见过这样一些人：最初给我留下的印象非常好，但知道他们骨子里其实是什么样的人之后，我对他们只有憎恨。"我对安祺到还没有憎恨，只有难以言表的失望。自以为认识了一个值得深交的友人，到头来却是自作多情的梦。

"但说到底，其实没有任何东西是彻底真实的。我发现，面具往往比另外一种选择更容易被人接受。"泽拉兹尼继续帮我吐露心声。安祺留给了我一份极其美好狰狞的面具，这让我明白别太相信人，同样，最为真实的自己还是腐烂在面具后面吧，不论对别人还是自己都是最好的祝福。

我于是接下了她的这份负担，戴在自己的脸上，通过面具的空洞窥这人间。然后我就发现了，并不只有我，所有我身边的人都戴着面具啊。那些张牙舞爪的面孔摆出小丑般虚伪的笑脸对着我，我也还给他们同样的笑，走到他们中间，像他们一样生活。

那晚以后，我不再主动去找安祺，我想与她保持距离，而安祺也没来找过我。但我偶尔还会在暗中注意她，看她对其他人摆出友好灿烂的笑，我感到反胃，原来我仅仅是她一时的玩物。同时我也欣慰，暗笑自己不是唯一的受害者。真是令人惋惜。

不久后我听说安祺与男人分手了，在他从欧洲回来，带给她无数奢侈的礼物之后。这回我没有感到惊讶。对于安祺来说，人就和面具一样，旧了、腻了便换掉，爽快大气。亏我当时还发了信息去慰问她，现在想想纯粹是可笑至极，因为我得到的回信仅仅是"我从来没有把你当作过朋友，所以请你不要来掺和这件事了……"

哦，那好吧，再见咯。

终结了与她三年迷离的关系，心中却丝毫不感觉放下了什么。安祺曾给过我两张面具，第一张被我遗失在了舞台上，舞台难道不是唯一一个人们能够乐观对待虚假表演的地方吗？而当戏剧人生演绎在身边时，每个人又努力地躲闪，殊不知，他们一直活在别人的舞台上，衬着拥有最多面具的人。

至于那第二张面具，我一直不忘戴在脸上。也许哪天我倦了，会尝试取下它，但在那天到来前，我还是继续像安祺一样圆滑地活着吧。

……

　　我又遇到一个女孩，她救起了一只受伤的蝴蝶，蝴蝶停在她纤细的手指上，一动不动，宛如闪耀的戒指。

　　女孩一次问我想不想要面具，和她手里的那种一样。我愣了愣，嘴角扬起弧度，好啊。

　　似乎生命中总有一个面具伴着我，也许是想让我铭记些东西，也可能是想警醒我，不要在迷失自我的路上走得太远。

　　我把面具放在床头柜上，狐狸火红色的眼睛瞪着我，直到我沉沉睡去……

2016.1

感时作物——（一）

　　她坐在横桌的那一边，待脚步声渐渐走远，一切又回归寂静后，才终于从那一本本厚厚的书中抬起头。"你觉得，发生的一切不累么？"

　　翻了翻手中的书页，她装作漫不经心的样子，继续说道："还好，所有的悲伤都已经过去，我不认为我会怀念那段刻薄的岁月。"似乎不打算给我留插话的时间，她又说道："你不是不清楚，两年前起我与她们便行同陌路。"她笑了笑，我无法忽视那嘴角的心酸以及努力伪装出的释然。

　　"至今我还是没有明白，错真在于我么？明明我和她们那时相处得是那么和谐，她们脸上的笑容也不像是勉强出来的，可她为什么要对我说那种话，友情真的说变就变吗，我真有她们说的那样高傲吗？"

　　她放下手中的书，我瞥见那烫金的书名，《枯枝败叶》，加西亚·马尔克斯的代表作之一。接着，她又转而去摆弄那盛在宝蓝色玻璃碗里，已经化成水的巧克力冰沙，塑料制的黑勺不断地在咖啡色的水里画着一个又一个圆环，就像命运的旋涡一般，绕啊绕啊，迷失了前路的却不知是何许人，是我？是你？

　　我和她们相约在此，在这样一个不大的咖啡馆里，作为毕业前的最后一次相聚。我们心里都清楚，口口声声的友谊地久天长只是个谁都不愿在此戳破的梦境，这次的会面，也许就是我们的最后一次。眼下其余人都已离去，只留下我，和我对面的她。

她是班长，也是宠儿，考进最好的大学更在情理之中。可万事万物就是该死地公平，她学习上的优异牺牲了她与朋友们的友谊。三年的孤身一人，锻炼出了她的自立与坚韧；但背影的单薄与无助依旧是她不可否认的遗憾。

"你千万不要认为我们那天在相互怀里哭泣后就冰释前嫌，女孩子的心可不是你们能妄想去看透的，"她苦笑着说道，"就连我，有时都捉摸不定自己到底在想什么，更不要说她们的。"

一次又一次，周而复始。我明白，因为我不是局外人。

她们自诩尊贵，肆意玩弄单纯者脆弱的心，来获得精神上的快感。快乐，对于她们来说，似乎只能建立在他人的痛苦之上。她们向她伸出"友好"的手，用她们面具上的微笑来邀请她进入她们的世界，可面具毕竟是苍白的，纸糊的脸庞又怎可能露出真心的笑容呢？拨开那层纱，没人愿意瞧底下的腐败与肮脏。

"那根线不知何时断的……"

"她明明心里是清楚的……"

"瞬息万变。最痛苦的，是一切看似毫无转机……"

"为什么，做一个女生为什么会那么累，要是我是男生，这一切都会不一样，不是吗……"

"我不需要朋友。告诉我，友谊是可有可无的，对吗？我有自己就够了。"

一遍遍自嘲、感叹，平日强势爽朗的她竟有如此无助的一面。在微微颤抖的睫毛下方，她的眼中泛着水纹。她无意掩盖悲伤——尽管她努力地在向前看。这篇故事里，她只是最小的角色；作为局内人，我尝试体谅她，可终究做不到绝对公正。

世间最无助的战役，莫过于友情；最伤人心的，莫过于从微笑双唇间飘荡出的无心之词，又或者，满怀歹意的耳语。抨击着一切，却还是走上同样的路；站在终点，回望那磕绊之旅，带着血迹斑斑的脚与伤痕累累的心，叹气，最后会心一笑。

这一切，仍在发生，无人幸免。

……

她翻开《枯枝败叶》，低头无声地读起来。我整理好自己的东西，微微撇了撇嘴，没有说最后的再见，安静地离开座位，她并没有抬起头，她不在意。

走到门口，我回过头最后看了看她，夕阳的光从窗外投进来，从她随意扎起的马尾辫上拂过，最后降落在桌子上，背光的她很美，像一尊石塑。笔挺的背脊与硬质书皮分外映衬，与她的目光构成了不屈的三角。

这是一副静态的美——除去冰沙碗里粼粼波光的话。

在这社会，总有人被迫挺身而出忍受种种不公，不是吗？可待涅槃之时，他们才是新世界的主宰者。

我推开玻璃门，走进万千花花世界。

2015

莲花

（一）

夜幕降临，我伴着死的黑暗如期而至。

千万次祷告的堆砌换来那芙蓉出水，一顷刻间惊魂的艳丽如同飞鸿唳叫嘶鸣，用它带血般鲜红的霓裳艳羽割过长空的黛色烟尘，留下身后满场的礼花；旋转，向四周迸出流动的光晕，刺痛感知美的神经末梢。

仿佛将要坠入一个过分美丽的花花世界，浑身上下沉浸在无与伦比的幸福与舒爽之中。

（二）

可我不知道我在哪里，不知道我存在的意义是什么，不知道我是谁。

我被不知名鬼魅的力量托动着，它缓缓破开周围胶着的阻力，助我挣脱出命运蔓藤的纠缠。毫无波澜地，我匀速向上浮去。

我逐渐有了模糊的意识。

我感觉原本就缺失重量的自己变得更为轻盈。我的身体在大块大块掉落，它们像涟漪一般，以我为中心推开远去。我好似一块璞玉，被不知名的手雕琢着，我吃惊地望着远处的碎屑，难以相信此等污秽之物曾是我的一部分。我逐渐有了得体的身躯，甚至能感受到每一根头发生长出的窸窣瘙痒，每一道指纹被刻画出来时的灵动优雅。

我拗过方才成型仍缺打磨的脖颈，向身后看去，那团混沌扭曲的迷雾与我肉身之间的距离在无声地被拉大，光出现在我的世界里，它给予我明亮，同时也让我恍惚，我不知道它为什么要存在。尽管有了光，我仍能依稀感知到那深邃的邪恶力量所散逸出的暴躁愤怒之气息——那诱惑着我的原罪。我转回头，望着眼前的空旷，它唤作黎明，与夜一样黑，只是缺了闪烁的星星点点。

我憧憬未知的前路，但我没有目的，也没有方向。

我的感知里只有那股驱动我向上的魔力，仿佛有一只无形的海葵，在用它柔软椭圆的触手随性抚摸我，那波动轻柔地摩擦过我全身上下每一寸肌肤，每一个角落，甚至是我每一根细发的顶端，每一圈凹陷指纹的厚度。那魔力并没有在我身上施加任何力量，它只是掠过我，将我推向时空的彼岸。

我不知道自己漂流了多久，也无法得知，或许有一辈子那么长，但我又有什么资格去判断生命的长度呢？我对自己存在的意义都毫无头绪。

（三）

在某一次睁开眼睛后，我感受到这段旅行的终结。

周身物质的流动变得缓慢下来，那股推动我的力也是如此。我似乎撞上一层厚重的膜，令我窒息，说来也怪，也许正是这时，我才有了呼吸的概念。那稠厚的膜从中心开始变薄，一层一层地向两边瓦解，如同烂泥一般融在我身边的黑水里，发出沉闷的声响，与笨重的独眼巨人大口吞咽下猎物时喉头所发出的声音如出一辙，我以为自己也将被消化，成为腐肉，就此消亡。

眼前的黑越来越淡，直到成为一度一度变浅的灰。

我从黏稠的黑水中悄无声息地浮现出躯体，宛若黑墙上的琉璃浮雕。伸长脖子，我率先探出头，映入瞳孔的是极致洁白的房间。这房间里没有死角，没有阴影，宛如一个二维平面被无差别地涂上白色，我无法分辨出这个空间内究竟有多少个面，也许成百上千，也许这只是个四四方方的屋子。唯一能让我感受到自己还存在于立体空间的，仅仅是身后源源不断的推动力，这让我不得不继续向前迈进。

我探出左脚，黑色物质从腿上脱离的感觉就像是逃脱了章鱼脚上的吸盘，给我一种难以描述的空虚的爽快。光滑的脚底踩在雪白的平面上，一股冰凉的刺痛感传来。我接着探出另一只脚，不知是否在这令人叹息痛心的美丽之上留下了可憎的乌黑足迹。胸腔与肩膀最后跟着挺出，脱离了黑色的束缚。

浑身赤裸，暴露在一个全然未知的世界中。干涩的皮肤上充斥着凉意，我似乎能感受到每一根汗毛贪婪呼吸时的满足。张开双臂，我让自己新生的肌肤尽可能多地接触这新环境里每一个漂浮的分子，感受每一颗活蹦乱跳的不羁的微粒。

我来的入口不知何时已悄然隐去，就像是一道被撕开的黑色伤口被没有痕迹地抹去，徒留我在这惨白的空间里。

但我心中无所可想，这并非因为我心中已褪去了杂念，而是因为面对这茫茫透彻的白色，一切污浊的念想无从遁入我心。由于不了解，所以不在意所谓的悲喜恼怒。

在我来到这里之后又过了多久，我说不清，但我很喜欢那时候的自己，因为时间的概念还未在我心中扎根，我享受等待。

也许是我刚成熟的眼眸欺骗了我，又或者我面前那全白的墙真真切切地在向内塌陷，虫洞一般。投影产生，尽管是极细微的色差，可在这世界其余部分全白的对比下，那灰显得格外刺眼。除了这个面，其他的白墙看似并没有什么改变，但不知为何我却能感知到它们被同样地在拉伸，它们一齐向凹陷的那个口子延展。我抬起头，再低下头，左顾右盼，我所在的这个空间里的所有平面都朝同一个方向，以同样的速度与趋势流动着，舒展着。尽管我脚下的这个平面并没有传递给我这种感觉，我依然站在原地，感受不到丝毫运动。可它们就在被这样拉扯着，寂静地运动着，违背了所有的定律公式，创造着独有的轨迹。

不知为何，我脑海中闪烁出一个画面：我所在的空间其实是一个纸房子，每一个面都相当于一大叠纸。纸在被抽走，接连摆在前一张纸的旁边，直至铺出一条无休止的白色之路。可当最后的那张纸也被撤去时又会发生些什么呢？也许那黑色物质正翻腾在纸房子之外，计划再一次将我吞噬。

我欣然等待着，可这情境并未到来。最后，我清晰感知到这奇特塌陷停止的瞬间，就好像墙那边的引力被瞬间撤去一般。我依然站在原地，原本白色的房间眼下转变成一个望不到头的隧道，而我站在隧道的起点。隧道内，白色随着愈发的深入开始被涂上一层比一层浓重的灰。这朴实的渐变色像是在勾引我，盼望我进入其中。我没有拒绝的理由，便大踏步走进未知。

（四）

大踏步地前进着，遥遥的前路看似漫漫无期。隧道很直，毫无转角地通达下去，我看不到底，只能无聊地环视周围。隧道内壁的颜色变化着，由开头的灰转变为黑，又回到灰，到白，转而又是灰，公平地往复着。这让我明白了隧道的灰并不是所谓的阴影，只是固有色罢了。一切仍然明亮，一切继续发着光。

久而久之，我本怀有的心旷神怡也终于消磨殆尽，开始对四周一成不变的景色产生反感与厌恶。就在我嘟囔着人生的单调时，微妙的机关被触发了。

那一刻，我的脚尖刚一触地，四周的色彩突然变得开朗明艳。我的眼前闪过一抹鲜红，应该是整个隧道内的颜色在一霎那转变成了红色，如同一滴血液溅入盛满淡金色香槟的高脚杯时带来的荆棘纹路的华彩一样让人震惊。随后到来的是黄色，它在我另一只脚落地的那一霎那由红色瞬间转换而来，没有一丝的犹豫与停止，黄色飒爽地出现。它不同于人间调色盘上的所有黄色，它不是金黄，不是鹅黄，不是藤黄，它就是一种大彻大悟的纯粹，如同耶和华头上的光环一样，令人温暖与感动。我不禁放慢脚步，在踏出下一步后，我的眼前闪过最后一种色彩，它是闪亮的蓝，融合了一切纯洁与稳重，干净与神秘，与先前火热的两种颜色形成惊艳的对比，更衬托出蓝色的宝贵。

当我停下脚步，打算细细欣赏这些从未目睹过的颜色时，隧道的四周却又回归了黑白与灰，回归了单调。我焦急起来，想极力奔跑去追回那记忆。幸运的是，随着我脚步的挪移，色彩又回到了眼前。而这次，颜色的种类也翻了无数倍，无限靓丽的紫罗兰、锦橙、群青、宝蓝、粉红、赭石、胭脂、柠檬黄在我越来越快的步伐中无息地闪过，旋转，单调的直线隧道也因此生动起来。

尽管在飞速地奔跑，但我感觉不到劳累，周围的美丽色彩给我带来的只有满心的喜悦与亢奋，让我对于前路充满了无尽的憧憬与幻想。为了追求更高层次的精神享受，我摆臂的频率以及双脚之间的距离都在不停地上升，既渴望触碰到更多美丽，同时又惧怕眼前的一切会因我放慢脚步而突然消散。

隧道的掌控者很合我意，它看出了我的企图，便用它的神来之笔勾勒起更为绚丽的壁画来。原本，我四周净是清一的色彩，可眼尖的我居然捕捉到些许的不同。

首先出现的是线与点的纹样，它们悄悄混在千番变幻的颜色中，却并不与它们一齐改变。线好像慢速放射的光，尽管它们本身没有颜色，却在切割色块之时由于空间的错位而暴露了自己，空气也被它们斩开，一块一块地撞在我的身上，我连忙侧过身去躲开它们。在离隧道内壁越来越近时，我注意到那些微小的点的存在。这些点实际密密麻麻地布满每一个色块，它们就像浮游生物或者固体的分子构成一样，迅猛地颤抖着，却永远也离不开那一个小小的范围。点和线的存在似乎与我平行，因为我总能在眼角余光扫到的地方捕捉到它们。过分注意它们让我感到些许疲倦，可那些简单的符号却依然在原处，以极小的幅度挪移着，好似在嘲笑我无用的追逐。

接着夺去我注意力的，是某一时刻突然集体出现的大量椭圆光斑，它们不像是隧道壁上映出来的灯，更为贴切地说，它们更像是鬼火的存在——悄然无息地跳脱在我眼前，没有规律，发出莹莹的微光。它们与鬼火的不同在于多情的颜色，它们的多样性甚至比隧道的背景色更胜一筹。同样，相比于墙上的色泽，这些新生的光圈对我来说更充满诱惑，因为这些光华是流动的色彩，我丝毫没有感受到威严与压迫。它们不呆板，很纯粹，强大的色泽并没有被周围的光玷污，依然均一，与外界格格不入。那颜色又富有层次感，从内而外，像一只只眼睛，瞪着深邃的瞳孔，召唤我前去。

我没有刻意躲开它们，相反，我更好奇躯休穿透那光环时会有什么独特的感受。可它们并不如我所愿，每当我主动去靠近时，它就突然闪烁离去，也许到了几步之遥的外边，也有可能出现在我的身后，但当我转过身用手去捕获时，它又消失得无影无踪。每一次的徒劳无果都带给我精神与肉体上的双重打击，我的步调不再像以前一般矫健。若干次失败以后，我从无尽的失落中慢慢理解了这种若即若离的美，便任由光斑自由地闪耀，不再加以干涉。

（五）

　　渐渐地，我本结实的肌肉在长时间的奔跑以后松弛了，神采奕奕的精气也羸弱下来，双腿开始发颤，但我咬咬牙，撑着前进。眼前的景它可不会等我啊，依然自顾自地愈加充实起来。我在抬手擦汗时瞥到了一组左右对称的金黄光斑，一个接着一个，就像马路两旁的路灯，远处的它们越来越紧密，逐渐连成一条线，可总也无法消失在我视野的尽头。我在深呼吸时抬头望到有着强烈对比色的光环成簇地涌现，它们有时轮番闪烁消失，好似在敲打奇妙的密码；但也有一同发亮的时刻。在离我越来越近之时，它们不再保持修长的椭圆，而是不知被什么力量挤压成规则的圆球，弹跳着跃过我而去。这之后又汹涌而来更多繁杂绚烂的光之舞，伴着灵魂的摇滚，丝绸，雪花，泡沫，珐琅，雕花，和一切奇境之物。这场盛宴到达了我关于美的想象的极限，但我明白，我无法永远拥有它。

　　我情不自禁地大喘了几口气，此时我跑动的节奏已完全混乱，与其说是跑步，还不如称之为跌跌撞撞更形象。我多么想要停下小憩，可又害怕会因此失去一切。我浑身的肌肉不断抽搐，似乎在呐喊它们的极限；惊愕恐惧的脸上无声地流下两行泪水，这是我对未来无力的解析。我竭尽全力想去挽救一切我现在所拥有的美丽，却悲伤地发现我什么都做不了。

　　随着我速度的减弱，眼前的梦幻开始变得扭曲，大面积的灰白又一次侵占我的眼球，它们扼住色彩的浮现，蚕食鲸吞地侵蚀剩下的光环。终于，羸弱的双腿支持不住躯体的重量，我跪倒在灰色的地上，最后的一轮光斑也在这时消散，没有留下任何痕迹。我想要尖叫，因为我不愿离去，却惊恐地发现就连声带也背叛了我。

我低头看了看自己，曾经健壮的身体已不复存在，只留下泛青的皮肤和它包着的脆弱的骨头，我手指的每一个关节、胸腔内每一根肋骨的轮廓都清晰可见。我的肉体与灵魂都在这场奔跑中燃烧殆尽。映入我逐渐黯淡目光中的最后一幕，是马赛克纹样般的黑白灰三色，就像这个时空的信号被撕毁了似的，只留下令人遗憾的雪花屏。

　　我不曾服从过黑暗，也不曾孤芳自赏，却失足跌落进这花花世界，黯然神伤。

2016.6

杂记圣诞夜

秒针"嘀嗒"了最后的三下，于是时针转向九，随即发出不止的"滴滴"声。我看看它，伸手按停这喧闹。隔着墙壁听见邻居男生们破门而出，随着他们陌生语言的激动笑声。眉头上稍稍抉择了下，看了看距离完成还遥遥无期的画卷，我搁下画笔，合上电脑屏。听说九点有集会，似乎是有关圣诞节的活动。常日里总把社交时间牺牲给学习以及其他自找任务的我，不知为何这一次格外有想去参与的冲动，为此还特意设定了警报的闹铃——也许是终于意识到社交的重要性了，内心深处默默地期望着也许这会是二次破冰的机会；更何况，有免费的酒水点心，何乐而不为呢？

在这半山腰的深林木屋里，圣诞节提前三星期到达。纵使没有雪花长夜，相依在此的青年人却早已开始喝彩。还只是在走廊，我就已感受到那随着圣诞音乐涌动而来的温暖快活。再靠近，停步在门口略微地张望，发觉客厅里已有些人气，男男女女手里拿着饮料点心，身体随着颂歌的节奏摇摆。这时候，一名女生正愉快地从左面楼梯上跑窜下来，只见她身穿一件红绿相间的圣诞毛衣，那毛衣上还生有数个一闪一闪的霓虹灯泡，和大厅一角的彩灯圣诞树正相呼应。她径直冲到伙伴面前，踢踏着脚步，向他们炫耀那由内而外散发的节日喜庆，引起不小的欢呼。我看她吸引了室内绝大部分注意力，便小心地踏着步子走进，可惜阻止不了上年纪的木地板发出略带尖锐的"吱呀"声。站在大厅中央的高个男生看见我走进屋，开心地大声呼喊我的名字，似乎对于我的出现感到讶异，却又像是情理之中的样子；同时他伸出双臂向我走来。我象征性地回应了这个拥抱，傻傻地笑了笑。

老师们仍在准备点心。我看见了各式的饼干蛋糕，还有种类繁多而我敬而远之的奶酪。爱开玩笑的邻居老师注意到了我，便招呼让我过去。接着他从面前桌上的圆筒中舀起一种深红色的液体，盛在塑料杯里端给我。我看了眼那个桶，液面上漂着数片蕃茄横截面大小的圆片，似乎是某种水果或是蔬菜。接过杯子，发觉那饮料还是温热的，握在手里很是舒服；举到嘴边，小啜一口，发觉竟然有酒精在其中，这久违的滋味混在热带水果的浓烈甜味中，恰到好处又充满诱惑。事后我了解到这是一种经典调酒 Mulled Wine，它由加热的红酒和不同的香料熬制而成，是欧洲人庆祝圣诞的传统习俗之一。不禁又大喝一口，感受着肉豆蔻、丁香、肉桂的香味在唇齿之间蔓延开来。这时，我瞥见老师正看着我坏笑，还眨巴了下眼睛，我举起杯子，向他致意。看样子这些平日里装作不闻不问的大人看穿了年轻人的小心思，偷偷在这最为恰当的时刻给予我们小甜头。

又咽下一口调酒，酒精度数不高，我喜爱它顺畅滑过喉头时带来的满足感。舍监夫人托着两个箱子走到我们中间，里面装满各式圣诞树装饰品。激动的学生们尖叫起来，一哄而上，吵闹着从里边扯出银色彩色的闪亮蓬松丝带，掏出大小不一、五彩缤纷的装饰球，还有经典的拐杖糖挂件。我丝毫没有想到在这样一所先进现代的学校里，装扮圣诞树仍被学生热爱。也许是此时节日气氛的催化作用，也许这是另一种模式的缓解压力，但不论哪种说法，都离不开这些年轻人对圣诞由衷的期待和热爱。回想国内，似乎许多家庭已经放弃贴春联剪窗花等春节习俗了，更有个别年轻人打心底里看不起这些活动，这一对比真令人遗憾。

我加入他们，挑出一个又一个红色绿色的圆球，上边印有亮粉的雪花，我把它们一一挂在圣诞树伸出的枝桠上。对了，圣诞树，这场轻松派对的主角。说实话，这是我第一次在私人场所见到真正的圣诞树。以往，只有在宾馆酒店才能看到盛装打扮的圣诞树，那些或真或假的树上挂满主题限定的装饰品，树下摆满泡沫制成的礼物盒。在人家里，确实从来没有过任何圣诞树的痕迹，不过这是文化问题，倒也是情有可原。所以啊，面对着这一棵两米左右的杉树，我还是分外激动。得多贵啊，需要几百上千镑吗，会不会从我们学费里扣？这是我几日前看见它出现在大厅里时的第一反应。

又在靠后的树枝上挂起拐杖糖，来维持平衡的美感。一抬起头，发现有人看着我。原来是那中英混血女生，她是我在这儿最亲近的伙伴之一。此时她束起了那总让我想起三毛的波浪长发，扎了一个清爽的丸子头，端着和我一样的热饮，眯着眼向我问好。我也热情地向她问好。在来这学校之前，她居住在北京，所以，这会儿的真正圣诞氛围也是她的首次尝试。同我一样，她也分外感动，感慨着这归家似的其乐融融。她性格爽朗，不过度拘束却又交往有度，这使我愿意与她畅谈。虽说她的中文并不拿手，但作为在中国生活许久的人，我们享有相似的世界观和价值观，可以说，她是我在这儿最愿意分享想法的人。同时，她又有西方的思想见解，能够顺利地和本地人交好，我便暗暗想着通过她来结交更多这边的人，事实也证明效果颇良。此刻，在圣诞树下，我们攀谈许久，然后碰杯，以示祝福。这时候，我们的其他朋友下楼来，热情的麻花辫女孩，卷发的西班牙男孩，高大可爱的德国男生，细声音的腼腆女生以及大眼乌克兰男孩。

我喝着酒，安静地在一旁听他们交谈。又一个局外人的例子。当遇上他们中某一人落单时，我总能找到方法化解尴尬与沉默；然而，当他们一群人聚在一块儿时，我不愿意再多开口。有时候，仅仅是因为我更乐意倾听，自己的看法自己知道就行；但更多时候，我不愿去交谈的理由，不免是他们所讨论的话题并不中我意，说是不中我意，其实更像是厌倦他们那不断反复的主题和"无意义的"日常交流。越来越深知这一点，也越来越明了自己离他们的真实距离有多远。我无意像有些人一样拼了命地去缩短这距离，明白这其中的益处害处之后，我还是更愿意做真实的自己，特意尴尬的奉承与搭话还是留给那些没有精神世界的人吧。在一旁安静地听，已经是我能做的最大退让。他们聊天的圈子越来越小，越来越圆，不知不觉我就来到了外面，既然无法贡献建设性意见，我知趣地离开。已是习惯也就没有失落一说。

毕竟还在派对之中，还是要乐观。看着大厅里的人越来越多，数量可观的小团体也已经形成，人们的关注点逐渐从圣诞树本身转到以它为背景的各种合照。我见还有枝桠空着，便翻起树下无人在意的盒子，想看看还有没有什么特别的小玩意儿。在把几个金色的圆锥状球往旁边拨了下后，在一个蓝色的反光球下面，我看到了一抹特别的红色，它像须一样，一缕一缕，在周围塑料球质感的压迫下格外突出。我认得它，那是中国的红色。我把它从箱底扯出来，原来是个中国结，在那红色编织方块的正中央，居然还粘着一个绿色的京剧脸谱。我不禁"扑哧"一声笑出来，这可是个多大的误会和亲切啊。我拿着它把玩了很久，感受着半硬红线的起伏纹路，注视着每一个环环相扣的交叉，还和面具交换眼神。在国内时，我还从来没有如此仔细地研究过中国结，也许那个时候我更愿意玩一个印着驯鹿的劣质圣诞球，沾得满手亮粉。它似乎在这盒里沉睡已久，等待有缘人将它拾起；我又把它举到眼前，透过侧面的红绳圈暗中窥视周边的人，只见混血女生和高个男生，还有热情女生一行人也开始无尽地兴奋合照，摆着各式亲昵的姿势，我看见混血女孩在她的丸子头上扎了左右各一根红白相间的拐杖糖，简单却又透露出无所不在的圣诞气息。腼腆女生是她们的忠心摄像师。她和他们不一样，腼腆女生不喜欢出风头，也不喜欢赶热闹，明明有出众的艺术和音乐才能，却不愿意在大伙儿面前表现。想与她合照可不是一件容易的事，我和混血女生曾多次有如此的想法，可都被她委婉拒绝了。

然后，就在这时，就在我沉浸在优雅的孤独时刻时，一个人撞到我身上，我下意识地说了声抱歉，然后定睛一看，发现是那个黑发的中国女孩。只是此时的她和以往的帅气爽朗截然不同，这点主要体现在她满脸的通红上。我关心地询问她是怎么了。只听她慵懒地解释了自己的易醉体质以及一杯就会脸红的表现。我笑了笑，也就没有再问些什么，目送她走回她的朋友圈里。和其他中国学生不同，她与外国友人格外合得来，这要归功于她不羞涩的性格以及大气的举止。她最好的朋友是一名白发的帅气高个子俄罗斯女生，还有位来自迪拜的卷发男生。看见他们和睦地相处时，我总会产生羡嫉之心。

这时候，有人突然爆发出一声尖叫，这声音似乎有传染性，我转头发现身边的许多同学都跟着喊起来。仔细一听，发觉这根本不是喊叫，让他们不约而同歇斯底里的，是此时的圣诞颂歌，Mariah Carey 的 All I Want for Christmas Is You。几乎身边所有人都在合唱，就连脸红的中国女生和腼腆女孩也不例外。小群们此时都已不复存在，圣诞的旋律把厅里所有的人搅拌在了一起，像是粥，里边充满愉快的小米。我很懊悔，原因是我竟不会唱这首歌——不要说不会唱，以往连一遍都没有完整听过——而我在很早以前就知道它！在我的印象中这是首上了年份的歌，不能形容为最潮的流行乐；然而这屋里的年轻人却纷纷为之喝彩，似乎完全忘却离圣诞的到来其实还有三个礼拜。我迷失在周围快乐的人流中，努力想和他们一样欢乐，身体却难以找到共鸣。终于，我好不容易把握住节拍和关键的歌词，歌曲却在欢呼声中走向结束。人群慢慢恢复到先前的状态，小群又回来了。就像激流，终究有厌倦盘旋的那一刻，最后还是平缓下来，沉淀成安静的泉水。这首歌是今晚的小高潮，人们欢呼庆祝然后用尽了气力。这就是狂欢，被某一时刻的幸福冲昏头脑，从不留意结束之后的空白。

喝干最后一滴饮料，我从白瓷盘里抓起一块奶酪蛋糕，连坐带躺地拥入沙发的怀抱，再随手抓过一个靠垫，纵使室内已经过分温暖，我仍不愿放手。

沙发靠背的高度正好，我侧着头倚在上面，环顾着不大的世界和里面的人。一不小心忘记了一切，只剩下满眼的棕褐木纹色调，以舞者们彩色的轮廓。大门两侧仿制成烛台的壁灯透着幽幽的光，给世界加上回忆的滤镜，柔和了一切焦虑偏执。酒的后劲在不知不觉中涌了上来，我用指尖嘲弄着感受脸颊两旁的高温，又把自己扔回安全的宁静中。

被热情装扮的圣诞树前挤着积极拍照的高年级生，他们摆出亲昵姿态拥抱大笑着，互相招呼挑逗，三五成群；没有人会放不开，没有人躲躲闪闪。这些夹杂在成年未成年之际的人没有任何边界防备，不论男女，他们无需建立起所谓正式的男女关系，却能够对所有人敞开怀抱，在所有夜晚为来者打开房门；这些年轻人在彼此身上得到的"安全感"与"关怀"，远远胜过对罗曼史的追求。在同一屋檐下只过了一年，他们就已经建立起不可分割的情谊。就因为这种强大的联结，他们才能在我们面前表现出如此高傲的青春。

我转回头，突然想看夜色。然而复古的窗帘早已拉上，窗外的情景此时只存在于无尽的想象中。细细地看着窗帘上的金色花朵纹样，我开始假想窗外飘雪，屋内烧着炉火，装作自己是误入纳尼亚的八岁小女孩，被邀请到半羊人的家中做客，喝下温暖的不知名奶茶，望着起舞的火焰，听着记忆中的笛声马蹄声，任凭意识逐渐飘忽远去，这时分连睡意都温馨起来。

若不是听见高个男孩呼唤我的名字，我也许真的会就此睡去，睡很久很久，很熟很熟。我睁开眼睛，只见他在我面前，露出那张极致友善的笑脸，邀请我合照。我扭捏着，却又大方地站起身，莫非在酒的催化下，我竟在梦话中道出内心深处的小心思？但这想法就连我都不知道藏得有多深，那也仅仅是源于看着所有人不间断的行为而自然而然产生的罢。

我跟着他走到圣诞树前，这时，混血女生和麻花辫女孩也挤过来。镜头很小，却能够容下我们所有人。我觉得自己笑得很拘束，当看不见屏幕里的自己时，我总是不能准确把握情绪。之后我没有去要这张相片，没有看过自己到底怎么样子，是个遗憾。不过往后回想起那一刻，这些男孩站在圣诞树下，互相挽着胳膊，依靠着，偶尔也青春一番，偶尔表现地合群一点，配合着笑，笑着笑着，什么时候开始真情流露了也不一定。

矛盾伴随着我磕绊的这一路走来，在向往独身之际却又暗地里渴望着相反面。我的确中意啊：一个人的傍晚，沿着石砖路走，抬头看月光照耀的紫灰云层，耳旁只有晚风的声音；一个人的餐桌，没有闲话的负担，只以美食为伴；一个人的雨季，看着太阳点燃半个天空，老房子上爬满火红叶片，坐在露水草皮上描绘内心水彩。他们总是说没有人会真正喜欢寂寞，但对于我，这不是寂寞，是追求内心安逸的另一种极端模式罢了。父亲总告诫我，要时常让身心放空，不要在忙碌中迷失了自己。我意外地接受了这一信条，它也成了我故意疏远人们的正当借口。

一直告诉自己不要喜欢人潮，不要与那喧闹嚷嚷的群体为伴。于是，当被迫接近他们时，我总是故作冷淡，收敛情绪，删除言语，像一条逆流而上的不合群的鱼。当然他们又会离去啊，我眼睁睁地看着那些人的影子一一消失，耳边的分贝越来越与自然靠拢，我一直深刻地认定自己沉迷于这种半躁的微醺氛围，钟情于吵闹归于静谧的那一霎那。然而有时呢，不知是不是内心有个难以填补的空洞，竟然渴望那散去的人群里可以留下一两个可爱的轮廓。有时他们朝我走来，我会露出笑容，主动拥上前去，不知是忘了孤身的誓言，还是因为潜意识里总是渴望着此类时机；有时他们在远处看了看我，笑了笑，接着就随其他影子一同离去，我会带上耳机，回到只属于我的世界，无暇顾及现实心理可能的失落。

好像总是向别人表明这样的态度：嫌弃表层上的肤浅社交模式。可以说是在努力地不扩展自己的圈子——但一反应过来，这似乎是一夜前后的转变。仍记得来这儿第一天时的内心阴谋，我盘算着想结交所有人，对每个见面的人都表现得分外热情，计划着如何如何才能成为这边最受欢迎的人之一，然而这股子劲终究过去。有些人熟识了，聊得上天，便成了朋友；有些人熟识了，交换了名字，却再没有发现搭话的时机。

圣诞亮灯夜这个机会我终究还是浪费了。但我一直都不明白自己究竟在奢望什么。我热爱现下的状态：大部分时间一个人的狂欢，偶尔需要伙伴时，也有那两三个人等待着我，给予我臂膀，这就足够了吧？

"All the nights spent off our faces, trying to find these perfect places. What the fuck are perfect places anyway?"

—— Lorde "Perfect Places"

2017.12

（八）

男孩在我面前坐下。我认得他，一个潇洒的孩子，常常戴着一顶白色的鸭舌帽，衬得皮肤越发的黝黑；也经常穿着有些老气的 polo 衫，单个单个小型印花的那种，还习惯性地把下摆扎进裤子里去，使他在不说话的时候显得格外老成。

但他毕竟只是个孩子，开朗的本性在爽朗的笑声显现时一览无遗。他没想伪装，不去模仿其他自作多情的耍帅男生，让自己看起来更酷一些。他常常无意地做一些傻事，引人发笑；他从不因此恼怒，而是和同学一起大笑。这造就了他的独特，但同样成为琐事的开始。

"半个多月了，"他说道，"我是知道的，我没有表面上看起来的那么傻。"他的话语中带着青春期男孩特有的倔强。"本来还想蒙混过关，但该来的终究还是来了……"

说着，他拿出手机，按亮屏幕，手指滑动了几下，然后递到我面前，我凑上前去看清楚。

是一条聊天记录，不，一串记录。是一个女生，最中间的留言格外显眼，上面写道："你知道我喜欢你很久了吧……"然后上上下下都是她和男孩的对话。与其说对话，不如更像是女孩的单方面抒情，面对她的滔滔不绝，男孩只是偶尔地回复一两个"嗯""是的""好"。但这份显而易见的冷淡丝毫无法阻挡女孩的一厢情愿。

我还没有读完全部的信息，男孩就缩回了手。他没有额外的动作，眼睛直勾勾地盯着前方。"她希望我和她在一起，这不可能啊！"男孩懊恼地说，"平时我也就和她偶尔开开玩笑，斗斗嘴而已，感情方面的事丝毫没有想到过，她怎么就会看上我呢？"

说完这番话，男孩像是自我反省一样，正经了起来，眉头紧锁着，和平时嬉闹的他判若两人。只见他一拳打在大腿上，愤恨地说道："我天天嘻嘻哈哈，有时还被你们说傻、没有情商，我还得忍着，你们以为这不累吗？谁愿意无时无刻都做旁人口中的笑料！我经常以为这都是小事，忍一忍就过去了，这样没有人会特别喜欢我，我也不会得罪人，因为只有这样你们才会更快将我遗忘——"男孩语塞，凸起的喉结上下动了动，头随之侧向一边。

"我从小就经常转学，几乎没能在一个学校里待上超过两年，有时候仅仅是几个月——几个月的时间其实已经足以让我交到许多的朋友，但这一段一段的感情又要多久才能忘记呢？在小学里，我曾好多次哭着求父母不要让我转学，因为我离不开我的同学，我舍不得他们。但没有办法，我只有一次次流着眼泪离开我方才熟悉的一切。

"有一天，我明白了，朋友对我来说只是累赘而已，我不能也不配拥有他们，友情只会使我痛苦。所以我打算改变自己，不再开放内心。我发现，一个自我嘲弄引人发笑的小丑最不容易在人心中留下分量。于是，从那时起，我就选择戴上这份面具面对所有人，虽说郁闷，但我再没有因为分离而感到痛苦，就这样，我平安地度过了前几年。"

那你从来没有过交心的朋友吗？

"不是的，"男孩有些自我矛盾地说道，"总会有那么一两个人能够看穿我的伪装，聊到我的心头。"他话锋一转："但我相信，友谊到这个地步，地域之间的差别反而不重要了，只要还有对方的联系方式，我们永远是朋友。我所想避免的，仅仅是那份失交以后的孤独感，以及一不小心酿成的错误。"

我明白，他指的就是那个女孩。

"不光是友情，当关乎感情之事时我会格外的认真，"他抿了抿嘴，"我永远不会去玩弄或者伤害任何人，尤其是一个女孩的心。"

"这也是为什么我无法拒绝别人，只敢通过表演和伪装来达到我的目的——纵使那已经背弃我的本意——但现在可好，我也许永远都不知道该如何给她一个交代！"

"而且，最重要的一点，"男孩默默叹了口气，"我这学期结束就又要离开了……"

"即使我答应了她，又能够改变什么呢？还有两个月，我们又将成为路人，如同半年前我刚刚来到这里一样。也许我能够很快跨过这道坎，毕竟我对她没有那么深的感情；可她就不一样了，如果她真的有像她说的那样喜欢我，那我最怕她会记挂我，放心不下我。这不就相当于我在玩弄她的感情吗？明知道不可能永远在一起，这个期限甚至只有两个月，又有什么承诺的必要呢？只有极其自私与邪恶的人才会如此做吧！"不，现在很多人都巴不得这样做呢。短暂的甜蜜，又不会给以后留下伤疤，这就是青少年的狂热啊。

你有告诉她你要离开吗？

男孩点了点头："是的，我和她提起过，也许隐晦了点，但她应该明白我的意思。"

那为什么她还要如此？

"她啊，她说这没有关系，她说只要我们有这份感情了，完全可以不用顾及地域之间的分离。她还说以后可以到我生活的地方上大学，可连我自己都不知道我接下来会去哪里啊……"

其实在我看来，这场闹剧很早就应该收场了，简单的拒绝只不过会带来短暂的哽咽，所谓的关心与不忍只是为了隐藏过于懦弱的心吧。

　　说到底都是些推脱的理由，终究不是两情相悦的人。只要自己脱了身，一切都能成为借口；没有爱，一切都是累赘。

2017

那些成功以及异地失落

成功是抽象的，难以定义，但没有人不向往成功，渴望享有这一词汇带来的称心如意的满足。它的相反面是失落——"失败"太过绝对，"败"这一字像是夺取了所有的希望，我不喜欢。我还是觉得失落更恰当，给人一个倔强嘟起嘴的画面，是心头难解开的一个结，总带着一丢酸酸的遗憾。

（一）

我要讲的发生在我身上的成功对于许多人来说也许不会有太大的感触，而那份失落呢，情绪方面能够猜到个大概，但故事上的共鸣我想也罕有读者能理解。可我还是想把这件事写下来，与自己共勉。

在音乐上我向来不服输，总认为自己有着异禀的天赋和优良的条件，当然，我的自信有依有据。在国内时，我从小学起便是学校合唱团的一员，初中也是，参加过各种大型小型的演出与比赛。但我真正开始肆无忌惮地展现自己，也就是从两年前步入高中开始的。由于是新学校，人少，但又有可多的活动，怎么办呢，只好让那些特别爱表现的人多次轮番登台咯。

在解放了这般天性之后，音乐与舞台在我心中的地位越来越高，直到无可替代。这也是我放弃近十万的占位费与繁华的伦敦生活，来到偏远萨里山区的原因。

Banabella 是我国内两年音乐生涯里不可忽视的存在，我绝大部分对外演出经历都靠它。这是一个阿卡贝拉组合，成员先后有过近十人，成立于 2015 年 10 月，于 2017 年上半年解散，领导者是小花。关于这个组合有若干重要的时间点，首先便是我们组合的首次聚首。仍记得宁波温暖的秋日，我们坐在足球场的人造草皮上，谈及未来的计划。小花老师有许多新鲜的点子，有趣又充满挑战，电影《完美音调》也是在那时候于我的人生中留下了重要的印记。小花说："我们就要排这种，没有乐器伴奏哦，全部声音都靠嘴巴发出来！"然后她用手机放给我们看电影里贝拉组合的演出，那种生于默契的完美与由内而外散发的青春与自信。我抬头看了看坐成一圈的四五名同学，当时我们还未熟悉，但她们的眼中同样透露着欣喜与期待。发自内心的笑容浮上嘴角，我看好这个未来。两年后，我终究还是一个人从异国电影院里走出来。《完美音调 3》最后还是应该买票去看。自作主张把它看作一个从未昂扬梦想之衰落的象征，知道其实除了我，或许再有一两个人在意以外，没有人对那段过去有太高的尊敬。我把脖子缩进领子里，年初的吉尔福德一如既往的寒冷。走上街，穿过一个又一个路口，戴着耳机听歌，周围来往的人群都和我无关。那段时间已经远去，身边也再没有能帮我的人，想要再像曾经一样混出一番天地，除了自己，不能再依靠任何人。

与 Banabella 平行进行的是我的乐队。对啊，那时每个班都得出一至两个乐队，为的是圣诞音乐会。乐队的计划我想了梦了太久，从初中开始我就渴望能像模像样地召唤上几个爱音乐的兄弟姐妹，扛上各自擅长的乐器，我自然得是主唱，去表演与比赛。可希望一直落空，没有时间也没有人。但梦想就要实现了不是吗！我用双手庄重地托起白色的电吉他，欣赏着上方烤漆的光泽；背上背带，这是抱负的沉重。鼓手、贝斯、键盘、吉他，一应具全，主唱自然还是我。从找谱到排练，从老师偶尔地点拨到课外时间同学自发地寻找专业辅导，多么令人热泪盈眶啊！这一路两三个月下来格外顺畅，我们从未产生过任何争执，每个人都在尽力做好自己的事。Take Me to Church，那时我还不知道，但它将会成为我最骄傲的最无可比拟的舞台回忆。

与之相对的，便是新学校的音乐剧选拔。其实是有心理准备的，拿到重要角色的机会微乎其微，在这所主打戏剧的学校里，同学们在这方面不论是天赋还是经验都过分强大，而我，算是这盘盛宴中最不起眼的配料。不学戏剧，没有基础，还是外国人，怎么想都很棘手。但这可是学校投资最高的项目，怎么样也得尝试啊，于是乎我就去参加了选拔。前期自我感觉是准备得很充分了，把 Urinetown 从头至尾看了两遍，还挑选了篇幅最长的独白，似乎想去炫耀做下的努力。不过很遗憾，还是落选了，只混得人群中的一个小角色。纵使感到沮丧，这毕竟是预料之中的结局，我便没有特别放在心上——年度音乐会上的失利才是真正让我崩溃的。

这场音乐会是我选择这个学校最重要的原因之一，其专业程度令人难以想象，虽说我在国内时经常登台，但与此丝毫无法比拟。顶替伴奏带的是专业音乐家的现场乐器演奏，毫无变化的定点白光在此处升级为专业灯光师手下的无限变幻，更不用提还有学生针对每一首歌的伴舞以及专业摄像团队的全网直播。这对于每一个爱唱歌的人来说都是如梦初醒的感觉——原来不成为明星都可以享受到这般强大的配置。

开始，我信心满满。首先作为为数不多的热爱唱歌的男生，我自认为不论是唱功还是音色又或是台风都在这学校里处于靠前的地位（当时还不知道有"奖学金"学生的"潜规则"）；其次作为外国人，新鲜血液的注入应当是学校希望看到的。于是，我兴冲冲地跑去参加有关会议，拿到歌单，兴冲冲地一回宿舍就从头至尾地一首一首播放。Adele 的 Set Fire to the Rain 和 Meghan Trainer 的 All About That Bass 是最后的选择，既是我本人中意的，也是这张长长的单子上我唯二会完整唱下来的。在表演给我的音乐老师听后，她同样给予我肯定。说到这里，有一件让我感到温暖又打趣的事情不得不提：那是某日晚上，我在房间里随性地跟着伴奏练习 Set Fire to the Rain，这时，房门突然被敲响，来者是隔壁的两名英国男生。一进门，他们就开始不断地夸我唱歌有多么好，还发自内心地硬要和我拥抱。我还没反应过来发生了什么，他们就又兴奋地提出了好多建议，譬如倘若未来我有想排练的歌，可一定要去找他们，两人都非常愿意来给我伴奏。待他们离开房间后，我徐徐地呼出一口气。要知道，他们是学校公认的音乐方面最有天分的男生，虽说日常里我们交流甚少，但看到对方如此欣赏自己，心中难免涌起暖流。我将这看作暗示，坚信这首歌已是囊中之物。

　　音乐剧在这时候进入了最后的彩排阶段。由于戏份太少，绝大部分时间我都坐在后台，要么看书，要么做些艺术作业，偶尔也会打打毛衣（可别说，这些闲散时间用在一起还蛮有效果，我甚至读完了极厚的 Dan Brown 新书 Origin 的英文原版），或者和同学玩一些猜单词画小人的原始游戏。但有时我会感到失魂落魄，一瞬间找不到自己坐在这里的理由。思绪突然把我送往去年前年 Banabella 的排练中，那时我们都毫无抱怨地把双休日贡献给这一暗地里的组织，发声训练，研究视频，练习和声，这些故事围绕着我们展开，我们每一人都是不可或缺的成员，每人都因进步而感慨；而眼下呢，我不知道我是什么，在干什么，偶尔被叫唤上场也只不过是被教一些最为简单的动作，融在背景的阴影里，藏在观众注意不到的死角里做鬼脸。看着台前聚光灯轮番照耀的同龄人，心中不免有若隐若现的嫉妒与惆怅。看了看日期，前年的这个时候我正在排首次圣诞音乐会，悄悄地统计，似乎登场有六七次，既是学校大合唱的领唱，又是 Banabella 的主唱，还不能忘了我年级乐队的荣耀登场（笑）。我和另一个当时多番上场的女生聊到这件事时，都会特别自豪，像是人生的目标被明确地打上了红勾。当时台下的掌声为我而响，被包裹在赞扬之中的是我，是我的努力与才能在受到肯定。如今，我在异乡舞台上悄无声息地退场，无人在意；台下的掌声注定只献给台上最活跃的明星主角，与我无关。

虽说大型对外舞台上没有我的位子，学校里自娱自乐的时刻却仍能广泛地看到我的身影。那些不需要选拔的午餐音乐会，或是摇滚音乐会的幕间节目，我都会见缝插针一般上台，努力张扬来让其他同学看见这个中国男生的存在，让他们抛弃中国人只懂学习的偏见。可国内呢？我们的乐队早已无法满足学生和家长之间的赞美；五星级酒店的圣诞亮灯仪式和私人慈善晚会都抢着让我们去当表演嘉宾，飘飘然地沉浸于免费的自助餐与陌生人的掌声之中。那两个圣诞节已经成为我最珍贵记忆的一部分，永远不会忘却。倘若我成名了，那些次的巡演将会被我描述成事业的开端；就算一辈子都是无人在意的赖安比尔菲，我也不会难过，我会在未来的孩子面前吹嘘，教他们永远不要忘记追梦。

异地故事的结局是伤感的。我收到了音乐会的名单，激动万分地点开，目光狠狠地搜索，可独唱节目的旁边赫然没有我的名字。我至今都没能把那时憋住的气呼出来，感到心跳渐渐地放慢，生活的意义也随之消失。上述的成功顿时变得一文不值，都是自己编织的假象。我在桌上趴了很久，若不是回国的飞机也在这一天，我也许会默默地一个人缩在被子里整日消沉。脑海里不断回想自己究竟哪里做得不对，重播起选拔时老师脸上的满意表情，忆起隔壁同学的赞扬与拥抱，追思起午餐音乐会上同学们的掌声……但我没有流出一滴眼泪，说实话，那时我没有任何哭泣的欲望。我只感到心头的空落，惘然若失，像是此前奋斗的一切都毫无意义可言，得到的所有的肯定都只是他人的安慰和自欺欺人。我第一次走进了社会。抬起头，目光直直地朝向名单最下方大合唱里我的名字，至少不能更差了，我想。

这才到英国半年，我就变相地体会到社会的残酷性。他们可不在乎你在地球的另一边是多么的优秀，在这儿你只是个素人，竞争的对象无可厚非的有能力，又有老师的偏爱，想在此处发芽开花，需要的不仅仅是运气和实力那么简单。

——但这些种种，什么音乐啊表演啊，说实话又不是我的主场，全是兴趣使然罢了，失败个一两次又能说明什么呢？人无完人，没什么必要在这一站忧愁叹气；更何况，总还有下一次不是吗？

2018.2

（二）

第二部分的体会与上文是两个截然不同的话题，我在前文《杂记圣诞夜》里有提及，那便是关于友谊与自省。在这方面，我不能说在国内时我有多成功，丝毫不比某些社交软件上的红人。但我庆幸交到了数位志同道合的友人，若是之后有空，很想花上几千几万字夸夸他们。但这篇文章还是很自私地只关于我，我海内外交友的经验与经历，也相信有共鸣的读者会多于上半部分。

在国内上学时我有很多大群，也就是圈子，志同道合的三四个人常常围在一起，不论是日常的社交还是休憩日的外出，都会选择和他们一起度过。在不同的圈子里我能体会到不同的情绪，有的让我大笑，有的宁静平和，还有的则适合分享最阴暗的秘密，我徘徊在他们之间，因时制宜地凭借心境来选择伙伴。这也能在某种意义上解释为什么我经常会被看到一个人独处。朋友并不能解决所有的问题，有些反省只能靠自己。有些人觉得我难以接触，总是一副高傲的样子。不能否认这一点，因为我选择伙伴的条件的确苛刻；另一方面，我也因此得以保持朋友圈的干净。总而言之，我认为我在国内，在混圈子这块儿是满足了自我要求的。

但我对英国的生活有新的想法。在出国前，由于看多了美剧与西方校园电影，我幻想即将前往的学校也会如此，充满热情又无伤大雅的闹剧。我便打算改变性格，想用从没有显露过的外向面对新同学。但真正来到英国，我才发现一切都没那么简单。的确啊，开头的第一个星期，我像初生牛犊一样毫无畏惧，单纯地认为所有人都是好的，友谊的建立是自然之事。我甚至尝试过与校园中最高高在上的戏剧学生进行社交，但终究很遗憾地发现我们是两个世界的人（这里不包含任何对自己的贬低或对他们的莫名崇敬）。

首先是他们的态度，那种自大与骨子里散发出的光荣。他们把自己视为校园里阶级最高的，夸耀自己是"奖学金"学生（却也不是谎话）；就算是在餐厅，他们也会抢占到阳光最好的位子，围成一圈高谈阔论，看不起也从不关注其他品种的学生。这让身处其中的我略感难堪，仿佛在被隐晦地唾弃出生（艺术生的地位），便逐渐与他们划清了界限，不再过度与他们社交。不过这第二个原因才更为重要，毫无保留地显露出我们之间难以逾越的鸿沟，那便是可想而知的文化差异。文化差异也有分支，先讲剧场文化。

有件事印象非常深刻，那是在某天的媒体课前，班上有若干学生主修戏剧，我进教室时他们正好在聊天，主题是对明年音乐剧的猜想：微胖的黑长发女生亮眼闪烁，不断用近乎尖叫的声音告诉身边的红发男孩他将会多么多么适合哪个角色，而另一个黑人女生又将会因为哪个角色而闪耀全场。一个个音乐剧的名字从他们的嘴边流过，一个个主角的名字从他们的舌尖滑过，从 Oliver 到 Wicked，从 Rent 到 Spring Awakening。好像是一个满分的理科生正在卖弄教科书上的专有名词，一套又一套，让周边不懂的人肃然起敬。我的确明白这不是我所熟悉的领域，可偶尔也有我熟悉的名字，Into The Woods，Annie，The Phantom of the Opera 等，不过我的认知也仅限于此；Cats，猫，我还是知道的，一直以为是音乐剧中的翘楚，也是我在来这个学校之前看过的唯一音乐剧（还只看了一半！）。于是，在他们提及这个名字的时候我稍稍留意了下，结果所有人都对此嫌弃至极。I hate Cats. 黑发女生扭曲着嘴唇，右手卷着发梢，摇着头对同伴说到。

如果说剧场文化是可以通过上网熬夜看剧来弥补的，那第二个文化上的冲突则需要更长更长的时间来接纳，那便是派对文化。虽然我本人也非常中意派对，喜欢偶尔释放自我的氛围，可一旦真正来到这一文化的发源地，还是心惊胆战起来。首先要说明一点，来到英国后除了学校组织的晚会，我没有参与过任何私人组织的派对（不代表我没有收到过邀请，只是由于各式原因而推辞了）。对于派对情况的了解都是源于好友菲比的讲述与亲身经历；与此同时，同学上传到社交媒体上的短视频也毫无保留地展示了派对恶劣的一面。

说起派对，首先想到的应该还是酒，先不讲性，先说酒。都说派对不能缺少酒，这我能明白，我也有在自己组织的派对里准备，就连学校都有在新生舞会和圣诞晚餐里为我们"贴心"地准备带有微量酒精的饮料，但我这里讲的酒是彻彻底底的伏特加，未成年的孩子们兑着可乐或是石榴汁或是什么都不加地愉悦地喝着，在闪烁着廉价红绿灯光的阴暗房间里，伴随震耳欲聋的混音舞曲，他们无理由地发泄着。菲比告诉我她在这样那样的派对上喝吐过好多次，甚至有一次她去派对以前就是醉的（之后才明白有 pre dirnk 这种东西），然后又被灌下数杯烈酒，最后没命地在洗手间里呕吐（但她仍说，至少在没吐的两个小时里她很快乐）。我明白醉酒的感觉，以至于很不能理解为什么他们要这般试探身体的底线。

我唯一的例外是某周五下午的草原聚会，还没能阴暗到称为派对，所以就还叫作聚会。事发突然，开始根本没想过要去和他们那伙人碰面，可菲比不知为何总有办法在这个不大的小镇里与他们遇见。于是，我和霍莉还有乌克兰女孩叶莲娜这三个相比较下乖巧的孩子就只好无奈地看着对方，不清楚这趟旅程会前往何地。这群人中除了奥古斯特、麦克斯和盖比以外都不是木屋的人，算不上我平日的社交圈。菲比此时已经抛弃了我们，和那些"上层"的戏剧学生聊起天来。一直不明白菲比究竟与她们谈资何在，学校里没有相同的课程，活动也几乎不在一起——但我很快就醒悟过来——根据他们的目的地——便利店——再转个弯——酒。奥古斯特在他们之间一直热门的原因也呼之欲出——他是唯一成年并且随身携带 ID 的人。

　　我们一群人远远地躲在街对面，装作不认识奥古斯特一样地自顾自说话，以免让商店里的售货员发觉到潜在的犯罪。很快，我们的高大德国人就从便利店里走出来，拎着装有沉甸甸罪恶的袋子。女生们欣喜若狂地接过，利索地分赃。有人提议前去附近的公园，有绿地与城堡。感觉不错，我们便过去了。风景是很棒，一行人就在英国特色资本主义的草地上坐下围绕成一圈，你一言我一句开始闲谈。麦克斯打开他的电脑放起新制作的歌，女生和着节奏摇晃身体，丝毫不在意身边的游客。奥古斯特旋开手中的伏特加，痛饮一口，然后递给身边的女生，她喝下一口后也传下去，就这样一人接一人，在菲比喝完后，酒瓶落到了我的手里。

　　这是我第二次喝纯伏特加，第一次是和父亲在越南酒店的夜半，谈着人生嘬着酒，还有鸭舌与牛肉的陪衬；而眼下丝毫不是那般情景，在这么清新自然的氛围里，果汁和糖才更合适。灼热的酒精滑过喉咙，女生们在尖叫大笑，天还蓝着，连黄昏的侧脸都见不着；山坡上的城堡旁有红色热气球飘过，牵着孩子的行人从我们身边走过，投来有意无意的眼神。我还是无法让自己全身投入享乐中。菲比从袋子里拿出一盒芒果汁。我正想说这才是优良的饮品时，她却倒掉了一半的果汁，并把一整瓶的伏特加往里面倒。我张了张嘴，实际并没有感到惊讶，只是为那牺牲的芒果汁感到遗憾。味道的确不错，她递给我尝尝。想起上次看电影回来时，奥古斯特递给我的大瓶可乐，说实话只要比例得当，可乐与伏特加这两样单独无感的饮料居然能够产生异样的有趣滋味。问题在于，学校禁止酒精进入，就算我能接受偶尔社会世界里的小醉，暗搓搓地把酒带进木屋，并在半夜两三点溜出去开篝火晚会，喝醉到一塌糊涂，在四五点才回来，第二天又要上课，宿醉、缺乏睡眠、体力透支的后果是我无法想象的。可这就是很多我身边人的日常，几乎每周末他们都会趁舍监睡熟后翻窗出寝室，进行这般文化与社交。刚听闻这事时我还略感好奇，甚至有兴趣加入；但我真真不是那种能够在两点醒来的人，也难以熬到那个点不睡觉。有时我真心佩服他们——要是这番毅力能被用上正道，等待着他们的该是多么大的成就啊。我摇摇头，还是尽量让自己享受眼前。他们在这时拿出香烟，还有电子烟，还有烟斗。所有重型武器同时上阵，预示着这场露天派对正式明目张胆地开张。出于礼貌，我也要了一根（完全没有道理！）。看着点燃的烟，望着火苗，又是一毫不愉快的所谓叛逆之举。我象征性地吸了一口，感到烟进入口腔，烫伤舌尖；含了数秒，我将烟徐徐吐出，算是完成了一项事业。我没有多长吸烟历史，也就是去年和挚爱的一个大群在国内夜游时开始的，在酒吧里谈完人生后我们去往江边，感受晚风吹着我微红的脸，看着黑水优雅地涌动，于是我向友人要了根烟——这才是干坏事的正确气氛！第一次尝试的还是薄荷味的女士烟，自认为比眼下的好抽很多。但不论是什么味道，我都几乎不会将烟往下咽，不让它有机会侵犯我的内脏。在恶习的边缘试探，在癌症不癌症的边缘徘徊。我看着菲比拿出她新购的电子烟，微小的装置上泛着蓝色的金属光泽。那些我不太熟悉的女生立刻涌过来，抢着要试。我苦笑，回过头看向身边安静的叶莲娜，眨巴了两下眼睛，她也一脸无辜地看着我，然后从包里拿出烟草和烟斗，在我的注视下点上抽完。是这样的吗，险些忘了斯拉夫民族就是由烟草酒精制作的。菲比这时候也用电子烟交换了身边人的烟斗。看着她熟练地操作，我心里很不是滋味。我初次认识她时她还是从不抽烟的，而现在已经沦为烟草的奴隶，一天不消费十根不算完整度过。我明白这是她所混的圈子带来的危害。我曾劝她离开，但菲比摇摇头，说她做不到。这已经成为她生活的一部分，一旦踏进这个圈子，再想割舍一切而出对于她来说是艰难的。这圈子里的人我熟悉，绝大部分来自木屋，平时也在交谈。可以直接地说，我不爱他们，菲比内心深处也这样想，她向我吐露过"They are just shitty people. If we were in my old school, I would never talk to them.（他们都不是什么好东西，我要是在以前的学校里，是不可能和他们一样的人玩的。）"要是这"玩"只是平日里说说话，周末一起去压压马路也就算了，因为他们，菲比从一个不抽烟的女孩变成现在的瘾君子，我看着她一步步堕落，却无力阻止；她向来是看清这一切恶果的，她也说过，"l'll quite when I go to uni. Now it's just for hanging out with them.（我去大学就会戒掉，现在只是为了和他们玩罢了。）"但以她现在的状态，我越来越觉得那只是个遥不可及的期望。

这番派对文化不是戏剧学生的特权，绝大部分的本地人或是来自欧洲的学生都沉浸于此，当然也有纯粹的例外，譬如霍莉和马来西亚女生苏文的群体。但很可惜，她们被其他学生当作另类，瞧不起的"书呆子"，令人打抱不平。

如果说派对与酒距离日常生活遥远，对社交影响应当不大，倒也不错。让我无法忍受的还有另一个原因，那便是他们在交流中流露的粗鲁，我明白这是他们社交文化的一部分，略带淫秽的话题与低俗的字眼，就连老师也在学生面前毫不遮掩地开着生殖器的玩笑。木屋里有一很酷的中国女孩，她的朋友圈里皆是玩音乐的外国人，以她为例，有好多次我从她与她的朋友身边经过时，都听见她在毫无遮拦地骂着脏话，用上连环炮一般的不雅修饰语，让我目瞪口呆。因为平时我与她讲话时她总是很有礼貌，是个有教养的孩子；可在外国人身边时，她却换上了一副截然不同的皮囊。不带歧视意味，但的确是这些外国朋友带给她，或是帮助她解放了这般恶习。由于我在国内时就没有任何说脏话的习惯，至多开开点到为止的隐晦黄腔，而我也不想改变，因此，我无法接上他们抛来的话题，时间一久，他们看出我在拘束，也就不再与我进行此类对话。

有点点特意是真，在刚到这个学校时，面对外国学生我会更加主动，为的是不想沦落到只和中国人一起抱团，以至于开学后有一段时间我一个中国友人也没有。本以为无伤大雅，只是自己的喜好，结果却因此在不闻不问之间成为中国学生圈的敌对目标。有件令我哭笑不得的事，关于木屋里一个与我同届的中国男孩。第一次见到他是开学第一天，他从头开始就异常热情，跑来打招呼，本来是好事，却让我有些小不自在，便只简单地回应；之后在学校里他也多次主动向我问好，慢慢地，我放下防备，笑着热情地回应他。除了见面时的打招呼之外，他也尝试与我聊天，譬如问我玩不玩电脑游戏。由于不是中意的话题，我便敷衍着回答。有趣的是，过了些日子后，我听到风中传来，说我"歧视"中国人。有个中国女孩告诉我，说有一群人在"批斗"我，指责我不加入中国人的圈子，不与他们示好；然后我上文中提到的男生，有一天坐到她的面前，向她询问我的把柄，并明确地向她表示他憎恨我，说我无法接近。我很诧异，从没想到事情会发展到这样的地步。我明白结交朋友对我来说不是最简单的事，我也从不把它当作生命里最重要的事，刻意地追寻不如耐心地等待有缘人的降临。我常独自坐在餐厅或是独自行走，这是因为我享受一个人的安逸，而不是为了逃避中国学生。的确，我有更多的外国伙伴，因为我想，既然出了国，就该多体验国内没有的社交模式，顺便还能提升英语水平，而且我也不是没有中国朋友，可以说，这个学校里与我关系最好、交心最深的也还是一个中国女孩。面对很大一部分留学生，假使我们在国内的学校，我也不会选择与他们玩，因为我全然不赞同他们的生活模式与待人接物的样子，这点不会因为来到国外而改变。朋友应当是建立在心灵的沟通、契合的兴趣、包容的性格之上的，不论国籍、语言或是肤色。因为坚守这样的准则而被许多人认为高傲与装模作样，对此，我无话可说。

有人总说交朋友混圈子很容易，我难以赞同。也许对他们来说，停留在最表面的开玩笑与日常琐事的讨论就够了；或者极端点，一起半夜翻窗去喝酒作乐便是成就好哥们的钥匙。这两种模式我均目睹过，只敢暗暗叹息；与此同时也为自我的坚守而感到骄傲。在这个学校里我们至多停留两个年头，但若是这短短的两年可以成为接下来一辈子友谊的开端，就算最后只剩下如此一人，也就不能算是纯粹的异地失落。

2018.5

（四）

　　短发的她低着头，坐在父亲和母亲中间，一声不吭。一张不大的茶几成为天然的分界线，一盏不大的金鱼缸是桌上的唯一摆放品，三尾金鱼在水中游着，木愣地从玻璃缸的一边游到另一边，又游回去，偶尔吐出一两个无伤大雅的气泡。我坐在他们对面，一言不发地等待。

　　"我是绝对不会放弃我女儿的，"母亲斩钉截铁地说道，"我对她一直抱有希望。"女孩没有理睬母亲，眼神茫然地侧着头注视鱼缸中随波飘动的水草。"以前她的成绩也并不是不好，只要她努力了，就依然能够取得高分，只是现在她的心思被一些不好的东西带走了，分心了。只要她能从那虚拟世界中走出来，她还是能成为一个好学生的。"母亲的话中带着些许自我安慰的成分，我也从中听出一丝慌张。她在几秒的沉默后，转头对女儿说：

　　"现在你不小了，也需要确定未来的目标了，在我看来，你非常适合做一名老师。虽说我觉得你在其他方面没有特别出色，但还是比较细心和有责任心的，这对于一个老师来说已经足够了。而且，老师这份工作非常稳定，你也就不要想太多别的了。就这么安安稳稳地来，好吗？"母亲慈爱地笑了，主动握上女儿的手，却被粗暴地推开。

　　多讽刺啊！可这不就是父母么？他们帮你们决定好未来的每一步，决定好你人生的轨迹，打着对儿女着想的旗号满足自己的私欲。

女儿的表现正如我所想，她再也无法压抑心底的怨恨。她的双手握着拳，颤抖着放在膝盖上，目光闪烁，女孩似乎坚定了信念，她终于抬起头，看向她母亲的眼睛，说道："你们曾几何时关心过我的感受？你们会的仅仅是在言语上对我变相的否定。你说我没有才能，那是因为你根本没有好好注意过我；你以为你在关心我，可你根本没有看到过真正的我！"女孩的语气越发狂妄，双手也跟着她的语气而疯狂地挥动起来，从她的口中迸出的每一个字都带着淡淡的绝望，这次辩论是女孩在悬崖边上发出的最后呐喊。

明明面前是一片花海，自己却只能无助地一步一步倒退向深幽的峡谷。

"你想让我做一名老师，庸碌地度过一生，可我不要这样，我不要，也不会去走你给我设定的道路。我就想做一名探险家，一名旅行作家、行者，你相信吗？这是我从小便有的梦。一个探险家，就我，一个普普通通的女生，来研究这世界上的自然与文化宝藏。怎么可能，这不是个天大的笑话吗？我只能是个普通人，只能拥有普通的生活，普通的职业，对吗？可你们想错了，这不是我，也不是我想去成为的人。知道为什么我一直在心里默默保守这梦想么？因为你们，从来没有给过我任何鼓励，没有希望与期待，我觉得没有人会为我的成功而喝彩。那么，我又为什么要为之奋斗呢？也许有人说是为了我的未来，但是，我又有何未来可言？

"我已经感受不到爱了——不，我从没有感受过爱。而你们，恰好是这一切的凶手，我亲爱的父亲母亲。如果你们还想最后为我着想一次的话，请不要再来干预我和我的未来了。"女孩站起身，走出房门，只留下她父母因惊愕而呆滞的脸。

鱼被惊吓地四处窜游，可他们毕竟只有秒数的记忆，不久后便又呆滞地沉浮在玻璃缸里，穿梭在那人造的水草中。

2016

戏梦与我的追寻

实在没想过自己在学校里最会被记住的"戏剧"形象会是A1 Play 里的那只大黄蜂，虽然暗地里也希望能有个更得体的角色，但绝大部分的内心感受告诉自己还是满足的。如今，我认为我幻梦的表演生涯应该就此为止，从麦克白至此，想来已经足够了。知晓表演不会是我一生的任务，却是众多事项中最想尝试的。所求的不多，我只想片刻地占有舞台，座无虚席，聚光灯猛烈地拍打在我身上，不论是赤脚白衫还是黄蜂面罩，都能成为短暂的焦点。我相信所有人都会做这样的梦：被千万掌声笑声所肯定。但梦与成真是有距离的，还是别样坎坷的一段路，需要牺牲时间与脸皮，需要与心理生理的阻力抵抗——但结局通常会美满。这是我的结论。

舞台的魅力不可或缺，我是从小便知道的，那时我就羡慕唱歌人的舞台，却因为胆小而错过很多机会。但自从进入高中，自信不知怎么地挣脱了束缚，显露出狮子座的獠牙，再也收不回来了。那两年进行了无数有关音乐的表演（在《那些成功以及异地失落》里提及），也只有试过多次后才知道，舞台是会让人上瘾的。我的意思是，你会陶醉在它给你带来的情绪与氛围中：观众的热情欢呼，成为所有掌声与目光的焦点，潜在现场乐队和专业灯光师带来的无与伦比之体验。一旦甩开了害羞的包袱，我越来越开始憧憬舞台，享受观众，开始不顾一切地抓住机会表现自己。如果不恰当地把舞台比作海洛因，那我可以说是彻彻底底的瘾君子。

作为瘾君子，我难以放过任何试"毒"的机会，这也是我第一个在那张申请表上怯生生地写下名字的原因。至今仍记得第一次翻开面试剧本时的怦然心动，逐字逐句地喘着气阅读里边的对话和独白。作为几乎没有戏剧训练的外国人，我明白这是对自己极大的挑战。但我如今最不畏惧的便是挑战——这是身在异国无依无靠无亲无故的随带好处——脸皮可以被完全舍弃，全新的环境下一切皆有可能，不计后果地乱闯也毫无累赘。

试演的日子就在我拿到剧本的下一个星期，这个准备时间并不充分。那七天里，每个晚上睡前我都会看着镜子里的自己念稿，努力地摆放表情，制造情绪，想要融入角色（即便我对这段独白本身的意义毫无头绪）。有时在激情澎湃的半小时一小时练习后，疲惫感袭来，借着房间昏暗的灯光，我注意到自己在镜像倒影中模糊的脸上画满不属于我的态度和掩藏在热情背后的迷茫，不禁自问这般忙碌是为了什么；但忙碌对我没有理由，我喜欢投身现实的事业，这让我避免幻想。说实话，我不知道什么是正确的做法，就像前边说的，我对戏剧一窍不通，不论是表情的拿捏还是声音的控制，我心中无底，还常怀疑每晚的"辛勤"是否只是在无谓地浪费时间。曾特意多次留意申请名单，竞争对手大多是学习戏剧的同学，很早我就明白那微乎其微的入选可能性。之前也不是没有过先例，譬如在音乐剧 Urinetown 中成为最角落的那个无人在意之配角；在音乐会里，我也只有大合唱里边角料般的戏份（在《那些成功以及异地失落》里提及）。但这些挫败没能磨去我对舞台的热爱与期待，毕竟，再输一次又能如何？戏剧再怎么说也不是我的主场——并不打算靠它吃饭，也不含什么"希望得到肯定"的电视剧情般的纠结心境。这样告诉自己，抱着必死的态度，反倒备感轻松。于是在试演的那一天，我不带负担地去，甚至提前到场，在紧张感和猛烈心跳还没完全到达前就做梦般地结束了战役。我不想再花笔墨去写那过程，也不想再借它去延伸出一些模棱两可的道理。

我漫长地等待回复，这学期过了，三星期的圣诞假也过了，开学后又一个星期过了，似乎老师一点都不着急，那我也不着急地每天蹲着等，耐心地五分钟一次地刷新邮箱界面。但有时机缘真的不能靠等待，好好去放松放松假装不在意，它才会悄然而至；那封邮件便这般在最不经意间出现在了我的邮箱。那时我正和同学一起在小镇上放松，在电影院门口吹着冷风抽烟，围绕在长椅上聊起不可告人的秘密，传递酒瓶和粉色汽水，我的思绪在离戏剧最远的地方——可也就是在那其中的某一个刹那，没有任何预料，没有任何目的与动机，我从口袋中掏出手机打开邮箱。接着，一下子映入我眼帘的，便是收件箱最上方出现的一行粗体字（表示未读），粗体字是"A1 Play"，寄件人是戏剧老师 Andy。

应当是没进！这是我的第一设想。当邮件还在加载时，我的心在无规律地猛乱蹦跳。一想起上次打开音乐会名单前满怀的希望和之后立即的失落，我不敢提前兴奋——但结果是我进了！我的心情像迪斯尼城堡上空满场的烟花那样灿烂，像流水的宫殿、彩灯的木马、小丑的游行、公主的飞吻一样绽放开来——我这几年来除了得知中考分数外没能更兴奋过！但我很快平复了心情，不能让眼前的一圈伙伴看出端倪；又深吸两口气，在狂喜之后郑重地让自己看清这次录取所代表的意义：这将会是我第一次真正脱离音乐地站上舞台（麦克白的经历还是，哎，不能算吧）。不错，像是平日里喝惯了罗曼尼康帝的酒者如今正要跃跃欲试苏格兰迪瓦，浑身上下充满紧张与兴奋。

之后的记忆便是十六人的集合，也是初版剧本和我们的第一次会晤。不论是戏剧还是其他所有，第一次的谋面从来都是最令人"恐慌"的，本以为就我会如此，毕竟其他人先前都受过专业的训练，结果却发现大伙如出一辙。每个人都悄无声息地准时从后门走进排练厅，不敢发出一丝过大的音量；从两旁默默地搬来椅子，放下时一不留神失了手，发出一丁点儿声响，连忙抬起头略带歉意地笑。我们在排练厅里坐成一圈，目的是能够看见所有人，结果却是其中的大多数都低着头，玩着手指或研究地板上纹路，没人敢第一个主动去说些什么。我们的领导者是上一届的学姐 Jenny Shen，这剧本也是她的作品。见我们这般内向，她只好拿回主动权，开始分发剧本，要求我们先大致阅读一遍。这倒也好，避免了为难的破冰，直奔主题。我们十六人各自怀着不同的心思打开剧本，我流露在表面上的是好奇与兴奋，而暗地里不明所以的紧张感却也在涌动。虽说我们学校的另一戏剧组织 Acting Company 带走了数量众多的实力演员，但还是有许多厉害的角色选择了这儿，譬如说在音乐剧 Urintown 中饰演重要角色的 Lotti、Samantha、Emma，跳舞非常好的 Yas、Liv、Gabby 等。顿时感觉忸怩惭愧，认为自己配不上他们；却又奋起激动——这可是第一次正式和"专业"的"演员"们合作啊，也是我渴望加入的第二重理由！——当然，表面上还是不能流露出任何多余的情绪，便故作认真地读起剧本来。

剧本内容充斥着离奇怪诞，饱含各类具有讽刺意义的独白与对话，摸不透剧情，更可以说其中没有剧情的概念，和排演莎士比亚剧本的 Acting Company 截然不同，也和我心目中想的 A1 Play 背道而驰。同学们面面相觑，都惊讶于剧本出乎意料的构造。Jenny 连忙解释，这只是最初的设想，以后会进行修改，接着她领着我们通读了一遍。在朗读时我有点脸红，因为几乎每次我读的段落中都会有一两个我不懂的词，需要别人提醒（对了，我也是这里唯一的中国人，仅有的两个外国人之一）。读罢，我们还是对这 play 的走向摸不着头脑：从机场到派对，从想出名的彼得、迷路的爱丽丝到诡异的母子和小吃摊摊主，还有各类意义不明的独白——它们单独看都非常有意思，但合在同一个剧本里就有点匪夷所思了。由于没有明确的故事线，所以即便连我这没有戏剧基础的人都知道这将不会是一个顺畅简单的项目。虽说也跟着他们一起疑惑，但我并没有特别在意，毕竟我只是想多玩玩，想上台，最好能有一两句台词让我讲，有厉害的同学让我搭戏，就够了。

时间非常紧张，我们满打满算只有七个星期。我们的 play 不像其他的音乐剧和莎士比亚剧一样有大致固定的原型；我们所有的情节、台词、动作几乎都是从零开始，Jenny 给了我们几张图片作为参考，图片上尽是各类诡异扭曲的动作造型，可想这 play 的抽象程度。别人的排练好比工匠雕刻一块璞玉，早已有计划好的详尽工艺图纸，操作可谓手到擒来；而我们则像尝试去做高级陶艺的学徒，面对眼前的一滩烂泥有野心却束手无策。在两次夜晚排练结束后，我们大都很失落，认为这部戏不会有一个积极的结局，原因是进度太慢：Jenny 不断产生新想法，又不断推翻自己，有时一晚上一个确凿的动作都没能决定，第二天又被"更好"的主意替换。在这分外有限的时间里，我们表现得不紧不慢，不知不觉，七天过去了，紧跟着又减少十四天，而我们却仍无穷无尽地做着重复无用功。每个人都很着急，却不清楚该往哪儿撒气。有些人真的受不了了，只好离开，更情愿把这些时间花在看得见效率的事情上，也不能说他们毫无道理。最后的最后我们只剩下十一人。人数的减少其实对于幸存者是有好处的，毕竟一匀下来戏份便多了（至少我在暗喜）。

真正有效率的彩排从二月底才开始。历经了前期的暗中摸索、人员变动，这部戏的概念和角色逐渐成型，讲述的似乎是"人们互相阻碍对方行进的路（people get into others' way)"，其中也包含了"身份认知""压抑本性""蜂巢思维"等深刻的命题。

对于没有选择戏剧作为一门 A level 课程我一直深感遗憾，但我仍希望能够去感受专业戏剧教学的氛围（这便是我选择加入的第三层阴谋）。终于，我的好奇成真：我从始至终地见证了台上每一个看似简单的动作是如何从雏形到复杂，再改变，到删减，再到最后点缀的细节。譬如有关于机场的一幕，只有五分钟左右，却耗费了我们最长的时间来排。在原本的设想里，只有简单的四段对话，发生在飞机延误后的酒吧里，浅显易懂。但是 Jenny 不甘心，一定要融入五花八门的动作于其中，譬如手臂波浪，用头和弯腰构建的平台，还有各式的旋转，左右倾斜和张牙舞爪。我们先尝试性地摸索了一些片段，有的可行，有的则不够满意，那我们就保留需要的，这是第一步的筛选，预期的效果永远不会在第一遍练习时就出现，取而代之的通常是惨不忍睹，也是我们必须去接受的失败；接着是第二步，那些比较平庸的，Jenny 觉得不够抽象的，便被舍去；与此同时，她还在不断批量生产新的想法等着我们去试。至今已经记不清我们究竟反复历经了多少次这般的进退，再拿飞机场来讲，我们至少舍弃了七个版本（此处不再举例），才有了最后的成品。有时我们会消极抱怨，情绪低落，因为一下午的成果不尽人意；有时我们好不容易排出得体的动作，有人又开始挑剔，有了新的建议，让其他人倒吸冷气——因为改变通常意味着直接推倒重来。但是就算这样还远远不是排练的终结，我们还得考虑舞台的大小、道具的运用摆放、如何进行衔接。譬如当我们的双手都需要分别搭在前面一人的膝盖和肩膀上时，我们该如何处理原本拎着的行李箱，如果把行李箱放在地上，那在之后的走动中该如何携带；如果不把箱子带上舞台，那该怎么进行接下来关于行李的对话……如此这般的问题还有很多很多，这是创造话剧时无法避免的麻烦。我们只能再删、再改、再创造。的确，我们就是以不断推翻先前所做的一切为基础前进的，从失败中领悟，杀死不合理的灵感，踩在它的尸体上建造新思路。但我相信从古至今的每部剧的最开始都是如此，起初的想法不一定永远作数，一时的灵感不可能面面俱到，从雏形到最后舞台上的惊艳，观众难以想象期间的磨难。我开始逐渐理解戏剧这一艺术形式的可敬性，它不像画作，单次的创造带来近乎永恒的观赏期；花上三四个星期甚至上月的排练，不断花心思去琢磨每一个动作、每一句台词的合理性，只为舞台上数十分钟的展现，然后消散，残留的仅可能是某些观众脑海里的印象，或是 YouTube 上的一段视频，但戏剧毕竟不是电影，它的灵魂只存在现场与舞台。有人说这时间不值，也并不无理；但痴情戏剧的人，是会因此热泪盈眶的。

团队合作也是戏剧的中心之一。默契难以与生俱来，大多数情况下都需要长时间的磨合。有时摩擦的次数多了不免还会产生火花，不欢而散甚至面红耳赤的争吵都是比较正常的结果。这也是为什么我对于能加入这个剧团感到万分感恩：毫不夸张地说，它是我所参与过的所有组织中最和睦的。不论是失败、改变或是灵感枯竭，我们之中从没有任何人表示出明显的抱怨，从没有过一次拍案而起摔门而去的经历；心中的不满是难免的，谁都会有谁都应该有，可站在集体的角度上，学会收敛才是最好的做法，也庆幸，我们所有人都做到了。据说，上一届的 A1 Play 和我们截然不同，斗嘴和一哄而散是他们的日常（自从听说了这一点，我越发爱惜我的伙伴们）。

我热爱排练时的氛围。有时不需要我，我便坐在一旁的椅子上，看书刺绣，偶尔抬起头，看着 Jenny 认真地指导。我尤其欣赏一些集体片段的彩排，有两个场景不得不提：首先是一群人模仿 Samantha 动作的片段，我在观众席上见证了从最初的可以说是"无趣、做作且尴尬"到最后的"自然、流畅又幽默"，一步步的精修打磨被我看在眼里，包括每一个词对应的动作、何时回头、何时笑、何时停止笑、何时起跳；其次是 Emma 的一个独白，它完美诠释了团队合作的重要性：Emma 站在中间，其他同学左右对称地从上至下用手抓住她的身体，达成她周身一圈都是手的效果；然后，所有人（除了 Emma）都必须扭过或低下头，避免被观众看到脸；最后，在这样的基础上，他们必须同时在独白里的某个词上用手做出不同的动作，如在"fire"上，所有人都要摇晃双手，在"garlic"上，所有人都必须握紧拳。这样的指令有近十个，我在台下默默为他们担心，因为只要有一人没跟上节奏，都会严重影响整体的观赏性。但这还不是最难的，有一段里，Jenny 希望那一圈"手"产生波浪的效果，也就是要手从上到下依次展开，再从下到上回去，不光要流畅还要左右对称，在几乎看不到其他同学的情况下成功只能靠熟练度与默契，所有人不能有丝毫的迟疑和闪失。最初我是不太赞同这一改动的，因为太冒险，但看着他们一次又一次的练习，从接二连三的失败到偶尔一次的惊喜成功，我很高兴自己能成为见证者。他们永远不会在第一时间知道自己是否做对，只有当观众惊叹于最后的华丽时，他们才会兴奋；可观众永远只能看到最后的一个成果，而我，有幸地目睹了从零开始的全过程。

这篇文章有两个主题，分别是探寻戏剧和探寻自我，以下是我探寻自我的部分。

探寻自我，必说我在这戏剧中的角色，也就是"叛逆的大黄蜂"。是不是听着很无趣，有种在小学话剧中扮演背景里的一棵树的感觉。没错，这也是我的第一反应。但我转念又想：这毕竟也是一个有特点的角色，而且据说还会有专门的戏服和面具，应当会给观众留下较深的印象。我就同意接下这个活。但在之后的排练中我发现了不对劲的地方。这只"黄蜂"总共上场两次，所说的台词一共还没三句话，可以说是一个不能再鸡肋的角色，没有深度，没有思想，顶多靠着被丑化的动作和声音博得观众的嘲笑。我有些失望，虽然明白我在 Jenny 看来不足以胜任主要角色，但现在这番境况还是让我有些愤愤不平。

由于很长的一段时间我们都在排练集体的片段，我也就没有特别重视这件事。转机出现在演出前两个星期，那天晚上我坐在床上冥想，迫使自己放空大脑，想从忙碌至极的学业生活中梳理出正确的思路。潜移默化地，这件事也随着思想的波浪再次被推上岸，我明白心中的不满，明白不愿意留下遗憾，也明白眼前的选择；人不能总等着被施舍，机会是要靠争取的。当机立断，我跳下床，打开电脑，写下邮件发给 Jenny，表达了我对"黄蜂"这一角色的迷茫，认为它的形象不够丰满，没有深层的思想——我当然不能直接大叫我要更多台词！但，意思都是能领会的。也确实，单单的一只"黄蜂"，没有预警地一两次上下台，除了表面的幽默以外没有任何内涵，如果这是我写的剧本，我也不会满意。接着第二天，我就收到了 Jenny 的回复，带着根本藏不住的笑容，我看完了附件里的新台词。

Jenny 给我的新活远远超出我的意料，那可是整整一大段的独白啊。哇哦，不禁感动，受宠若惊。所以机会真的要靠自己去争取，哪儿都一样，一个人尽皆知的道理，有时候差的只是敢于踏出那一步的动机。我感激自己能有这样的勇气。

伴着机遇到来的是更大的挑战。随着台词的加入，"黄蜂"变成了"叛逆的黄蜂"，"不甘心到处采花蜜，希望和马蜂一起去蛋糕店玩的黄蜂""渴望到处叮人、到处播种的黄蜂"，"在派对上受人排挤，不受欢迎的黄蜂"。随着形象的过分丰满，我的演技也需要去满足这种情绪上的变化；同时，我还有发音咬字、肢体语言这些短处。只有两个星期，我必须有质的进步。特意找了 Jenny 在私下指导我。整整一个下午的时间，从动作、走位到音量、咬字、情绪，她都耐心地指点我：在这个词时你需要往左跳一步；这里是情绪上涌的地方，要通过声音表现；在句子的最后不要放松，要清楚地发完最后一个音……不光是戏剧上的技巧，Jenny 所教的对我来说还是一堂非常实在的英文课，从各个角度来说我都受益匪浅。终于，我完全放开了，也明白自己到底在做什么。那可笑的步伐，探头探脑的形象，压着嗓子发出不属于我的声音，还有那"夺目"至极的黄蜂戏服，哦，我可真放下最后一丝"尊严"了，但我愿意接受这些牺牲，毕竟用它所换来的就是毕生的追求也说不定。虽然仅此一堂的戏剧课缩小不了我与其他学生本质上的差距，但我不再轻视自己，相反，有时候在排练时，我甚至能感受到我下的功夫比他们还要多，于是，再也没有最初那种建立在贬低自己之上的对于他们的崇敬感。

成果的初露锋芒是在正式演出的前两天，也就是技术型彩排的时候。第一次来到真正的舞台，看见那两扇代表我们所有人心血的红门庄重地站立在剧场舞台的最中心，我心中升腾起一种奇异的念想，那是心想事成时的喜悦，是伊丽莎白等待教皇在全世界眼前加冕时的不安与骄傲。那时，其他同学都在后台，舞台的红门前仅有我一人，我伸开手臂，沉默着转圈，在这短暂的时刻，我把自己当作唯一的主角。在黑暗的大厅里，灯光由暗而进，紫蓝白的各式散射光线围绕着我托起我，投射出一圈影子，它们围着大厅起舞，像古老图腾柱上的剪影。以往的一切怪诞与不和谐顿时作数，气氛很自然地被这些外来因素渲染起来；再加上合适的戏服（尤其是我的大黄蜂），这部剧第一次生动起来。终于明白喜剧演员开场的意义，机场和门的关系不再匪夷所思，耶稣高调的现身，女生派对，黄蜂的独白，等等，等等，在专业的灯光和音效下演绎得无懈可击。我们笑了，所有的烟云都散了，一切矛盾都解开了，演员们终于被点醒：原来我们所奉献的竟然真的值得！

演出听说非常惊艳。一共三场，每场我们都收到了极为热烈的欢呼声与掌声，观众也能领会到绝大多数的笑点，这让我们很欣慰。虽说演出前的期待值普遍较低，但在看完后绝大部分人都不得不承认它确实精良——从任何角度来看都是如此，这是来自专业人士的评价。我觉得自己非常非常幸运，能鼓起勇气站在这里，在满足自己小小愿望的同时也收获丰盈，顺便也骄傲地代表中国人、艺术生和平日里的沉默者，在这戏剧学校里争夺一方天空。

一直记得 Lorde 在 Bravado 里写到的一句歌词：Cause I was raised up to be admired, to be noticed. 虽然有些妄自菲薄，但我想这便是我。热衷一切舞台活动的最深沉原因便是如此：渴望关注与赞美。不过分在日常流露情怀，收敛情绪表现冷淡攒存体力，目的是舞台上的释放。热情、活力、情绪是需要被欣赏与肯定的，否则就是遗憾地挥霍浪费；在恰当的场合时间，我会想让世界看见我暴躁的一面，我一定会；但日常里，我也明白什么形象更适合我。于是又回到我对待生活的态度：瞧不起平日里的那些聒噪、假惺惺的活泼皮毛；到真正该表达自己解放本性的时候，站到轰轰烈烈的舞台上面对百千人，又有谁敢脱到露骨呢？

　　这是一场比较谁更"敢"的游戏，谁更主动，谁更会放下架子放弃平日里的形象，谁就能赢。反差的美是所有人都会欣赏的，同时，也会倾佩的。表演结束后，我相信这个由平日里"高冷、不拘言笑"的中国男孩所饰演的"黄蜂"将会是观众眼中最大的震撼——我在表演结束后走上台致谢时的掌声和欢呼声中感受到了这一点。回头看这半学期来的"磨难"经历，我想，我是应得的。

　　最后还用 Bravado 的歌词结尾，这也是我生命的永恒追求之一：I want the applause, the approval, the things that make me go oh.

2018.4

（九）

女孩靠近了我，我不知道她为什么而来，也并不与其熟识。我们只是曾经在穿梭世界时偶然遇见过几次，相互点头，然后各自行路。

但她在我面前停下，这一次她似乎不愿意再做路人。女孩外表并不出众，剪着一个不用怎么去精心打理的丸子头；她身着黑色的衣服，背着黑色的包，涂着黑色的眼影，希望藏在人群的角落里一个人生活；她的眼镜框大得出奇，似乎是怕别人看到失了魂的瞳孔；隔着玻璃，散射的光藏起了心思。

女生似乎害羞着、失落着，黑色的衣服吸收了所有照射在她身上的光，毫无活力的身躯愈显单薄。

"已经不是一天两天了，"她低声地说道，"我总以为我能够继续忍下去，但这已经是我的底线了。"她的声音不带感情，甚至有些木讷。

"平时在外面，她总是表现得开朗活泼、受人喜爱；我也是知道的，这是真实的她。她不会去刻意隐藏自己的情绪，总是自由地做自己，这也是很多人都喜欢她的原因。"女孩继续说道。

我明白女孩口中的"她"是谁。如同女孩描述的那样，她是个爽朗的孩子，永远抱着乐观向上的态度，不论是谁都对她充满正面评价。

那她究竟是做了什么才让我面前的女生如此消沉？

心中不禁升腾起疑问的云雾，我好奇女孩会怎么讲这个故事。

"我和她做室友只有两个月时间，但我不认为我还能够忍更久。每一次我都以为她会有所改变，结果却又落得同样的下场。还记得那一次的小镇之行吗？有可能你没有注意到，当时我也在，她也在。在小镇上时，她别提有多开心了，一直笑嘻嘻的，对一切都充满热爱。她甚至还和我开玩笑！当时我在想：要是她能将这份心态保持下去的话，也许我们真能成为朋友。可是，那天晚上，我与她才进宿舍门，气氛就改变了。

"她收起笑容，取而代之的是满脸阴霾。她一声不吭，径直走到床边，把包往地上随便一扔，然后就背对着我开始玩手机。我以为，白天的游玩会让我们亲密，于是我自作聪明地上前去搭话——现在想想真是可笑。她那天具体说了什么我记不清，总之是些很不入耳的话，伴随着白眼。"女孩没有停下，"这对我来说就是每一天的日常，每天早晨，每天晚上，只要是我和她在寝室里，她就会一反常态——我相信那是一副你永远都想象不到的样子——她会非常粗鲁地对待我，说脏话。这还只是个开始，更有甚者，她还威胁我，有几次我甚至感觉到她的拳头好像已经擦过我的鼻尖；有时候我宁愿让她对我用冷暴力，宁愿不被她当人看，至少这样我还能够在角落里找到一丝清静。她的确不擅长掩饰自己的情绪，对我的不满厌恶什么的，全部清清楚楚地写在脸上。但问题是我丝毫不知道自己哪里做错了——也许是我的存在吧，我的存在本身让她厌恶、愤怒。"

我摇了摇头，想要阻止她这般自损的言论。女孩摆摆手打断了我。

"我是有自知之明的，我不是什么合群的人。总有些人唾弃我，认为我没有资格出现在他们'高贵'的视野里。的确，有时候我是会表现得怪僻、木愣，但这不代表我没有性格和思想啊！在以前的学校里，我也有过许多交心的朋友，他们知道内心深处的我是什么样子，但是，她从来不给我一个走近她的机会，不给我时间，也不允许我把内心交给她。

"她自以为比我高上一个台阶。别人觉得她能干、可爱、开朗，但这绝不是她给我白眼的资本，我有和她一样的能力，我绝不会承认我比她低劣到哪里去！"说到这儿，女孩眼中的怒火已经无法掩盖，那是种复杂的光，杂糅着仇恨与自责的温度。

说得俗一点，世界上有两种孤独的人，选择孤独和被迫孤独，而她果断属于后者。她渴望友谊和包容，却一次次在现实面前失足，奉献出真心却意外换来白眼和唾弃。但这能怪谁呢？有时候你不得不从头彻尾地蜕变，不然你永远会是她身后的影子。

"我会超过她的，我会。"

2017

宝藏

娜迪亚是个与众不同的女孩。

那一天，她在社交平台上发了那幅画，并在一旁注释：宝藏。

娜迪亚很少发动态，我们很惊奇，便都凑拢过去看。

之后遇到她，我开玩笑地和她说，好看，送给我吧。她同意了。在没有见到实物以前，我一直以为那是画在油画布上的，好大一幅，可她递给我的那张卷起的纸只有 A4 尺寸。我将它摊开，努力地抚平四角，高举起来，就是那幅名为《宝藏》的画。

晚上，我用蓝胶把这幅画贴在墙上，借着台灯的光，再一次仔细地端详。

《宝藏》画的是一只怪物在洞穴里发现宝藏的故事。洞穴里的万物都闪烁着钱币特有的十字星光，可我却没有找到真实的财宝的影子。洞穴的正中央是一栋奇异的土黄色尖顶建筑，下边的门廊里，透出一张绿色的脸，它正狡黠地笑着，蓝色的嘴唇与眉毛翘着，红色的眼珠直直地看向画纸外边，看着我，盯进灵魂一般的，仿佛要让人惭愧地道出自己曾做过的一切错事，躲不开因果。那阴森屋子的左边是一个宝瓶，看着像是童话里经摩挲就会飘出满足愿望的精灵的样子。而画里，从米色瓷瓶里飘荡而出的，却是深蓝色至紫色的烟雾，让人联想不到愿望，更多的是压迫感，其间夹杂的红色不知是红宝石的一种，还是被囚禁寻宝人的怨恨。从有些角度看去，那不规则的红色笔触正好构成了人脸扭曲的五官，他们在无声地悲鸣，然后散尽。除了噬人的烟雾，还有两个金黄的不规则生物正争先恐后地从瓶子里钻出来，它们纯金质地的身体上镶满了珍珠和翡翠，同时又布满血的刀疤。洞穴的角落里有一方池塘，宝蓝色的水沿着石壁无声地流着。塘的中央有一尊雕像，我看不清究竟是什么，像是一只举着宝剑的手，剑的尖端有一颗闪烁的星，仿佛冰凌的造物。预示着希望微不足道、极为脆弱、极易融化吗？也许这是最勇敢的骑士挣扎着死去前留下的最后信息，警告后人宝藏是动不得的，沼泽是爬不出去的。

　　趴在洞穴边上往里看去的，是一只怪兽。它长着极为可怖的脸，牵连着畸形五官的肌肉组织外没有皮肤的包裹，血淋淋地摆在外面，像是特意给你看似的。三瓣的嘴唇里长满了鲨鱼般层层叠叠的尖牙，令人不禁为活生生被吃掉的猎物表示深切的遗憾。怪兽蓝色眼睛里那金黄色的瞳仁刺眼至极，其明亮尖锐的穿刺力甚至超过了山洞里绿色面具的红眼睛，于是看画者无一例外地将目光首先落在怪物的脸上，忽视了宝藏洞穴里更为阴森的存在。怪兽的眼神高低不平，看不出其注意力究竟是在画里的宝藏还是画外的我。它的右手还算正常，而左手，却失去了皮肉，仅剩下红色的动脉、蓝色的静脉缠绕在骨头上；更令人不安的，是那手臂竟是从怪物的肋骨中心长出来的，只见那半开的胸腔直直地面对着我们，里边除了绿黄红的迷雾外，就什么都没有了，而那手臂，就是从这团混乱中长出来的。有人会说这正对我们的肋骨是透视错误，画家没有用好短缩法，只好像古埃及人一样把什么东西都画成正面，但我明白这不会是错误，我相信娜迪亚的美术实力，她在纸上摆下的一切，都是特意的设计，为了美学，或是更私人的原因。

怪兽的头上顶着一个窄扁的囚笼，里面关着一只大眼睛的绿色生物（塔玛拉看见的第一反应就是青蛙，那我就当它是青蛙）。这只青蛙似乎不介意囚犯生活，在闪着寒光的铁栏杆里悠闲地憩息，不在意下面的怪兽或是刚发现的宝藏。它还涂了口红，所以与其说它是被诅咒的王子，更可能是公主。除了青蛙与笼，怪兽的头上还有一只尖角，它本应成双成对，像撒旦一般，如今却只剩下左侧的一只，而背后的故事，想必与变成青蛙的公主脱不开干系。

我坐回到椅子上，靠着椅背，远远地再次总体欣赏这幅画。我数不清她在《宝藏》里究竟用了几种颜色，分明都是来自地球的色彩，可娜迪亚却组合出截然不同的存在，夹杂着荒诞的真实感。我想，与其做一个画家，娜迪亚还是去做电影为好，或是戏剧舞台，她这份张扬的想象力远不是平面的纸或画布能够承载的。

没人可以否认，娜迪亚的创造力闪着金光，努力用手遮住眼睛还是有星星渗进般的。我极少坐在她对面看她创作，有这样荣幸的人太少。她应该和我一样，习惯于在一个人的时候握起工具作业，其他人有意无意的目光是很烦的，不知道他们究竟在仰慕还是讥讽。不过这是虚荣的我的心态，娜迪亚不会这样想，她的艺术从不是为了别人而作，也不期望别人去理解她心中的世界，好比《宝藏》，我们是不配去读懂的。

我习惯把娜迪亚艺术造诣上的灵性形容为光芒的犄角，那么正直地突兀，心平气和地让人手足无措。技艺主要靠后天的修行，而创造力源于肉做的心每一次蹦跳时进出的血唤醒的振作的灵魂。经验是第二点，看的篇幅与想象空间成正比；显而易见，娜迪亚的经验不是在我们的世界能够取得的。我曾偷偷地观察她许久，从她第二次靠近我们开始，从那一天的咖啡馆开始。

我一直觉得娜迪亚不像我们星球的人，从好多角度来讲。她太干净了，她回头时白色短发的扬起，略带害羞却又非特意为之的微笑，就连她躲在树林里，一个人坐在树桩上吸烟的时刻，也是干净的。一个人的清爽是气质里的东西，和做的事没有太大关系。我从没见过娜迪亚跳舞，但就算她穿上最庸俗的彩虹色长裙，走进吵闹夜总会的舞池，在我想象空间里，也必定和特雷维喷泉里的四季少女别无二致。

没有人会把她看成小孩子，没有人敢去抚摸她的头然后夸她可爱。娜迪亚比我们之中的所有人都要成熟，这也是为什么她会那么沉默，无论何时都像在思考着什么。有时候，我看到她的笑容里藏了一丝苍白、疲惫。我问她怎么了，她摇头，说没什么。她总是会抬头看天，透过咖啡厅的玻璃窗，树影在安稳地摇曳，但我知道娜迪亚是在看叶片之间闪烁的天空。她是在怀念家园吗？不论那是在地球的背面还是更远的星星上。我看得出当一个人想家了，尤其是前世的乡愁，那种莫名的悲忧会在霎时抽干一个人的思绪。出了神，其实都是在想上辈子的家园，在想那一个无论如何都回忆不起来的地方。

往前一点讲，当作对她的所有认知都是正确的吧。我和她来自同一个故乡，是一起长大的，走在人群里常常抬起头就能够遇到她的眼神，可我时常忘记这点，以为她是我出国以后才遇到的。我看过她的滑板，她在板寸季节的爽快，可现在再回忆，背景里的黄昏烟云却更刺目。在故乡，我们分别有着自己的圈子，便不常一起玩；说是圈子，不过就是身边那三三两两的人罢了。相比起我，娜迪亚的圈子要离边缘更近些，离透明更近些，不像我，做不到远离琐事和毫无重量的闲语，是一个卑微的夹缝人。

后来我们一起来到这边，从大陆的一侧直到它的另一个尽头。在夏末的九月，我们惺惺相惜，想把曾经的细线当作如今的连结，她主动来向我示好，我也表达友善；十月，她把头发漂成了白色，比落叶坠下的速度都快，那时，我站在另一个女生边上，听她诉苦，余光瞟见娜迪亚坐在玻璃门旁无人的长椅上出神地看天空；在十一月，我有了新的友谊，开始像我期许的梦一样自信地游走，而娜迪亚在角落里建的墙却越来越高，她似乎希望那阴影可以包裹自己，隔离这个世界。开始下雪以后，我难得在城市里见到娜迪亚了，有可能她的白发化在了雪霜的树枝上，我看不见她，于是就渐渐忘了她。

当她再次出现时，我简直认不出她来。她穿起黑色衣服，全身的黑，不像隐士，更像骑士；她的白发成为闪着银光的灰，长过耳垂。我盯着她出神地看了好久，那一天，错落过好多人的肩头，在咖啡厅里。她仍旧单独一人，不，她的身边坐满了人，嘈杂的高声人群，挤在她的两边、她的对面，以她为中心旋转绕开。但在我眼里她还是一个人，是安静的影子。不像我，在人流里倘若想活得"孤傲"一点，还需要带上无声的耳机，假装真的不在意周围人的演绎。

这已经是第二年的春天了，她成为黑衣女骑士之时分。早上八点的太阳化了昨夜在草地上结起的一半的霜，雪在九时又下起，中午出了三十分钟的阳光，而从五点往后还是刻骨死命的冷。但不管天气如何，我对娜迪亚鼓起勇气再次走进人间一事还是感到欣慰。

不再孤僻的娜迪亚开始对我们笑是事实，她对所有人都友善了。但我看得出，她对我们的好不是因为久经世故，被冷暴力磨去了棱角，而是因为疲倦，她投向我们友好的目光里常带的更多是一份怜悯、慈悲，像一名老者，俯视待宰却仍不明事理的羔羊。其他人以为娜迪亚开朗了，尝试着想去和她做朋友；我却反而担心起来，觉得穿上黑衣的瘦弱身板与过分温和的性格结合成的娜迪亚是最精致的，却也是最脆弱的，我怕一不留心，她就会在夜里散去。不像被埋在雪里，被晚风吹散的烟尘是不会因为春光的照耀而汇聚的。

那时，我怕娜迪亚有一天会消失，可想不到有一天，娜迪亚会真的消失。

在爱丁堡的第三年和第四年，我在风中捕捉到一个传言，说娜迪亚常和一个女人一起进出场合，说两个人之间有着爱情的火花。我向娜迪亚核实，她点点头，没有多说一句话，我慵懒地笑了，躺在紫藤萝前的长椅上，伸手触碰下垂的花枝，多好啊，她们两个人，就像这紫藤萝花一样开出一辈子的浪漫吧。我摘下那朵最靠近我的，打量花瓣的纹路，然后一片一片撕下，任它们落在我的衣服上，再滑落到地上。

我常在忙碌的街上抬起头看城堡，好多次都瞥见娜迪亚和那个女人的身影。遥远地望去，她那白色的短发仿佛这个季节漫天飞舞的絮的一种，不知为何积聚在了那个塔尖，不愿再散去。

在我常去的咖啡馆里，有一天，我又看见了娜迪亚和她的女人。娜迪亚没有再穿那件黑色的外衣，取而代之的是一条紫色的裙子。她的女人侧着头靠在她的肩上，黑色的长发挡住她的脸。她们坐在靠窗的位子上，面对着窗外。嗅到了两人身上漾开的甜蜜与爱，唔，爱，那琐碎的意味，我便没有上前打招呼，匆匆地取来我要的东西赶紧离开了。出了咖啡厅的门，我坐在外边树下，透过玻璃窗观察两人，厚重的刘海挡住了女人的眼睛，她手里的书又几乎遮住了她的脸；我的视线移到娜迪亚身上，惊讶地发现她今天似乎化了妆，淡淡的，却是隔了玻璃窗的反光也能够注意到的程度。可那精致的脸上没有任何快活的痕迹，在我注视她的数分钟里，她没有去喝面前的饮料，哪怕是一口，她只是出神地望着前方。顺着她的目光，我注意到她在望沿窗花篮里那突兀的深紫色郁金香，在望行人不多不少的街头。旅者在其中总是一目了然，有着不融于背景的、难以言表的生硬，像是什么被卡住了，限制了本该有的和谐。

这之后没多久，娜迪亚便画了《宝藏》，拍下来发到社交媒体上。

我还是有太多太多的疑问：为什么寻找宝藏的是一只怪兽？神话中的怪兽通常是财宝的守护者才对。它为什么有尖牙，它的另一只角去了哪里？还有尖顶房子下的脸，它究竟在看哪里？娜迪亚，我们的画家，如果在画中硬要有她的身影的话，那么她究竟是那只怪兽还是囚笼里的青蛙？画里漫溢的狰狞色彩是娜迪亚眼中这个世界该有的颜色，还是她来自的地方就是如此呢？我有太多的问题，却一个都来不及问就与她错过了。

从一天起，没有人再看见过娜迪亚，没有人再看见过她的白发与黑外衣，没有人再看见过她在这座城市里的踪影。

秋天的落叶铺在常绿草坪的边缘，形成从外向里渐变的金环。黝黑的栅栏隔出了静止的空间，没有墙去依靠，没有路灯底下给躲藏。忧伤，最赤裸裸地躺在面前，渴求经过的路人去踩躏践踏。不再有波光的粼粼，死掉的河上耸立着黯淡无光的城堡，所剩无几的亮堂正被夕阳给粗鲁地收回去，大把大把地，连晚霞也越来越淡，直到褪成透明的蓝紫色，显出宇宙的肤色。长发女人坐在树下的长椅上，一个人，她脚下逐渐拉长的影子接上了她的落寞，和地球的影子一道向着一个人都没有的地方延伸。

娜迪亚带走了她所有的画。她留下了所有其他的东西，画笔和其他工具、钱包护照、满衣柜的黑色紫色、西尔维娅普拉斯的诗集、拉长石的银戒指以及那台录像机，却带走了所有的画。我去社交平台上找寻她的踪迹，可近半年里，那幅《宝藏》是她唯一的分享。又过了几天，我躺在床上，不由自主地再次去追寻记忆，却发现连《宝藏》也消失了，只剩下怅然的空白——竟然已经过去六个月了！手机屏幕的亮光格外刺眼，我按灭了它。这样躺的角度正好能让我看见窗外，我盯着那些星星死命地看。我从没有学会如何辨识星座，就连北斗七星也连不起来。但那次，我竟从杂乱的星空里看出了娜迪亚，不是她的眼睛，不是她的面孔，而是她银白色的头发。远远地看了她背影那么久，我目睹了娜迪亚的改变，却从没有成为过她改变的一部分，在这件事上我是个局外人，就和无数其他事一样。不禁自责起来，千丝万缕地，我认为娜迪亚的离去是我的错，让女人心碎的不是我，却是因为我。

娜迪亚究竟去了哪里，她究竟来自哪里，我们是不会再知道了。我记忆影像里的人，和我源于一个故乡的人，那个板寸时代里的人到底是不是她，我现在已经讲不清了，太多的谜，太多的谜。

我抢在其他人之前偷来了那台录像机，我曾打开过它，不新，但还能用。点开相簿，狭小的屏幕上缓慢加载出无数的小格子，我惊讶地看到里面居然尽是娜迪亚自己，密密麻麻的，都是娜迪亚和她的白发。我赶忙合上，把录像机放进了衣柜最底下的抽屉里，同无数的塑料袋纸袋，绳子胶带一起，并发誓这辈子都不会再次打开，也发誓绝不能让任何人发现。我害怕去发现真相，向来都是，纵使我清晰地明白这些视频就是娜迪亚离开的缘由，娜迪亚存在的缘由，我渴望已久的真相。我害怕某天，在一个最粗鲁的疏忽中，就告诉了旁人，以为那是众人皆知的消息，可时间本身是不会揭露秘密的，没有事实会因为时间自然的流淌而漏出来。人，背后的都是人。

娜迪亚的失踪曾在整个爱丁堡掀起过波涛，却连一个季节的时间也没有撑到，比落叶被扫走还要及时。没有人从我的故乡赶来，仿佛她从来都是一个人，至始至终，从大陆的一侧直到另一个尽头。那个女人是她生命的错误，两人是彼此的错误。两个世界、两个星球里的人注定不该相爱，好比那反物质，会毁灭一切不留一点灰烬。

如今，娜迪亚存在过的唯一证据就是那幅《宝藏》，它还没有被裱起，仍被我用蓝胶粘在墙上，时常翘起一角，我看得不耐烦了才会将它再贴牢。总有一天我会去好好对待它的，等一切尘埃落定后，等没有人再渴望去寻找画背后的门时。

2019.5

自作多情

事到如今我再也说不清对她的感受，是真心喜欢着她又或是爱过她，还是仅仅把一种较为普通的好感无限放大，已经是一个谜了。不论是对她，还是对其他出现过的人，我发现"热恋"一词从不存在于我的意识或行动中，我似乎从没有过对爱情无可自拔的念头和欲望，也许是本能的抗拒所致，毕竟见识太多，不想受伤，但这不是这篇文章的主题。我想要记录的是和这个女孩的两年，以及到写下这篇文章的日子之间我所经历和思虑的。

我喜欢从头至尾地把一件事讲干净，一篇讲人的作品也是自然而然想去从最初的印象开始。有时想起，若不是她的首次登场太过华丽，给予了我太多遐想，之后的种种也许不一定会发生。

没有隆重的礼炮，没有三管编制的交响乐，更没有满空抛撒的花瓣，第一次见面不会有，最后一次见面也不会；但在接下来的两年里，我的眼前将会闪过无数个类似刹那。坐在我身边的女生用手肘碰了碰我，小声说道，她来了。我抬起头顺着她的目光望过去。只见一个女孩飘飘然地踏着光与影走进来，我的瞳孔不禁收缩，胸腔一闷，下意识地惊叹：漂亮。幻觉霎时降临，这番先入为主的强烈印象带来了我主观上的改变，我发觉世界里呆板僵硬的条纹顿时弱化，柔软的灯像被打蜡抛光了似的蹦跳而出；一些奇境之物和炫彩不知从何方降落：雪花和珐琅伴上流光和霓虹大声歌唱，笼罩了我所有的注意力，它们无处可逃。灯光柔和地照在她的身上，她的周身被勾勒出流淌的光芒，我伸出手去触碰，光芒也伸出触手来迎接我的指尖，轻轻地，身边的空气鬈曲起来。隐约怀疑自己被缝进一只巨大的毛绒玩具，浑身浸润在酥痒之中，满心充实。眨了眨眼，深呼一口气，驱赶走狂想，再看向她，从头看起：她梳着简单的低马尾，发丝轻微荡漾，擦过她那素净的白色上衣，即使在一定距离之外，我仍能感知到那种轻盈的碰撞所带来的优雅；往下看去，我注意到她胸口的编制蕾丝，那揽着隐约性感的成熟；她的皮肤很白，如极地的冰一般，给予人冰清玉洁的感觉；我觉得她很高，很高很高（很多人对她的第一印象皆为如此，而事实却与之相反），高挑，洁白，美丽；哦，似乎忘记描述她的脸庞了，一下子真是想不出较为合适的形容词，只能说她有着令人舒心的容颜，漂亮和谐，意外地让人放心——放心，没错，放松舒心；最令人感慨的是她的气质，也许是今天飘飘欲仙的衣着为她加了分，只感到这边的整个世界都不足以托起她，好似站在最高枝头上的高傲青鸟剔除了高傲再换上白色的羽毛。近在咫尺却又相差千里，不是看不起自己，只是因为她出场时过高的水准。

开学后不久，我们成为了朋友。不得不说，与她熟识后，某些第一印象里的东西便不再作数，譬如那无懈可击的气场，事实上她有活泼的一面。这样挺好，更有人情味。她是学习上非常好的伙伴，这在我们学校较为难得，也为我们的关系打下了契机；共同努力是一定的，毕竟在花花世界里还是得遵守学生的本职。——可也不能怠慢了日常！慢慢默默地，在学习的边缘，我留意到我们竟有众多惊人的共同点。她和我见过的大部分女生不同，我更为浅显的意思是，她和我见过的大多漂亮女生不同，她热爱文学，从余华到希尔维亚普拉斯，从《呼啸山庄》到《白鹿原》；不仅如此，她竟还钟爱宗教学，哲学，历史和艺术。我不禁欢呼起来——还有什么比找到知音更令人热泪盈眶的呢？

在这番伟大的发现之后，我们的交流更为频繁起来，只是这一次，我们的话题不再停留于表面，而是逐渐往深里探去。然后就记得之后的一段时间里，这番画面不断重复播放在那个秋天：穿着郑重西装的俩人闲来无事坐在窗边，仿佛这个位子是专门留给他们的，刻着他们的名字。透过玻璃窗的模糊人像倒影，他们看着秋风卷下金黄鲜红的叶子，以及操场上足球和青春的剪影，他们的目中充斥着相同的景；借着黄昏的滤镜，我们谈想法，谈渴望，我分享对耶鲁的憧憬，她表示和我有相同的梦想。她总说《日出酒店》中阿芙洛狄特的爱情有多刻骨，而我却对《回归》里吉他手的守候感动万分；我借她《群山回唱》，她借我《我的名字是红》；她推荐我看《异乡人》系列，我告诉她那是我最爱的电视剧；她能背下整首《燃烧的诺顿》；她的梦中情人是罗切斯特。书籍是我们最初的桥梁，而文字是有魔力的，它有种强大的吸引力，一种通性，蕴含着同时同刻的永恒性感动，那是任何其他媒介都无法媲美的。因为文字上的赏识，我们慢慢走近对方，我慢慢走近她。但是还有其他啊，我们一拍即合的地方，比方说音乐：她说她会吹箫，我说我会弹琴。会弹琴的人现在还是孤独的，那不是一种允许大肆张扬表演的乐器，听众顶好不过数人，这在当今的嘹亮演奏型都市中略难寻一方阴凉——但终究还是能觅到组织；而在青年时段，倘若能在漫漫人海中遇上一名不谋而合的箫者，允许一应一和，相辅相成，则更为难得。知音倘若驻足，那便是知音；若徘徊几周又离去，只能说明时机未到。

在傍晚，我们常一同步行穿过校园，紫幽幽的路灯提供了恰到好处的浪漫，而凉风则是越走越近的借口。一天一天数回去，意识到从没有在那番情境下牵过手或搂着肩，即使是以朋友的身份（其他女生反倒有不少）。我们都会因为他人的过分亲近而受拘束，所以我们即便亲近，也保持着互相尊重的距离；这些来来去去的路途中不乏无言的片段，有时候我觉得那就该沉默，只需内心的考虑，不必开口，这样子前行也别有感慨。那个秋天是我至今为止最钟爱的季节，天很高很蓝很开阔，橙红金黄的叶子将柏油路镀上泛绿的金属色，踩上去发出微妙的破碎声。安静安稳，窗外只有送走忘记离去的鹡鸰的风，无人驾驶的高尔夫车带着两侧透明的塑胶翅膀缓缓驶过弯道，它是这儿的唯一动态景色。在傍晚，幻觉又出现了，漫天的萤火虫从谢去的紫藤萝里蓬勃而出，金色的亮点好似提前降临的银河夜空，旋转着凝聚着，徘徊在有无组织的队列中。它们是不会闪动的星星；它们会飞；它们绕着女孩在月下舞蹈，溅起绿色投影的涟漪在我心上。我们站得越来越拢，肩倚着肩，手臂贴着手臂，黑色西装抵挡不住青少年的温度，滚烫的心脏不安分地蹦跳在胸腔。一直以为那种感觉再也不会降临到我身上，一直以为友情与习惯是一切的解释，一直以为既然现状是最好的就不该打破，一直以为这不是爱情。于是我错过了那个秋天和接下来的冬天，也许因此就错过了一辈子。

　　故事的转折点在第二个学期，那是一个新的春天，崭新迷人到无可救药，百花齐放地像极地之光一样瞎了青少年不成熟的心智，险些就忘记了刚离开不久的同样耀眼的金色季节下蛰伏的种种惨事（事后才明白何为完美幻觉，但那又是个另外的故事）。遍体鳞伤的大家伙儿纷纷装作相安无事，一如既往，热情地拥抱着，展露奢侈品的欢乐。也就是在这个紫藤萝还未能汇聚成大海之时，春寒杂交着暖风吹来不知名的鸟雀，它们只会乱叫，它们慌张地报到，在仍未丰茂的大木上手足无措，摇摇摆摆。单纯的世界不再，人们在熟人仇人面前停止收敛应该被收敛的情绪，放下或者抬起身段，没有人想再去高傲地拘束自己——除非高傲是你的本性，张牙舞爪手舞足蹈的态度被彻底解放，仿佛大观园里的百态，充斥着姹紫嫣红的危险生机。于是这就对分点阐述的描写产生了危害，没时间（的确）也没必要（值得斟酌）去刻画故事细枝末节里的所有人（即使他们才是推动事件前进的真实原因），只得剔除一切美丽的旁枝，仅留下苍白露骨的主干，又或是更换成某种异类的写作模式，重新开始。

（接下来的内容需要读者带上进入科幻乌托邦小说的情绪去读。）橙红镀黄的阴霾天空下，行走着滚烫的尘，金属的刺耳鸣叫从城市的这头传达到那头，仿佛是宣告战争结束的号角，冷漠又辽阔。西装革履的人们集体站在高楼的第三层，手整齐地贴在玻璃窗上，没有上下之差，仿佛没有情感的指挥家；目光一致向外看去，随着那位新来的男孩而转动眼球。男孩随性地单肩背着书包，穿着骇人的牛仔裤和衬衫，甚至还把手插在裤袋里，轻微摇晃脑袋，哼着小曲。他与周围一切被强调的规律序列毫不相关，他似乎走在光的道路上。高大、健壮、黝黑、雄性、兽性、野蛮（其实也没有那么过分），就像是身着全黑西服、全白衬衣；佩戴铂金红宝石黑钻箭状胸针，暗红刺绣领带，托帕石珐琅巨嘴鸟袖扣；有着精心设计修剪过的胡子与鬓角；端坐镶金红木桌前，轻抚奥德赛主题浮雕扶手的老大哥最忌讳的那类人：那类好似救世主的男性形象，那类在接下来的故事里以极正面的阳光形象吸引所有女性角色，并引发读者浮想联翩的人物。老大哥从来就不喜欢他。老大哥觉得他会是规则的破坏者、秩序的动摇者。但作为新世界的主宰，历经三番四次反动的老大哥学会了忍耐和宽容（可不能傻到处死每一个有着异心的人）。于是，就像对待那些不断暗中观察计划的暗搓搓的女人群一样，老大哥选择了忽视，继续一个人培育一亭子的藤萝。黑色橘色紫色的方块大厦里，发条工程师运作着，不断把同样的磁盘装模作样地改换下代码，再塞进同样的身体里——这是记忆的加工方式。但这个男孩的加入打破了这圈子里的方才成型的平衡，他唤醒窒息埋葬已久的浪漫体制，接二连三地让失了心的人拿回希望，甚至是远古寓言中所描述的爱情。世界是阴天密布的，电闪雷鸣，男孩在不毛大地上奔跑，眼中闪烁着毫无畏惧的光；他的任务是什么，开辟这片混沌吗？这可是我的混沌、我的王廷，老大哥攥紧了拳头，站在至高的天台上，他不怕飓风，他想，还是得除掉他，没错，必须除掉他，他在抢我的人、我的名声。于是老大哥趁着夜色上了路，夜晚太阳死黑色的光吸引了无数肥大蛾子，它们聚在一起化作巫婆在老大哥耳边低语，似乎背负了麦克白的使命，又或者他才是麦克白，但不论如何这都会是个悲剧，因为老大哥最后总会赢，就像每一次起义反动一样，这是篇葬送了年轻人英雄梦的反派赞歌。

（好了，回归正常，希望上一段的加入能或多或少介绍我的心态，至少是铺垫了一个极端的背景）在轰轰烈烈吵吵闹闹喧喧嚷嚷的新学期伊始，这位男孩加入了我们的班级，也许是四个月共处时间已经磨尽原班人马对彼此的好奇心，便一股脑儿把心思全送交到那新人身上，他从哪里来，他叫什么，他有什么身份，他为什么这般晚来？（文中不会再啰唆这些边边角角的知识）男孩女孩纷纷围着他转。第一印象告诉我他是个好人，从他低调的举止到略带憨厚的质朴的笑，第一刻，我甚至认为我们也许能成为朋友。然而有些转变太突然、太迅速，令人措手不及。男孩离我们越近，我们就越能感受到他心底的那份玩乐：对世界，对学校，对人；而这和我的观念正背道而驰（因此我们未来没能交好）。但这份玩乐正巧是现代都市女生最中意的，任何年龄的当代男性只要有着高大魁梧的身躯，略显潇洒的面孔，再加上一点磁性的低音，此时倘若又会对你露出半分温柔，那可是恨不得飞奔过去淹死在他的怀里。于是这股热潮就像瘟疫一样蔓延开。道听途说到这样一个"完美"人格的存在，女人们便都扔下上学期末尾留下的陈年磁带一般拉扯不清的关系，渴望在他身上寻求新的开始。于是，这男生就像市场经济的浓缩，开始了在价格与供给之间的拉锯战。开头的那段日子是最"忙碌"的——当然和我无关。我们这些旁观局外目击者在一旁站成一行，扳着指头数那些乐此不疲的参与者，一个，两个，三个，叹为观止。即便是风流的去年也没有任何人有这样的派头。我们事不关己地不住摇头，又一笑了之，笑爱情的奴隶，笑他们过分又无意义的痴迷。但我很快就发现，我错了，我绝不是那个被允许笑的人（但是我有绝对的理由去嘲笑自己），不论什么降临，我既是受害者，又是罪魁祸首，就像宽宏大量的老大哥放进了救世主一样，我由内而外地错了。

　　就在这男孩拒绝了为数众多的追求者后，他终于有意无意地揭示了自己心仪名单上的候选人，那便是她，我身边的她，身边是我的她。很晚才得到这个消息，我，也许是最后知情的局内人（？），因为事先从没有想过（现在想想又极合乎情理，毕竟先前被第一印象影响的不止我一人）她也会被卷进这般琐事中。于是乎，学校里沸腾了，人们开始暗地里眯起眼睛，伶俐机智地在他和她身上挪移着目光，搓着手心，似乎是在阴谋地计划着什么。最初知道后，我内心也没有多大的起伏，毕竟纵使和她关系较好，我们之间没有任何严肃的约定，所以想就算他真的去追她了，也与我无关；反之我很好奇，想知道他会不会成为与众不同的那一个，做一些惊天动地的事。于是乎，我也加入了沸腾人民的行列，开始注意起（现在才明白那是监视）两人的举动，可丝毫也没有发现特殊的异常，这两人从来没有走得很近，甚至连点头之交都难以称得上（至今回忆起，脑海里似乎都不存在两人在那时对话的场景）。果然，是在畏惧她的气场吧，我想到。这样一对比，她和我之间的关系更显密切，仿佛一切都安稳如初，我们依旧夹杂在友谊和暧昧之间；而他则更像一个完完全全的局外人。于是我暂时安心，放下了戒备。她很少和男生走得很近，她只和我走得近，我也希望她只和我走得近。

可总会有坏事降临的吧，不然我又何必这般大肆铺垫呢？的确，就在这之后没过多久，就在我称心如意、继续日常时，窃窃私语多了起来，夹杂着一些骇人听闻的消息，如同黑暗房间角落里的滴水声，微弱却又充满穿透性。我的第一反应是忽视，嘲讽着笑那不切实际的传言，也告诫自己不要被风言流语分了心，毕竟这学校里奇奇怪怪的绯闻也是永不断绝的，可我再也冷静不下来，就在我最好的朋友也直视着我的眼睛郑重地告诉我这件事后——他们在一起了（而我又是最晚知道这件事的人）。我愣了一愣，试图去理解她这番话下的真实含义，却发现真相有时候就浮于事件的最表面，像初春湖面上的薄冰，平静自然，但对我来说却意味着破碎和不可逃避的极致冰冷。我感到体内某种力量在丧失，一种依靠，一种所有权；一档空白，一种距离感的产生。

记得那天我疯了似的在走廊奔跑，然后在走进教室的一霎那收敛情绪，装出日常的平淡，双手插在口袋里，走到她身边，若无其事地问了她这件事。她抬起头，俏皮地微微一笑，又点了点头，表示认同。我走出教学楼，只感觉天一下就黑了，翻腾的似烟似云的黑漆吞食了我眼中的最后一丝蓝色，徒留惨无人道的夜，连星星都不准许留下。在那个半夏微凉的傍晚，我却连续打了两个喷嚏。周围欢乐青年们的言语交谈擦过我身边，然后不属于我地离我远去；我看不清他们的快乐，也愈发理解不了自己的心情。我不觉得自己在生气，也没有绝望沮丧，那么这种不详的纠结杂乱究为何物？再仔细想，发觉自己不免想得太多。虽然我们之间的关系若即若离又亲密无间，但她毕竟从来都不是我的女友，我们的关系一直都作为醇正的友谊存在，我也从来没有思索过要去跨越这层微妙。这样说来她的的确确是自由身（当然我也是），她的情感也由不得让我来控制，而我的情绪也不该因她而波动，我本应置身事外的，我甚至应该要为她感到欣慰，我的确应该如此！——那么这份厌恶和嫉妒究竟从何而来？我越想，脚步放得越慢，不知不觉就来到了人群的末端，又不知不觉，这天地只留有我一人；眼前的路被不断拉长，我逐渐感觉不到身体的存在，只有意识在沸腾。我在思考，想明白、想解开内心的结，却又躲闪着不愿揭露这结中盖满灰尘的真相。我看见四周幽紫色灯火的嘲笑，紫藤萝摇晃着藤蔓想要从亭子里冲出来掐住我，网球场冰冷的绿色铁网显露出青铜般的脸，乌黑发亮，千百的网眼仿佛是那逐渐破碎、离我远去的世界。我陷入黑暗，我感到失落，在这场看似和我毫无瓜葛的戏剧中终究还是失去了什么，失去了只属于我的东西。我不该迷恋上她，但她本应是属于我的；我们没有在一起，但她应该是属于我的；我们不曾有过拥抱，但她应该是属于我的；我能感受到我们之间的联结，那种透明的共同感，她接纳我，她拥有我，她是我的；她是我的！

也就是在那个时候，我痛苦地了解到真相，这种病态占有欲的背后只可能是爱情。其实这份情感的证据比比皆是，而我以往只是在尽我最大的努力去忽视，去埋藏。我爱她，从第一眼见到身着白衣的她开始；我爱她，从交换梦想开始；我爱她，在空旷秋色滤镜的渲染下；我爱她，从焚尽的玫瑰园开始；我爱她，在萤火虫的光照下；我爱她，只是领悟之时，她已被他人拥有。

既然坦然面对了真相，我也就不该再躲躲闪闪，最坏的情况似乎已经过去了，那在最绝对的极恶情况发生前，我觉得自己有义务（为了自己）去做些什么。有时候黑夜不会留给你哪怕是一盏亮灯，你必须徒手撕开天空，用最残酷的方式解放自己。我从不相信自己会是这样的人，不是指一个爱上别人的人，而是叹气于我接下来难以置信的做法（即使是现在再审视这件事，还是心有余悸）。长话短说，在我内心里自暴自弃了几天之后（当然外表上还是如初，从不将真实心思展现在外是我的特长），我开始专心注意起流言来，因为即使在日常里仍与她十分交好，一旦牵扯上与他的种种事项，我却丝毫的信息都捕捉不到（当然我不敢直截了当地去问她），似乎有着天然的屏障，帮我拦住这些扰乱心思的东西；然而我眼下却格外渴望这类消息的获取。于是，我打算去拜访那些窸窸窣窣的声音，低伏下身子，好像是潜入黑森林里寻求复仇魔药的内心支离破碎者。果不其然，我无意故意间听说了一件有些意思的事：她与他的结合似乎不是她的本愿，而是缘于那些流言者的怂恿。

既然她不曾郑重地喜欢过他，那就说明两人的感情并不那么稳定，一切都还有可能改变，彻底地改变，如果天已经被我撕开口子，那为什么不沿着这条血迹走干净呢？于是有一天，我又和她走夜路。同样的黛紫色灯光，同样的凉风，同样不去在意身边行走的影子，只不过切换了季节，切换了往日里单独的心境。我们仍然走得很近，肩蹭着肩，就和从前如出一辙，她身份的暂时改变什么都没能影响，似乎她的他就是一个无可畏惧的摆设，这也为流言提供了证据吧，我想。耳畔的恶魔在窃窃私语，把我最内心的不良心思给勾了出来。我顺着这条思路行动起来，吞了吞唾沫，以随意聊天的方式询问她与他之间的关系，特意强调有没有不太顺的地方。既然对象是极好的朋友的我，她也就没有什么可拘束的，便开始了叙述，我一步一步，顺着她的话接下去，越挖越深，就像恶魔告诉我的一样；最后，我终于问出了她同意与他在一起的原因——真相竟是与流言中所描述的相差无几。我几乎停止了呼吸，胸腔被偷笑和心满意足的混合物堵塞，然后不加任何思考地，我说出了这番话：那你就和他分手然后和我在一起吧！

我带着一丝戏谑的语气说道，努力把这句话婉转成一个玩笑，她也明白，却笑了笑，并表示接受请求。我有些受宠若惊，当时居然险些就当了真，又转念想，只觉得自己可怜又可笑。以至于两星期之后两人真的分手时，我陷入了两秒的沉默（分手是预料之中的，只是没想到居然会如此之快），不断地思考自己和这不足一个月的闹剧是否有关，是巧合还是刻意无误的罪魁祸首。我无法判断，径直走到她跟前，问她现在打算怎么办，她笑了笑，不是你说的吗，我和他分手后就和你在一起。我又陷入了两秒的沉默。我们俩就这么在一起了，有些周边的人明白这只是个玩笑，但大多还是不明所以，曾经帮助过我的绯闻现在又流传起了新的玩意儿：我曾在她耳边吹风，让她离开他；但明白事理的人应该都知道，我才是一直拥有着她的人，她本来就该属于我，可惜明白事理的就我一人。

被分手的他没有苦恼很久，而是迅速地找到了新鲜目标，所以我也没有感到特别愧疚。于是他就这样急匆匆地来，又急匆匆地离开了我们的故事。但他对我来说却是个不可或缺的角色，毕竟他为我铺好了路，让我认清了内心，不是吗？如果不是因为他，我到现在可能还不明白自己对她的感情，那种混沌也许会扰乱我至今（但现在看清了，有时候反而又想回到过去的茫然）。至少前进了一步吧，即便什么都没有发生，我单方面的情感算不了什么。事情发展到这里，算是进入一个新的阶段，一个发生在我们已成"情侣"之后，我接受自己，并开始暗恋她的阶段。

后来我们渐渐地淡忘了这件事，流言随着春风逝于夏季，很快，没有人再在意这陈旧的篇章，在他们眼中一切都似乎已经尘埃落定，不值得再加以费心。于是他们又去拜访其他人，一个接一个，被找上身的人恐慌，旁观者大笑，殊不知下一个受害者有可能就是他们自己。汹涌澎湃的春天过去了，我也把那已经看明的心思又塞了回去（这不代表我打算忽视这感情，而是真的没时间去顾及），继续奔波日常，在学习与一个接一个的活动中磨去时光。直到半年后的某一天忘了是谁再次提起，把这断档的情节再加延续起来。她看着天空，说道，我们好像还没有分手呢。看着她，我不知道是该快乐还是该怎么想，如果这是一个玩笑的话（这就是个玩笑），她未免也执着太久了吧——虽然我心中希望这是个一辈子的笑话。但她的这句话又让我沉默思考，回想起一个我早就该挑明的问题，一个暗恋者都想知道的问题——那便是她对我的看法。就算是半年前她答应和我在一起（画重点，是玩笑）的那一刻，我丝毫不清楚她对我的感受，她究竟有没有喜欢过我，对我有没有任何除了友情以外的情感。我从没有去问，她也从没有来答。似乎到目前为止都是我一人的独角戏，我内心的一意孤行。她永远在附和、微笑，这是她全部的职责；而我则是像回答语文阅读题一般揣摩她的心思，把这个罗曼史盲目编织下去。我有把握，我在她的心里绝不会一点痕迹都不留下；但这痕迹有多深刻呢，我那时间真的不好说。

之后，我了解到女孩似乎从没有过正常恋人间的交往。她的性格也许是罪魁祸首——外表清高的她有着欢乐的性格，再往下却又是孤独的内心，一道与所有人的隔阂，骨子里的冷淡。她不喜欢亲密，反感异性动手动脚的行径（正好我也不喜，所以有段时间我爱称我们的关系为"柏拉图式"）；她对日常情侣之间的亲昵对话感到厌恶，却把学习捧到了制高点。开学以后，喜欢过她的男孩不占少数，但绝大部分在很短的时间里便放弃了，部分是知难而退，更多的则是由于上述原因，他们更倾向于追求撒娇粘人的甜蜜。于是一直以来，陪伴在她身边的只有我。便是这时起，我开始认定我是她在等的人，是那个将要带来她心中爱情模样的人。我反思，我们共度的时光无可比拟；她的性格决定了她很难爱上别人；她也许是我最高的选择，但我却是最适合她的那个；她内心有着的禁锢，只有我有把握去打开；我认定了她，她需要我。

终于我表白了，不过是在近半年之后。事发偶然，因为滑滑板我崴了脚，便有了一星期在家休息的权利，期间无聊，我叫了几个朋友来家里玩。派对中偶然问起一人的情感状况，她说自己有男友了，但又补充道只是为了 have fun。真的只是为了 have fun 吗，青少年恋爱这回事？我暗自庆幸（虽然我和她仍未正式在一起，但我总爱将我们的关系与其他情侣进行比较），我们没有这般随波逐流：倘若从彼此身上获得的仅仅是愉悦，那也太无意义了；我们的追求要远在这之上。可与此同时我感到一种落后的惆怅，在听伙伴讲起他们如胶似漆的爱情时。那天夜晚我想了很多，躺在床上，睁着眼睛，看着窗帘缝隙之间透进清冷的路灯光和月光，带着负伤的肉体（一条打着石膏的腿）与体内酒精的燃烧，我晕沉沉地放下了心墙与防备，也只有到了这番颓废空白的状态，那份渴求答案的涌动才会促使我再度推敲那些问题。那是三月的最后一天，我明白自己在下半年就会前往英国，撇下地球这一边的一切情，但我指的情，首要的便是她。我不想就这样不了了之，或是像懦夫一样全全拖到最后一刻才去解决；不论什么结果，称心如意或事与愿违不再重要，我需要的只是一个赤裸的答复，当然能称心如意是更好的。为了不留遗憾，我辗转反侧，最后还是拿起手机，怀着迷惑又有意的心，终于开始下手去触碰那完美幻境，以最直接的方式问出了我长久以来压抑在内心的问题：我们在一起好么？我特意强调了"真正"（当然不是打出这两个字，而是一种显而易见的情绪）这层意思。她很快地回话了，以无辜者的"我们什么时候分过手？"开头，用"你是受什么刺激了吗？"过度（我于是说我喜欢她），并提问和之前的关系是否有任何区别（那我便说我不再粘其他女生了），最后以"好啊"结尾。嗯，好啊。不过接着第二天（好笑的是这天是4月1日愚人节）她就反悔了，称不习惯，问我能不能不要明确"情侣"的身份，不然她会不知道如何面对我，原因是先前失败的经历（说实话，我是预料到的）；她喜欢以往的相处模式，舒服，她这般形容；所谓名分这种东西对于我们来说是不需要的，她又补充说，其实没有名分的拘束我们的表现会更像恋人——名分分两种，对外和对内，她很随意对外的身份，认为好像在很多人眼中我们一直都在一起（那件事之后），就这样继续下去也没有问题；但对内，她还是认为我们不要太严肃了。但同时她又提出了要求，虽然不作为正式的情侣，但既然我喜欢她，那我就只能向着她（意思是减少我和其他女生之间的日常，我答应了），——我只有你一人可以说话了，她解释道。这代表我在她心底必不可少的存在吧。我理解她，她抗拒爱情降临的心绪，缘由是伤；她害怕我们之间珍贵的感情也会这般逝去，而永不戳穿永不看透是守护它的最好做法。只有这样，我们才能勇敢地去维系已经拥有的一切，那般难能可贵的平衡。我认同她的观点，内心也明白这是最好的做法，而她也丝毫没有否认对我的情感，那就够了（即使内心仍有细小的失落）。于是这是我们第一次（第二次）在一起，对内，为期约等于十二小时；对外，好像什么都没有改变。

本来吧，要是上一段是故事的结束，倒也会有别样的感触，遗憾的圆满，可我就是收不住手，也许这就是狮子座的性格之一吧，不达到目的誓不罢休。也就是在上述剧情发生过后的两个礼拜，我又一次百般寂寥地躺在床上，在凄惨的月光下叹息着肉身的脆弱，消极的心情意外敏感，又停不住开始审视自己来，想起心灵上的依靠，想起飘忽不定的爱情，她的形象再次出现在脑海（这里要插一句题外话，关于我可悲的水逆，我脚崴休息一周后，回学校第一天就在下楼梯时把另一只脚也给崴了，于是又在家躺了一个星期）。所以我究竟是否拥有了她？她半进半退的举动不能算是我的成功，还有最后的一道墙。多希望我能成为第一个走进她心的人啊，想要感动她，融化她，温暖她；我觉得有必要向她道出真心话，我的意思是，那些掏心掏肺的话，从心底涌出的话；那些承诺与幻想，我有必要告诉她。于是我坐起身，摸出手机，打下了一条条消息，把我的心路历程第一次原原本本地交付给她，或是任何人。从我华丽的初恋悲剧，那个秋夜冰凉的遐想，失物时占有欲的觉醒，到孤独的交心圈子，约定的耶鲁……这两年的所有念头似乎都在那个时刻苏醒了，回忆一阵一阵地，冲刷我的意识，我荡漾在自己心潮的流水中。我也提到后悔，原因是建立了太过深沉的友谊，导致爱情的理由实着让人难以信服；我也提到遗憾，感慨我们相处的时间已将走到尽头，无法将一切冷却、重来。但至少，至少，我希望我们能有一个开始，其他就交给时间吧，它是一切命运的主宰，一切悲欢离合与梦想的决断者。

我不想再去做无用的努力，侧击旁听地忽悠自己——我认为我已经做得足够了，倘若这样还不足以挽回，那或许我们之间的沟壑比想象中的更深险。矫情吧，当我说完话的那一刻就感觉到了，那不是我，至少不是我在外表现的一面，但也不是说我骨子里其实就是这样的人。她在第二天回复了我，也许是话说得多了杂了，就缺失了重点的解读，又或是她故意选择着去解读，总而言之，这一次，她没有正面回答我的问题。可从她的回复的暗示中，我明白了一点，那就是与其现在在一起，她更希望等待，她接受时间的决断；她依然执着地认为自己难以再爱，至少在学生时期——还有六年——她不打算解开心锁。六年吗？我微笑着。这是希望吧？我想到，我终究还有希望，只是不在当下。

不久后我出国了，这条线还是很遗憾地被搁下，我的努力和挣扎看似都成了徒劳。我曾想过最好与最坏的结局，但却不曾对这中间剧情加以考量，于是乎这便成了最坏的情况，但我只能离开，迫于命运（与前途）。在英国这片崭新的大陆上，我不抱着过多的兴奋，打算继续封闭内心，毕竟接受了承诺与藕断丝连的希望（况且我真的爱她），那至少要努力去守候吧，虽然我不知道这般等候的本质究竟是什么。新学校更为繁忙，眼花缭乱，应接不暇的人与事让我几乎放弃了使用社交软件，逼着我把所有的精力投入进去。但这也好，我几乎不能想起她，也没有时间去联系——只有一个例外，那便是当别人问起我有没有女友时，我会提起她；她成了我与别人保持距离的借口。

当然我遇到了新的人，新的朋友，也有深层交心的人。于是有这样一个中国女孩，聪慧可爱，单纯爽朗的外表丝毫不能让我联想到她有过的四段刻骨铭心的恋爱。有天我们一同去出玩，天黑返回时，坐在的土上，我顿时有感，便把我与她的状况讲述给女生听。女生仔细地听，脸色凝重，听罢，她评价道，她从没有见过我们这般的情，说我们不像恋人，因为我提到我们之间从没有特别亲密的举动（我笑着解释我们这是"柏拉图"式情）；她又说，如果爱一个人，就应该有爱他（她）的表现，爱情是热烈的，应当像狂风一般，呼啸着翻滚过来，大手大脚，无拘无束，而不应该被压抑着（但我们并没有在躲藏，而是本能地反感，至少我当时是这么告诉自己的）；她又问，你觉得你们像恋人吗，我更觉得你们像朋友。朋友么，有多少人这么想，有多少人不这么想。我没有回应，而是看向出租车窗外，映入眼里的只有枯枝大木的轮廓，它们比天更黑，更扭曲，延伸着，像是不毛大地里失败的探索者，干枯的躯体层层叠叠着，预示着毫无希望。在这些尸体的背后，我看见了相机拍摄不出的深紫色的天，它在流动，像是满满的烟雾，蓬松着笼罩这条无尽的路。这段路上只有我们一辆车，没有路灯，看不见月亮与其他会亮的恒星，只有车自己的灯光，照亮前方不远的一小段路，就这样自我扶持着，载着无言的乘客向前。有光又无光，我们行走在看似光明的迷宫，却发现出口的光明只是心底催生出的幻想，是自欺欺人自作多情的产物。像月亮，像小镇里的高傲草原，永远都到不了，不论你登上多少级阶梯，翻过多少座山，永远都到不了，不是因为不够努力，而是那规定死了的无法缩短的距离，那层无与伦比的隔阂。美好的错觉与充实的希望都是自己给自己的印象而已，不代表它们就是真实的存在。有些东西就算彻彻底底地属于你，却也不该是你的。这不是奴役的爱情，而是友谊顶端的破碎镜面，罩着你和她，也隔断你和她。所谓的内心抗拒爱情，都是借口，我自始至终都应该是明白的，只是不敢面对罢了——但是这又该如何解释她留下的约定呢？

我仍在尽全力相信时间的誓约，相信未来——可这约定也是源于对一个极小暗示的解读，真相有可能根本不存在。但那个时候我还不相信它，遥远的距离提供了一个完美的幌子，让一切都像假象，即使我已领悟绝大部分，但没有确凿的证据，我还是尽量不去相信。圣诞节假时我回了国，又回学校，在六个月以后，又一次看见她，看见丝毫未变的她。我顿时安了心，一切负面的想法不翼而飞，幻境重现，雪花羽毛恶狠狠地砸下来，我窒息于珐琅和丝绸之间，化作泡沫，变成紫藤萝和萤火虫的养分，流光和霓虹尖叫着，动感的线条割裂着眼界，猝不及防。她像是由星星点点组成，曾在我的世界里飘散成灰烬，现在又凝聚，重新回到了我的世界，星星点点。苏醒后，我把从英国带来的礼物交给她，那是一本在旧货市场偶然发现的上世纪出版的《爱玛》。从头开始，书都是我能够想到的最适合她的礼物，最稳重，小心翼翼恭恭敬敬，永远不怕会碰坏什么；书是安静的，它有故事，却从不嚷嚷，保护着里面的每一个墨痕——那都是其他心酸者的笔触。一切谣言看似不攻自破，我与她之间的关系依旧如初，就像挚友，就算许久未见，之间的羁绊也不会改变。中午我同她一起吃饭，畅快地聊天叙旧，丝毫不像我们之间已有近乎半年没有见面。一切话题被完美地重新拾起，从我记得的地方再续，仿佛我们俩仍是那年秋季的西装革履。多希望就这样继续下去啊，直至死去。这时候，我听见两个男生从身后叫唤我，惊讶于我的归来，接着他们和我开起了玩笑，以她是我女友来起哄，本来我没怎么在意，跟着嘻嘻哈哈，但当我不经意间瞥向她，看到她眼神中毫无遮掩的不安与烦躁时，我终于明白一切都该结束了，我的自作多情；黑夜里，她再不会与我同行，现在或是未来；一切都是玩笑，一切都是假象；但玩笑，也是时候结束了。

　　结局在圣诞夜。白天，我们最后一次组伴出游，和其他友人一起。在将近黄昏时，我懒散地走在人群最后方，看着过去两年里与我风雨同舟的一行人，她在其中，一点也不突出，也不该突出，就和其他人一样，这是友情的界限；而爱情这边的我，孤身一人。夜晚，我最后一次和她发消息，询问她我们之间究竟是什么关系，她回答，朋友，又补充，闺蜜。我明白这两者与情侣之间的明显差距。我能与很多女生做朋友，甚至闺蜜，与大多数，我也只希望成为闺蜜；可这却是我第一次厌恶这层关系的存在。

我失败了，终究不是那个能够打开她心门的人，不是她想爱的人。她说过对恋爱有抵触，处理不好情感上的事，习惯了一个人的状态，她说这样自由；我曾经又何尝不是这么想的呢，听不懂情歌，看不起血腥爱情故事，认为爱无足轻重，直到我遇到了你，我才重新燃起希望。从这个角度来看，你甚至是我的拯救者，而我的愿望便是成为你的恋人，不过可惜，愿望驳回。周而复始，最后还是完结于"朋友"一词，可这友谊还会纯粹吗，你会当作从没有醒悟，当作一切不曾发生地面对我吗？

本以为我们会是对方的一切，却发现我在她的生命里只是一名陪伴她两年时光的过客，纵使我对她再如何重要，仍是过客，陪伴她度过十六七岁的最好年华，留下分量，再与她告别。我明白自己是哪里做错了，那便是不该以过分亲密的友谊开始，它注定了这份情终将与爱分道扬镳，毕竟这份联结产生的羁绊远远胜过爱情最美的样子；但有时我反而不想要这样的高尚，更愿意享受凡人一般的爱，哪怕只有一次。关于我和她，我真的想了很远，大学毕业后，在夕阳下的爱琴海边，我真的想了很远——但花瓣都枯萎了，五彩纸屑上积满灰尘，沙霾涌进褪色的大厅，淹没走音的大提琴。她像海市蜃楼，诞生于黄沙之上的不毛大地，飘散在希望者——我的眼里，唤醒了一些本已经死亡的东西。这两年，我收获了第一颗爱情的果实，只可惜生长在一棵只由我一人倾心浇灌的名为"自作多情"的大木上；她提供了种子和模棱两可的希望，其他什么都没有做错；从头至尾，只有我一人自欺欺人地加以培育，直至结出苦涩的孽果，也仅留我一人享用。我不会不再相信爱情，我坚信那是存在的，只是我再不会把疲倦的习惯装饰成爱情应有的样子。这一次，我输在了自己的矜持；下一次，当机立断，才会是好戏开场。

2018.1

（二）

初秋，月夜，女孩向我吐露了她的心声。

人都散去了吧，形色匆匆。没有人在意我们放慢了的脚步。

月色如水，空灵的黛色散逸在女孩的发丝上。她走向路边的花坛，踩上那不高的水泥阶梯，将手轻搭在硕大岩石上。女孩感受着饱经风霜的粗糙纹理，以及她心上的斑斑起伏。

夜晚的风吹啊，摇晃了地上的青草，剔透的露水从草的顶端滑下，渗入深棕色的泥土之中。

女孩转过身，洁白的过膝长裙随着风向旋转了某个角度，最后沉默地悬垂下来。借着雨水轻柔的反光，我隐约望见她细碎刘海下漆黑黯淡的瞳。

"你知道吗？"女孩在久久无言后第一次开了口，"想让这一切好起来，太难了。"

她顿了顿，抬头望向只有零零星光的黑夜，本应被群星簇拥的月亮身边只剩下那颗启明星。"追梦真的只是某个不合实际的臆想么？我，我真的是个如此离群的人么？"

不，你不是。

她们才是做错了的人，只是可惜，没有人理解，也没有人在意。

"你是知道的——你还记得吗！我们这个团队刚刚建立时对未来无尽的憧憬，那些向往，甚至是可笑的野心……"她的语气格外激动，就像孩子不断向父母哭诉已经找不到的玩具是多么有趣一样。可所有珍贵的事物，有哪一件不是遗失后才发现其价值的呢？

"可你们都忘记了，忘记了，又或者只是将它视为儿戏，就像那些天马行空的荒唐念头一样——只有我会去坚持最初的理想么？毕竟，我真的想把这一件事做好。"女孩的声音趋于平静，她抿了抿嘴唇，叹了口气，恍惚有种悲情电影中女主角的姿态。

位于队列最后的一两个人此时也已经从我们身边走过，看着我们，她们用手捂住嘴巴，低声说了些什么，最后匆匆离去。女孩看着她们跑开的背影，片刻后转回头，接着说道：

"这之中的确有我的过错。"一个人在最绝望的时候会开始责怪自己，即便我们确实是受害者。"说到底，是我选择了她们，是我信任了她们，是我把她们带入这个队伍，我想，作为一个领袖，我是失职的……"

我刚想反驳她，被她摆摆手制止了。

只听女孩又说："也许就是那该死的第一印象蒙骗了我，使我落到现在的地步。"是啊，她们友好地应答，积极地出着各种主意，帮忙去规划，难道这些真的只是装模作样出来的么？我不知道，风不知道。

耳边传来枯叶在地上翻动时发出的沙沙声响，可我却丝毫感受不到秋日傍晚的凉意。

我一直看着女孩，路灯在她的身后逐渐虚化，淡化成白茫茫的影子。

"利益，虚荣，这些难道是她们真心想要的吗？更应该让我们所珍惜的不应该是共同达成一个梦想时带来的喜悦吗？这，这才是我们的初衷啊！"她盯着我的眼睛，仿佛想看穿我的心，看那怦然跳动的血肉中所呐喊的是否同样也为她所珍惜。我避开了她的视线，因为我不懂她，她不懂我，每一个人到头来都是独立的个体，想要找到内心真正的依靠，没有那么简单。我同情女孩,这就好比自己苦心经营的事业毁于他人的冷眼旁观一般,自己的奋斗在他人眼里却是不值一提的玩笑。梦醒后难免会感到惋惜与空白的惆怅,梦想也是如此吧,都是孤独的人用来存放微不足道的期望之容器罢了。

"因为有了团队,所以梦才永远只是梦,对吗?"女孩最后说道。

2015

惨白

（一）

娅妃羡慕地望向男生和载着他的的士前去的远方，突然间感到愈发的疲惫。连着一天迢迢的购物消耗了她纤瘦身躯里近乎所有的精力。女孩叹了口气，低头看了看购物袋里新买的包与围巾，以及无数沉重珍贵的化妆品。夜晚的风很冷，它从遥远的苏格兰刮来，混合着草原霜的冰凉，还夹杂着若有若无的雨丝。娅妃不自觉地打了个哆嗦，想起近期闹得沸沸扬扬的流感，又瞧了瞧自己单薄的衣着，不由得心虚。除了寒冷，此时更多的痛苦还是来源于脚上。今天竟选了全然不适合长时间行走的皮鞋，真是倒霉，她嘟囔道，不断地轮换抬起放下双脚，希望借此来消除疼痛感。

二月的伦敦有着最不祥和的气候，伴着永恒的寒冷，夜幕也提前降临，世界悄无声息地在四五点就开始把影子铺张到这个城市。本地居民倒是已经能熟练地接受，他们提前离开街道，躲回舒适的屋巢（或是酒吧），打开暖气，在沙发里享用热巧克力（或是纯威士忌），只留下外地人和流浪汉还赖在街头，不愿或不能离去——更别提此时已接近十点，大部分的店铺都早已歇业，就连绝大多数的游客也都已经回到宾馆，正舒舒服服地倒在雪白松软的床上，缓解伦敦带来的独有紧张感。此时女孩身边经过的，只有偶尔出现的行色匆匆的深影路人，走向黑夜与飘渺灯光相融的前方。娅妃摇了摇头，一时间没反应过来为何自己还愣在外边。果然是太累了吧，她苦笑，于是又拖着那三个袋子，装作无视着经过一位拿着乞讨牌，蜷在肮脏被单里的无家可归者。在那人怀里大狗的诡异目送中，娅妃迈着疲惫的双脚把僵硬的身子挪进地铁站。

这时候的地铁站相比外边还算有些人气，不像白天熙熙攘攘，却也达到了让人感到安全的程度。女孩把右手的袋子递交到左边，左肩不平衡地下沉，再把冰冷呆板的右手伸进裤袋里，无力地取出那张返程票。将它举到面前，娅妃恶狠狠地盯着上方印刷的日期。若不是为了不浪费这几镑钱，我可不愿在这个点来坐地铁呢；哎，真希望可以打优步回去，女孩内心抱怨道，脑海里幻想着温暖的松软皮质座椅，幻想着靠在窗户上听雨。但事到如今也没有别的办法，实在没有理由再出去到大风下雨的黑夜里。于是满腹忧怨地，她走到栅门边，机械地把票插进机器，栅门无声地打开，走过去，机械地拿起票，栅门又无声地关上。走下楼梯，娅妃听见了由远及近的风声；刚走到平台，一辆地铁便朝站驶来。唔，时机正巧，女孩打了个哈欠，迈向站台；地铁门开了，人们陆陆续续地走进；抬起头，她带着一脸倦容看了看地铁线，确定前几站无误后便走进了地铁。车厢里人不多，甚至还有空闲的座位，娅妃便坐下来，靠着扶手，把袋子搂在胸前。这时，地铁的门缓缓关上，伴随着"滴滴"的提醒声。女孩在座位上仰着头，看着惨白的车顶出神，顿时觉得百无聊赖，便像所有现代社会人一般掏出手机，打开通讯录，给朋友发了条消息。还在等着回复，指尖还在不断刷新着界面，娅妃的精神却随着地铁起步带来的失重感而恍惚起来；车厢内没人说话，他们都低着头忙乎电子小盒子里的玩意儿，能听见的，只有车厢自身摇晃时产生的白噪音；地铁平稳地开着，带有偶尔轻微柔软的颠簸，确是睡神降临的最佳地带。于是，不知不觉地，眼皮再也撑不起睫毛的重量，在天然的摇篮里，娅妃睡熟在最不该熟睡的时间里。

睡梦中的时间究竟在如何流淌，谁也不知道，有时候一闭眼一睁眼，便让十来个小时转瞬即逝，不免悔恨，怅然若失；有时在梦中流连往返，历经万千，穿梭于所有曾经去过或没有去过的完美地方——结果回过神来却发现自己只不过徘徊于时间的褶皱上，究竟是完成了有限生命里的分支剧情，还是徒增回归现实时的惘然，无人理解。我常常强迫自己去做更多的梦，在清晨五点，带着微弱的意识时——人似乎在这时候能够驯服梦，让它们顺着想象延伸，牵扯上意料之外情理之中的人与事，像是以旁观者的角度看一本以自己为主角的科幻小说，随意动人。但即便如此，梦仍没有结局，只是不间断地从一个故事过渡到另一个故事。梦不能回头，也看不见终点，像是持续永久的流水线造物，不断添加替换原料，却无法知晓成品是什么——你只能期待未来的某一时刻再极为偶然地回归，但那必定又是另一段旅程。你是记不得梦的。

娅妃在地铁驶入终点站台的一瞬间清醒，这是她的目的地。此时车厢里只剩下寥寥数人，他们在地铁门开的一瞬间纷纷下车，仿佛想逃离此地很久了，只留下睡眼惺忪的女孩和她那些繁多美丽的沉重负担。娅妃缓慢地站起身，转了圈脑袋，放松恶性睡姿带来的脊椎疼痛，拎起购物袋，最后一个走出车厢。地铁站里已经没有任何其他人类的影子了，整体气氛是暗色的昏黄。两排老旧的灯泡总有一盏忽明忽暗，上面挂着残缺的蜘蛛网，眼见到八条腿的主人已经干枯而死，飞蛾边狂妄叫嚣，边胆大地围着它转。娅妃从蜘蛛网下经过，没心思在意大自然的弱肉强食，一个人走上阶梯。平日里的她是不喜这种阴森氛围的，自认为具有敏感的灵异体质，能感受到其他人所无知的东西与能量，所以向来排斥靠近黑暗和一切代表它的事物——角落、爬虫、古董，等等。但此时，占据她内心的尽是酸痛的脚底和肩膀，没时间多愁善感。

走到地上层，这才又有活人出现，少数沉默忧伤的旅者像疲惫的蚂蚁一般在大厅移动，格外渺小，仿佛地铁站连同底下的大地正在向四面八方延伸，大理石又回到了亿万年前的灼热，黑色纹路再一次躁动起来，里边充满生机勃勃的细胞，它们不断被拉长、分裂，无穷无尽，直至产生连时间都无法追赶上的距离。娅妃停下脚步，却感觉越走越远。赶紧再踏出几步以抛开异想拉近时空，调整呼吸，来到栅门前。她从口袋里取出票，插入机器中。意想不到，红灯亮起，票被退回，栅门未开。女孩不解，再试，却导致了机器传递向整个大厅的警告声。女孩手足无措，不知究竟是什么地方出了问题，不知该如何是好。这时，默默地，一名身穿制服的先生不知何时出现在栅门的另一边，女孩吓得险些叫出声，只见这位戴着帽子的安保人员驼着背低着头，帽沿压得很低，皮肤黝黑，看不清脸。一言不发地，他掏出一张卡，在感应器上刷了下，绿灯亮起，门无声地打开，敞开怀抱迎接女孩的到来。娅妃轻声道谢，拎着东西匆匆过了门。在走向地铁站大门的途中，她不经意地回头，看见保安先生仍站立在栅门边上，朝女孩离去的方向耷拉着看不清面容的脑袋；赶紧回头，加快脚步，不知怎么的，这个夜晚充盈了不详的气息。女孩只想赶快回家。

（二）

她出了地铁站。夜的浓度与进站前相差无几，满天尽是轻薄的黑，通透却埋葬了月亮，难说究竟有没有水蒸气与云的功劳；怎么吹也吹不走的风刮来低沉的都市噪音——就像千万台中央空调在五十里外响着，交通，商业，政治！街边仅有相隔十米一盏的低矮路灯，它们缩在灌木丛旁边，假装也是某一自然的造物，如同萤火虫一般自私地只照亮周身的一小圈，然后在身后的木篱笆上留下淡淡的光的影子。影子混合相交流淌的木纹舞动，化作时而清澈时而黯淡的波浪旋转挪移，用人类读不懂的信号预示着什么。娅妃无言地走过它们，一刹一那地穿梭在黑暗与短暂光明之间。可惜连路灯的存在也在这条街的尽头被抹去，道路狠狠地向左右分叉，却都指向黑色蔓延。女孩站在最后一盏光明旁边叹了口气，摇了摇头，觉得自己头脑里有很多思绪，但又没有任何有用的想法，只能凭借记忆继续走下去。一旦一丝光明都不存在，眼睛反而能够更加尽职地认清前方的道路。不过是地球的影子罢了，娅妃开始接受夜原本的色彩，发现了它的亲切之处，便不再紧张。所以想害人时，是该直接把受害者浸入永久的绝望之中还是在其中假放着希望的线索呢，害人者心里是有答案的。经过了第三个拐口，就在娅妃以为将要到家时，她发现了不对劲的地方。

本应是宽阔石砖大街的地方竟凭空诞生一个花园，半开的黑色铁门比夜晚还要深刻，上面似乎有带字的招牌，模糊不清；里面似乎有灌木花圃，在星光下居然闪烁着得当的细腻之美。女孩想着兴许是自己记错了路口，又突发其想到从中抄近路好像也不错。于是没有丝毫的警惕，她踏进了花园。

郊区的夜色流淌着紫色的寒气，它们无忧无虑地借风运作飘荡着，仿佛无形樱花的坠落，却因缺少空气的阻力，从而玩弄似的环绕着女孩的手腕，消逝在她胸前。娅妃继续摸着黑沿着石子路往前走，感到身体越来越冷，不禁缩了缩脖子，可在过短的领口前也无济于事。花园里没有光，只在尽头处有一盏引路灯，上边汇聚了所有的夜行爬虫。娅妃把那儿当作自己的目标，大踏步地走去。可究竟为什么自己会直直地撞上一块坚硬的什么呢？这东西仿佛凭空出现在道路中间，真是建造师的败笔。膝盖隐隐作痛，娅妃忍不住叫出了声，她弯下腰揉了揉腿，再拿出手机按亮（真是应该早点用上），想看看究竟是什么该死的东西挡住了去路。在手机屏的暗淡电子光下，娅妃看出那是一块石头，一块整齐切割的石头，表面光滑，另一面上似乎还镌刻着什么。她走到左边，低下头一看，上边刻的字已被时间腐蚀，模糊不清。娅妃刚想眯起眼再仔细看看，却猛然意识到了这东西的真实身份——可是墓碑啊！接着，仿佛是掐好了时机一般正巧在此刻，月亮从层云后面出来，硕大冰凉的月球洒下借来的光，镀银般璀璨地照亮了花园里的一切——那些熠熠生辉的十字架。它们仿佛在扮演神圣的墙，一层一层，一圈一圈，如同黑巫师的阵法，毫无章法却又有阅兵时的压迫力量。女孩被眼前的景象震惊了，不禁愣在原地。惨白惨白的月光下，东倒西歪的墓碑在颤抖，凹陷的文字在尖叫，灌木丛在窸窣，穿过破碎缝隙的风在哀嚎，整个墓园的生命力竟在这一刻苏醒，有什么就要呼之欲出。

　　娅妃顿时想到了死亡。不是害怕于自身的死亡，而是想到死亡这件事本身。所有人的一生都会终结于此，不是吗？不论多么的丰功伟业，或是惨不忍睹的生活，最后都是被一起葬在这儿，安详，接着被遗忘。她轻轻地用手指擦过面前的低矮石碑，很凉，又很温和。它们何时会来带走我呢？从震惊中缓过神来后，女孩想，我不曾畏惧死亡，我尊敬它。生命是记忆，是印记，活过的证据不免是一段脑海里的影像，仿佛二十世纪的电影，有着冗长的胶卷，播放着人间的七八十年的录像，倘若还有观众，那上映的时间也许还能长一些；如果没有观众，没有人再去在意这段记忆，那就真正什么都剩不下了。太少人能真正为自己而活。没有其他人的见证，我们空无一物，换句话说，若不是为了让他们牵挂纪念，为了让我的那些亲人，那些爱人因为见证我的存在而存在，我不愿活着，我无需活着。源远流长的心理活动毫无防备地袭来，沐身在月光下与亡魂为伴，女孩没有恐慌，而是明白了什么。所以生命终究缺乏意义可言，都是血淋淋的行尸走肉罢了。世界欺骗人类，让他们暗地里承认生命的可贵，让他们以为功绩不朽，勇者长存；可这番因"纪念"而生的命又有什么好处呢，统统为了卖力维护他人眼里的形象，而其他人也奋力地想把自身的印记加于更多其他人的眼上心里，可这些人终究都会逝去，同我们一道躺在这墓园里。

有时就怕极黑的夜里人们浮想联翩，他们躺在床上，盖着一半的被子，双眼直瞪着天花板，心脏急速蹦跳，不知是因为领悟这般残忍真相的激动还是因此而恐慌。所以有时候触景生情是一件令人烦躁的事，可就算凭空悟出了惊天动地的真理又能怎么样呢，除了给自己灵魂调制一碗剧毒的补品以外，毫无用处。

（三）

果然缘由就是上错车了。娅妃摇着头边想边离开墓园，把十字架的颤抖与亡魂的歌唱挡在身后。沿着原路返回，在黑暗中拐弯，又一次次穿过光明与黑暗的交界，回到了地铁站。仍旧昏暗的灯光照着墙的斑驳与上方残缺的层层叠叠的彩色海报，女孩看见一位歌手的头被从嘴角撕开，吉他被摔毁只剩下半截，猩红的舞台崩塌，观众在尖叫中被鬼火淹没，无人生还。夜半的站台如同遗失在灰烬角落里的大礼堂，学着燃烧到底的蜡烛一样苟延残喘。分针秒针在不断地逆着旋转，时针转得比谁都快，于是工人甩了甩手表，拆下电池，时间便停止。娅妃呆板地等待，不知是该感到劳累还是后怕。看着幽深隧道里越来越近的亮点，地铁飞速驶来，卷起下水道的风，还有老鼠阴险的味道。她上了车，就像不曾离开过；只是这次，她看清了站。

　　难以置信的是这个点儿了车上居然还有火热的人气。那是一群衣衫不整显然酒精中毒的男人，既有三十岁不到身着西装衬衫的小伙子，也有近六十岁的邋遢老头，却无一例外地倾斜躺在坐在地上椅子上，不规则地摇晃脑袋，或是大幅度地动摇着整个身体，用肩膀拳头击打隔壁的人，于是对方也慢吞吞地举起拳头，无力地回击，结果因为没保持好平衡而掉到那人的怀里。互相搀扶着坐好，两人一对视，逐渐开始笑，从收敛的窃喜到放声的荒唐大笑，穿过门牙的气流还在与上牙床时不时地摩擦，发出令人尴尬瘙痒的噪声，其中一个小伙子还趁机打了个饱嗝，声音通透，贯穿车厢。两人又随之爆笑，引得其他醉汉侧目，他们缺氧的脑细胞和供血不足的心脏意外地对这方面的笑点产生共鸣，便起哄般地加入了这场闹剧。空气中充满了欢乐的混合酒精味，不过可惜只有他们自己能够理解这番情趣。难堪。娅妃无言，感到些许不安，毕竟有无数新闻的支持，防范心理还是需要的。她在无人的注视下上车（自以为而已），特意提防着没有太大的动作，小心翼翼地避开他们横在地上的腿，走到角落里，坐到那不知为何碰巧无人坐的座位上，拿出手机，地铁里信号微弱，朋友也没有回复。

　　夜晚是属于醉酒人的。白日累倒的工作狂勇者在这个时段从白衬衫黑西服中释放出本性来，猩红着脸，粗鲁地扯开紧勒脖颈的领带，连同生活的压力一齐甩向背后。他们为了生活为了家庭为了所谓的种种承诺，被迫醒着操劳；可习惯了狭小世界里的挤压后就连梦也在流泪。不知道何时会是尽头，完美的地方究竟在他妈的何处呢？酒精是脱离现实的唯一合法途径，上述的这些可怜人争先恐后地在太阳落山后跃入酒池，希望借此到达另一片乐土；但这番穿越不会没有代价，毕竟灵魂还是被囚禁在肉体的现实之中，面对现实再次降临的威严，太少人会喜欢酩酊大醉之后的感觉。当然，如果你的现实丰满得眼花缭乱，那也就没必要去幻想苍白的反面了吧？有的人总是瞧不起酗酒成瘾的人，他们拿自己引以为傲的东西与这些可怜人做比较，却忽视了他们这样做的理由。都是压迫者而已，都是有苦的人而已。女孩也是他们中的一部分，我们其实都是。成功，都是自欺欺人的借口罢了，在这个世界，万物都有消亡的那一天，譬如这篇文章。可酒后的那边呢？鲜有人知。

不知过了多久，停了多少站。酒鬼们渐渐从疯狂中走出，虽说不是彻彻底底地清醒，但至少他们能停止无意义的大笑，支持自己歪歪扭扭地坐起来，只是喉咙里依旧不断地发出糊涂的字眼。娅妃渐渐不再害怕，好奇取而代之。她坐直了身体，悄悄侧过头，用余光观察这些醉酒者，似乎希望能看到某个中意的睡颜。

目光走得越来越远，险些到达这行进机器的尽头，看到那空洞的后头；同时呢，不知从何处，在这蜂鸣般低沉嘈杂的背景声音里，一慵懒的调子飘然响起。娅妃起初把那声响也当作是无意义呢呢喃喃里同流合污的一种，不加注意；可她渐渐发现那背后的旋律竟意外地明晰起来，女孩侧耳，发觉这竟真是歌声。可不知是谁在唱啊，她装作漫不经心地左顾右盼，兴许是后三排穿着紫色夹克的大胡子，或是最年轻的那位，婴儿肥与鱼尾纹同时浮现于他的脸上，跷着二郎腿仰着脑袋。不论源于何处，那最好得是地铁里的声音，女孩险些又开始无意义地浮想联翩。

那歌声越来越响，越来越响，车厢内其他的酒鬼们也跟着应和起来。不知是否有意，他们逐渐把嘟囔声哼成和弦，分出中低高声部，有人甚至还带有节奏地跺脚拍手或捶大腿。娅妃起初觉得这是难以入耳的噪声，拖沓又支离破碎，只是喝醉的人扮演小丑的又一戏码；可也就是过了三五分钟，不知是从哪刻开始，她竟从中发现一丝美感，是他们无视旁人的豪迈，还是那份淡看人生的优雅？娅妃安静地听他们唱，想探索那丝美丽背后的东西。流浪者的声带总是能够给人感动，粗糙和沙哑，都直白地源自内心的真实。地铁外是永不停息的风的尖叫声，而里边的音乐终于归于和谐，就像一场质朴的阿卡贝拉，没有教堂里那般过于严肃的庄重，却因此更加动人。这是一种对归属感的寻觅吧。有那么一瞬间，兴许是某个颤动的音符拨动了她的心弦，又或是某一次跺脚的声响碰巧撞击到她情感最柔软脆弱的地方，女孩竟开始觉得自己属于他们，想就此抛开一切加入他们，离开熟悉到厌倦的生活，离开所有的朋友与亲人，从头开始。女孩知道自己想逃很久了，可她明白现实，清楚行动的代价。

终究还是把歌声当作身外之物，再动听也不会诉说你未来的路。娅妃抬起头，从对面座位上人的肩膀缝隙间看向窗外。黢黑的隧道内，只看得到抢了所有风头的电子广告牌，它们闪烁而过，频率越来越快，越来越快，直到连接成不断的光幕：畅饮啤酒、新款手机、昂贵住房等，令她提不起兴趣。于是她又把头靠回椅子上，闭上眼睛。酒鬼们仍在哼唱，给所有人的黑夜带来安全的宁静。娅妃钟意这般的温馨。调整一下呼吸，再睁开眼，竟感到广告牌上电子的光愈渐趋于柔和，不再刺眼干硬——她甚至开始感到自然，那光屏越来越温和，越来越清澈，闪烁的广告画面中好似还隐约影印着茂盛的绿草和佳木，风吹金黄麦田，卷起轻盈的雪，仿佛春天提前的拂晓。女孩难以置信眼前的转变，连忙张望左右，却发现除了她以外没有人在意这一变化。她的呼吸止不住地加速起来，却仍没能预料到接下来发生的事。那一刻，没有任何预警，地铁就这样脱离铁轨，从黑色隧道内冲出，伴随着时间的瞬间减速，娅妃的瞳孔瞬间放大，却清晰地看见自己飘扬在眼前的发丝，对面酒鬼的冷淡表情，错位的空间，如同像素一样逐格散去的黑色，以及从窗外瓢泼涌进的光。这确是开往春天的地铁。雨雾降临，折射头顶上绚烂的太阳光，彩虹透过玻璃，又穿进女孩的瞳。（酒鬼的吟唱其实是某种召唤的咒语吧，女孩事后想。）可不止是窗外，娅妃忽略了自己所处的车厢也在潜移默化发生剧烈的形变质变。金属与塑料的座椅化作鲜花编织的藤蔓与雕刻的岩石，顶上悬着的扶把长出了分叉，分叉的顶端又生出了结晶，结晶在空气中被快速打磨，最终成为灿烂的水晶吊灯。地铁里其他所有的冷酷金属统统成为黑蛋白石，一片一片地吞噬外来的空想白昼，再把它们消化成张扬的火彩，如此这般由内而外地瓦解车厢。改变的力量是强大的，首先是无人能抵挡，其次是速度之快，就像拉娜德蕊在《樱桃》里加入的细碎鼓点，转换在毫秒之间。仿佛历经了记忆与想象的超级剪，女孩周身再没有任何属于人间的常物，她来到了源头莲花中心，坐在赭色的时间上，历史的波浪藏在黄河水里向她涌来，托着她前往宝藏与未来。光影轮廓的渐变在继续，像羽毛推动齿轮前行的交界处，轻盈却有无穷的力量。这其实是开往天堂的地铁吧，女孩改变了先前的想法。酒鬼的歌声没有消失在这美丽新世界里，相反，那抽象的音乐也被具象化了——原来和弦一直是紫色绿色的，它们从酒鬼们的嗓子里涌出，却不带任何污痕，像细致艺术家手下的墨流，交汇又不相融；重力在这时候失去了作用，放任这些色彩在空中轻盈荡漾，勾出细腻绵缠的丝带。丝带随机地缠绕，编织出愈渐紧实的结，结又逐渐生长成明确的型，那竟是胴体！她是一名女士，像卢浮宫的魅影——洛可可时期的回忆如潮水般涌了上来，贝壳，粉红，神话，婉转，不对称叶片，蓬帕杜夫人，弗朗索瓦布歇，皮加尔和亨德尔的《弥赛亚》。她昂贵庄重却又袒胸露乳，如同高傲的维纳斯放纵着自己的美；她旋转跳跃于天空，代表了酒鬼们沉浮的心思；她蹭过水晶吊灯，抚过钻石，让它们在手上融化成星星点点的银河；最后它流到娅妃身边，将银河缠绕在女孩的发丝间，抹在她的眼睛里。女孩感觉自己变成了灵魂，没错，化作琥珀般轻盈剔透的翠绿灵魂。然后通过她钻石的瞳孔，她明了了——这整个车厢都充满着灵魂！他们轻飘飘地摇晃，像刚从醉者的身子里钻出来，还带着酒气（它们的确是！）。女孩看见了各种颜色的灵魂，蓝色，玫瑰色，银色，黑色；闻到了灵魂的各种味道，百合，樟脑丸，红酒，当然还有恶臭，不过女孩没放心上。再也看不见车厢原有的样子——可这哪里曾是车厢，或是通往哪里哪里的地铁，分明是转世的隧道吧，女孩最后想到。

（四）

口袋里的手机在最出乎意料的时刻震动起来，将娅妃拉回现实。窗外一片漆黑，和弦化作的女神被响雷的鼾声取代（他们早就不再歌唱哩），银河与黑蛋白石还原到了金属与塑料的人造质感，车顶的把手摇晃，地铁开不平稳，酒鬼终究是酒鬼。娅妃掏出手机，本想着也许是朋友回复了，结果却只是系统提示而已。她缓慢地把这无良的电子产品放回衣兜里，感到十分懊恼，也不经意地烦躁起来。环顾四周，女孩没有发觉一丝有趣的地方，工作到夜半的人散发出痛苦的气息，他们忧愁的神情出卖了内心对于这社会与世界的抗拒。面对负能量的环绕，她尝试回到想象的空间，于是娅妃又去盯着前方人的肩膀间隙，目光狠狠地戳在那画满倒影的玻璃上。只是什么都没有发生，大多数人的经历都是单趟之旅，尤其是去到那边。说实话，女孩今晚已经穿梭太多了，一个公平的世界是不会特意再给她机会的。娅妃也认识到了这一点，内心冰凉充满绝望，想着倒不如在墓园时随便选一块碑就这样躺进去，闭眼成为灵魂好了；或者让酒鬼化身变态杀人狂把她就地处决，她也不会尖叫。这人明明什么都没有经历，却自作聪明地在生死边缘选择。

这时，不知怎么，地铁在停留于某一个站台后再也没能挪动。车厢内逐渐不明所以地躁动起来，娅妃也警觉起来，攥紧了手里的购物袋。与此同时，车内的广播响起：本列车因技术故障无法正常运作，请乘客下车，等待换乘。娅妃心里一咯噔，不禁联想起近期新闻报道的各类恐怖袭击，地铁站从来都不是那些人会轻易放过的；可再转念一想，不对，夜半昏暗阴郁的地铁站更像是鬼去害人的场景，而不是通缉犯的目标。你想，在这个时间的爆炸，对他们有什么好处呢？只是消灭了几个醉酒的无辜者和购物无度的异国少女而已，起不到任何威胁警示作用，也难以给大多数人带来恐慌。最令人遗憾的牺牲者不免是那些即使丧了命，却也让正反双方得不到丝毫好处的。又一次突出有时生命就是这般无意义，不明不白地结束，就像不带目的的出生一样。女孩在这样的负面想法中放了心，如果是鬼的话，她其实是不怎么畏惧的，只要不长得太扭曲。

广播后，醉汉们在激情澎湃地抱怨，下流的脏话蓬勃而出，排泄物，生殖器，女性胸部，妓女，母亲（为什么所有惊人的污言秽语都要用代表纯洁美丽的女性来承载呢，永远是个费解的难题）。总之，原先那番飘在天上的温馨尸骨已寒，市井之气接下了渲染故事气氛之活。娅妃烦躁地站起身，跟随着酒鬼跌跌撞撞的步伐离开了角落，拖拖拉拉地走下列车。

直到所有人都走下车，地铁门才缓缓合上，拖着残缺的部件像是上世纪的绿皮火车一样离开站台。我们这些外行人是根本瞧不出什么蹊跷的，哦，广播这么说了我们就这么做吧；是啊，听话一直都是最轻松的回应方式。娅妃在苍白的候车厅里踱步，思索着今夜里遇到的一切怪事，想要去理解背后的本质，可却是徒劳。另一班车十来分钟后就到站了，人们又上车，除了几个已在车站角落里睡熟的醉汉，没人愿意去把他们叫醒，女孩匆匆地看了他们一眼，撇了撇嘴，认为还是别管闲事为好，便怀着自私的心上了地铁。她坐回和之前一样的位置，抱紧沉甸甸的袋子，好奇这一次地铁会带领她前往何方。

结果一切安好。娅妃的目的地在三站以后。到站，下车，上楼梯，掏出票，刷；门不开，红灯亮起；再刷，还是不开。女孩无奈，怎么今天净在这种地方遇到麻烦。水逆水逆，她摇摇头。这时一左一右走来了安保人员，左边那位是白人，右边那位是黑人，他们看着一脸疲倦与沧桑，显然是被无穷无尽的无聊工作磨去了棱角。他们一齐打量娅妃，一声不吭。娅妃被看得有些头皮发麻，觉得双方都没什么礼貌，就想着要主动打声招呼；笑容也摆到了最正确的位置，话已经涌到嘴边，两人却在这时相互对视，点了点头。门开了，女孩硬生生地把尴尬的招呼声改成了"谢谢"。她走过门，转头向那两人致谢，两人没有反应。在走向地面的楼梯上，女生稍稍回忆了刚才的一幕，觉得自己没有看见他们两人中的任何一位拿出卡去刷，那门像是自动开了似的……不过这不是需要细究的地方，也许是看疏忽了，娅妃感到自己由内向外的劳累，只想回家，倒进温柔的大床。

（五）

走出地铁站，外边的景和先前的墓园站没有什么不同，但娅妃相信这次绝不会有错，也不知信心从何而来。寒风一下子压了下来，像是埋伏已久的猎豹，吹在女孩单薄的身躯上，让她措手不及。手心隐隐作痛，皮肤上已被塑胶袋的狭窄提手勒出了红线，像是长出了一条全新的掌纹，代表的含义只有《易经》和法歇利尔博士才敢解答；她的脚底仍冰冷到麻木，像是地铁中的休憩全不作数；劳累从大地传来，像大树的蒸腾作用一样布满娅妃的每一根血管，又散到空中——引得新一阵疲乏再度袭来。

街上一个人影也没有，只有低矮的路灯和连它们自己也照不全的光环，娅妃开始感到害怕，一丝丝的阴森像迷雾一样缠上了她。她连忙用空余的右手掏出手机，想借用电子伙伴的人造光和城市另一端朋友的码字来驱散心慌。只可惜她心中所念想的朋友还是没有回话。仍不甘心，便想起第二计划，给住家发消息。没有回音。最后，娅妃只好给抛下她离开的男孩发了简讯——只有他回复的可能性最大。果然，男生回复得很快，仿佛不曾离开一样。娅妃说，我们通话吧，放心些。两人便打起了电话。电话里，男生告诉女孩他此时也正在街区里走着——打的是为了去火车站，下火车以后还有一段路才能到家——这边非常安静，街道两侧黑白两色的房屋都拉着窗帘，暗着灯，堪比寂静岭，只有门前精心打理过的花园显露出近期还存在的人气——又也许是鬼吸引猎物的杰作，猪笼草的蜜糖，谁知道呢？娅妃看着眼前，与男生的处境不相上下。有时夜晚是可以经历到唯我独尊的快感的，可在你最需要陪伴之时，硕大的世界里突然间只剩下自己，是极致的飒爽还是到顶的孤独，只有当事人心里清楚。

男孩笑道："其实我们都已经死了吧，会不会？"语气中充满戏谑。

"我走过这个街区时一个人影也没看见，可每栋房子前的灯却像是在为我送行一般随我的步伐而亮。仿佛正在步入天堂啊，你不觉得吗？"女孩的第一反应觉得这是个不错的故事开头，便想听男孩会怎么圆下去。男孩继续兴高采烈滔滔不绝地说："可不就是之前我们在中国城那块儿的时候，突然来了恐怖分子嘛，他们到处扫射，还扔炸弹，我们很倒霉地没躲过咯。"也许真的是这样，娅妃恍惚着想，这能够证明为什么其他人都收不到我们的信息，毕竟已经是阴阳两界的人了。但为什么地铁站的那些工作人员能够看到我呢？莫非他们是冥界的引路人？对哦，这么一说，刚才放我出来的两个人的确有些像黑白无常呢，可我现在不是在英国吗，为什么他们会在……娅妃在这种地方钻了莫名其妙的牛角尖。可以解释成她现在太紧张，不知不觉就想了太多不该想的东西，但会不会这才是潜意识里的真相？两人其实都已经死了，只是他们自己还没有意识到罢了；我们所有人有可能都死了，只是没有人来提醒，我们自己就没能醒悟……想到这里，女孩头皮开始发麻，连忙狠命摇头，想要回过神来。

　　"对了，"男孩突然说道，"你还记得我之前推荐你看的那部电影——《可爱的骨头》吗？我们也许就处在女主还没意识到自己已经死了的状态哦……"《可爱的骨头》吗？女孩不禁想到里边的天堂，被谋杀的女孩们，自由之地，巨大的漂流瓶，乐园……越往下想，女孩越感觉到头晕，努力地眨了两下眼睛，可眼前的路不知怎么地开始倾斜，月亮和星光纷纷倒向一边，街边的树和房子开始分裂与扭曲，世界竟开始旋转，女孩的脚步越来越蹒跚，她的喉咙刚想发出求救的声响，眼前却正好一黑，就像灵魂被无助地抽离出了身躯。难道这就是看清现状的后果吗？女孩的最后一丝意识如此呼唤道。

（六）

身体不自觉地向左边倾倒，在惯性的作用下，娅妃下意识抓住了扶手。她一下子醒过来。装有芬迪丝巾的袋子正躺在地上，里边精致的包装盒已有一半露在外边。女孩连忙低下头拎起袋子，抱着放在大腿上，坐起身，看向提示牌，似乎还有几站。她摇摇头，都是梦罢了。是吧？她侧过头看了看窗户倒影里的自己，憔悴，眼神空洞，妆不知何时已经花了，头发也因为糟糕的睡姿而变得凌乱。可不能这副模样就死了，她想，千万不要让人们发现我这番糟糕的尸体。想到尸体，娅妃脑海里闪过月光下的剪影，坟墓花园，我究竟有没有去过那里？大脑沉默，记忆不说话。她低头看了看手心，上面好似还呼吸着石碑的凉气，女孩握紧拳头，任凭指甲狠狠嵌进肉里，可仍旧感受不到血液流动的热量。

娅妃靠回座位上，周围除了地铁的机械声和外面的风声，倒还算安静。酒鬼们不知何时也耗尽了体力，连鼾声都没能发出来，他们倾着倒着霸占着比人头数更多一点的座位。她掏出口袋里的手机，按亮屏幕。现在离十一点还差十分。没有更多的讯息。她又放下手机，深吸了一口气，心意外的安宁。可就在这时，她的潜意识告诉她有人正在注视她。娅妃猛地抬起头，环顾四周，可什么也没看到。无意间，娅妃的目光瞟到右前方站立的人群，大多数人此时都低着头无言地玩手机，狭小的电子屏又一次囚禁灵魂，已经提到过好多次，就和所有的场合一样。可也就在这群人中，女孩注意到一个背对她的人，他站在其他两个拖着行李箱的人之间，身穿赭色的大衣，像是隐于都市的迷彩大地，以与他人截然不同的频率行动。他有什么不对劲的地方，女孩心想，是站位的扭曲，还是衣着的不自然，或是发型的脏乱，娅妃注视着这个背影，目光愈发被他吸引住。可越是凝视，娅妃越是忘记了空间里的其他部分，丝毫没有注意到原本就很安宁的车厢竟开始呈现出死一般的寂静，连地铁行进时的摩擦声也荡然无存；劳累而生的耳鸣越荡越远，逐渐化成微不足道的颤抖，然后在一恍惚中破碎。其他的背影模糊了，也许本身就是幻影，光在他们身上发生了偏折，人们越来越暗，然后像没有信号的雪花屏电视一样，化作单薄的格，最后消失。女孩仍全神贯注地望着那诡异背影，以至于完全忽视了周身逐渐降临的灰色。终于，车厢里只剩下娅妃和那人。接着，没有一点点防备与预料，那个人转过了头，准确地说，是不带动脖子或身体，就这样平着旋转过了头。也就在他回头的那一刻，女孩看见了他的眼睛，那是一片惨白，流动着另一个世界的腥气，邪恶在其中沸腾，一种难以言表的压迫感从这种无色中溢开，仿佛预言中最遥不可及的沉睡海底的封印。她狠狠地倒吸一口冷气，手里紧握着的袋子骤然坠地。娅妃慌忙用手捂住眼睛，心脏一直悬着，悬之又悬；再缓缓放下手，想到许多电影情节里主角闭上眼再睁开以后异像就会消失。结果那个人却仍在眼前，不过很庆幸地也没有像恐怖片里一般向她靠近，他只是面无表情地用那双纯白的瞳孔望向女孩；周围的世界却在她闭上眼之后回归，可没有人注意到那人的异常，没有人因为他惨白的瞳孔尖叫，只有娅妃认出了他在我方世界的可憎面目，可惜无济于事。她呆坐在座位上，却再也无法移开目光。在周围人的映照下，在擦去灰色调的太亮的颜色下，神秘人原本黝黑的皮肤愈发暗哑了，赭色的衣服慢慢侵蚀着他——但也许是他故意这般做——直到再也看不清人形。最后，女孩迟钝地回过了神，可除了夜，印进她眼里的只剩下灰白，像撕碎月光一样的苍白。

（七）

娅妃低下头，把月亮留在天上。电话那头的男孩还在滔滔不绝地浮想联翩。周围还是没有人，黑白的房屋沉默着，但女孩却听到了它们的讥讽。她停下脚步。的确啊，我们早就死了没错。男孩在电话里的热情逐渐带上啜泣，故作的笑声之中显然包含了更多的东西。他是从来都不舍得离去的，有这么那么多的理想抱负与牵挂，所以有时候还是需要我这样的寡欢，做好随时离开的准备。娅妃笑了，她丝毫不畏惧地站在十字路口中央，看着面前人行道两旁的路灯一盏接一盏地亮，对称的光向上延伸出抛物线般的弧度，直到消失在山的那一边，仿佛流星坠落在山谷，未来科技赐福远古人类。娅妃心想，终于是时候上路了。她挂掉男孩撕心裂肺的哭诉，把手机随意地抛向地上，那金属的外壳刚刚碰到泥土，就碎成闪粉，被夜风卷走。黑色的风用它的手托起娅妃的双臂，女孩闭上眼睛，感到自己的身躯越来越轻，越来越透明，再次被酒鬼之歌中所诞生的女神触碰，成为灵魂。

但就在她全身心地专注于即将来临的灵魂升华时，耳畔竟响起人声喃喃，那是从极远处飘来，娅妃起初以为是脑海里的杂音——可它竟越来越响，直到紧紧包裹住女孩。她不解地睁开眼，随即惊恐地发现自己竟置身于茫茫人海——黑夜的天被人类点亮了；嘈杂声越来越大，熙熙攘攘的人潮越涌越高，仿佛黄河水狠狠拍打着彼岸；女孩惊慌失措地抱住脑袋，错愕地看着周围怪诞的肉身和他们脸上斑斓的面具。为什么，为什么我还在这里！她痛苦地尖叫，分明用尽了嗓子的力气，却连自己的耳朵都不足以听闻。像蜂巢中无名的某只工蜂一般，微弱的抱怨在茫茫蜂鸣声中没有丝毫影子。

（八）

蜂鸣声。女孩被口袋中震动不止的手机吵醒，无意识地拿出来，举到耳边，可对方却在她即将接通的一瞬间放弃。女生没有精力在意这个点打来的人究竟会是谁，只是睁着惺忪的眼睛顺便看了看时间。

10 点 30 的 "0" 正巧变成 "1"。

2018.4

星期五就该走美丽的路回家

这是我第一次从学校走回木屋。

在萨里郡的这座山顶上，天气并没有因为五月的过半而进入长久的温暖，只有在阳光的直射下坐上十来分钟才能感觉到裸露肩膀上的略微烧灼感。除此之外，一旦走进树荫或是任何一类阴影，皮肤就只得体验三月早春般的微寒了。

由于前些天的大明媚日让我产生了夏天已全然降临的幻觉，在这天竟套上了最短的棕色裤衩和最单薄的短袖衬衫，想来也是这段时间里做出的最错误的决定。唯一值得庆幸的是我在离开房间的最后一刻随手抓过椅子上的外套，本想着用来预防偶尔的意外，结果却成了这天身体和心灵的唯一支柱。

从学校到木屋要走上四五十分钟，可以说是不短的远足。自从老师在集会上向我们所有人提起这件事后我就一直牢记在心。春天就要多出去走走，路上有很美的风景哦，老师说道，还因此特意推后了晚自习的时间。可惜前些日子我颇为忙碌，错失了和大部队首次出行的机会。但今天难得有空，就不再想别的，一定要去探寻这段路程。

腼腆的英国女孩霍莉是我唯一的向导。说实话，要不是她

126

前一天晚上的提议，我差点就错过了这般完美的机会。星期五的最后一节课结束在毛估估四点半，我们把书包甩给坐校车回木屋的同学，头也不回地上了路。

在心惊胆战地躲过几辆呼啸在山路上的大车以后，我们终于进入无人打扰的森林小道。可别说，这里的景真是宜人；不，可以说是太美妙了：平坦宽阔的道路两旁绿树遮遮掩掩看不清尽头，贪婪的枝丫努力向前延伸，想要捕获道路上方的最后一方天空，但光从它们的指缝里漏过，照亮了所有的绿色。我略带好奇地研究着两侧的树，学校艺术课培养了我过分注意身边事物的习惯——但它们的确有研究的价值。树的造型千奇百怪，有三五棵连成一棵笔直向上挺着，也有的生长成巨型雕塑一般盘根错杂，仿佛特意要给艺术家提供灵感。偶尔我们也能够看见花，那些紫色红色的小东西，藏在隐蔽的角落里一言不发地开放着，似乎不想让人察觉春天的降临。

霍莉的手机音量不大地外放着歌，不是流行乐，适合这树林里悠闲的氛围；配上不知何处传来的鸟叫声，平和安宁。我们在这般背景音乐下聊着轻松的话题。

"啊，是小狗，我最喜欢狗了！"霍莉激动地叫起来。我们在远远的路的曲折处看见一个窜出的白色影子。它的身后跟着主人，显然是在散步，不过一人一狗很快消失在路口，我听见霍莉发出遗憾的声音。

"我不太喜欢狗哦，"我说道，"我更偏向猫。"

"不会吧，狗那么可爱！"她一脸惊讶地说道，"它们会这样这样！"说着，霍莉还模仿小狗发出了"呜呜"的声音。

"嗯，有些是挺可爱的，但我还是不想去太接近狗，有时候觉得它们好脏。"

"那把它们洗干净就没事了啊！"霍莉解释道。但我又想到细菌啊之类的东西，不过这些话是不敢在犬类热爱者前面说出来的。

"对了，我一定要给你看我们家养的狗，"霍莉忽然大叫，连忙在手机里翻起来，"你看你看，就是它们！"我凑上去，嗯呵，还是蛮可爱的，不是大型犬，是毛茸茸的，有着大耳朵和棕白相间身体的小狗，照片里的它们睁着水汪汪的眼睛，很有灵气。

我妥协了："如果我真的一定要养狗的话，应该也会选择这一类；它们看着比较温顺，而且好漂亮。"霍莉开心地笑了。

"但我还是更偏向于猫哦。"

"唔。其实我们家以前也有养猫，但因为狗狗要追它们，我父母就只好把它们送走了。""啊，怎么可以这样，送给我吧……"接着她又给我看了她们家以前养的猫咪……

"对了！上星期有天早晨，我刚走进房间就看见窗外有一只黑白相间的猫咪盯着我看，别提有多幸福了！"

"哦哦哦，我知道它，是舍监家的；他们家还有一只猫，是全黑的哦！"

"哇，我最爱全黑的猫咪……"

聊着这些没有营养却能意外拉近距离的话题，我跟着霍莉进入森林已久。这时，我们来到一个泥泞的分叉路口前，前方的两条路看起来阴郁无比，覆盖满潮湿的泥巴，我看了看脚下的板鞋，对于该如何选择感到发愁。可霍莉却径直走向右侧的一条我没注意到的隐蔽小路上，她边走边笑着说："这里有惊喜哦！"我的第一想法是，这幽静树林里何处不是惊喜呢？但仍有好奇，就连忙紧跟上去。

说是路，但若不是几条半埋在土里的树根提供了台阶，人们是上不去的。我小心翼翼地大跨步上去，刚站稳，一抬起头，竟发现了与先前截然不同的光景。这儿根本不是无人打理的原始丛林，而是开阔清爽的自然公园！

眼前的一切在向我靠近，脚底因踩着略微尖锐的石块而产生轻微的疼痛感，可这丝毫改变不了我此刻的欢喜心情。离开大树的庇护，蓝天恢复了一贯的清高，水色的白云飘在我们头顶，稀疏地露出片段阳光。不自觉地转了个圈，觉得身心好久没有这般干净了。我朝蓝天的方向前进，来到了世界的边沿；站在围栏前眺望，我看见了无限的绿色，它们一层层往外推出去，从一片片的草原直到远处黛色的山，一览无遗。

空气是多么的纯净，它们就跟不存在似的，硬生生地把最微小的细节送到我们眼前。那些英式乡村房屋像微观模型里的摆件，若不是周围流动着白色圆点的羊群，我会真的把它们捡起来带回家放在青苔种植盒里。取而代之，我弯下腰抚摸树枝，它们长在我们的下一层，温顺得可以。

霍莉向我解释这里是个观景台，的确有理。正想拿出手机拍下这动人的景致，却发现电池非常不对时机地罢工了。既然无法分享这份美，那就先饱自己的眼福吧。

不像秋天，走在这时间的路上再也听不见枯叶破碎的叹息声，鞋底直接踩到黄土地上没有一丝多余的声响，坚实且诚恳。听着霍莉手机里略带爵士的调子，我们两人也进入了片刻的无言期，享受安静的乐趣。就在这时，我听见来自身后的声音，一回头，隔着左侧的一排树，我注意到有人正骑着山地自行车，他敏捷地穿梭在大路小路与树草间，轻盈自由。不禁对自己至今都没能掌握这一基本技能而略感遗憾。骑车者很快就通过一个岔口来到我们所在的路上，我和霍莉连忙躲闪，他"嗖"的一下飞过我们身边，向远处驰去，消失在丛林深处。突然间，霍莉叫向我，她激动地说："快来，这边有我最喜欢的景！"她用手指向天空，说："你看！"顺着那方向看过去，我眨巴了下眼睛，有点发愣，竟是没能看懂。和这美丽路上的其他风景比较，很是一般啊，我心里想，但没有说出来。

霍莉有些着急："你看那边啊，那些天线！"她这么一说，我才注意到头顶的三根电线，以及远处举着它们的柱子。

"多动人啊！"霍莉说道，看向远方。我眼中是一样的景，它没能在第一时间打动我，但我愿意给它阐述自己的机会：树木在这里留出一方空隙，显露出苍白透蓝的天，那三条天线就画在这样的背景上，它们连接上一根又一根的柱子，向远处伸展，无休地延续下去。明知道自己永不可能看到尽头，却还是会误以为尽头就在目光可及的远处。我想起了纽约的某一条街，由于地理原因，你能从街的这端看到很远很远的街那端（好吧，其实你还是看不到的），多么让人畅快啊，心胸一下子就宽广起来。再对上眼前的景，纵使相比纽约的街道来看格局不那么大，但感动却应是一样的。

待霍莉拍完照片，我们继续向前，也许是错觉，天似乎越来越暗了，仿佛夏天曛黄的落日，只是缺少令人窒息的潮湿高温以及成雷的蚊子——确是好事。再走几步，最后醒悟这份昏暗的确不是因为太阳正在收起光辉，而是由于头顶的遮盖物愈渐肥厚。脚下的道路不知何时已经比两侧生长大树的土坡要低了，人在潜移默化中缩小，像是要前往亚瑟的王国；那些大树尤其低矮，枝叶却反而茂盛，它们相连在一起，紧密地构建成拱门。漫步其间，心中莫名升腾起一种庄严感，可以假装自己是某城堡的郡主，身披铠甲，头戴荆棘王冠，牵着白马，正在护城的花园里漫步……但从身后传来的窸窣声让我倏忽回归现实，猛然回头，花园的意象顿时化作潘神的迷宫，自然的惊吓让我的心跳禁不住加速。万幸什么也没有。

我有点担心，连忙凑到霍莉身边，问到："这林子里应该不会有什么大型的动物吧，比方说熊？"只听霍莉轻轻一笑，说："没有的，不用担心，这儿能让你碰到鹿就很不错了。""那蛇呢？""更没有了……"她回答道，可又转了转眼睛，"……吧，这还真不　定呢！""哇！"我装作吓了　跳，附和她的笑话。

很快我们就走过了这片最深的林，我感到小腿有一点点的乏力，想来已经行走有四十来分钟了，可剩下的路还有多少我也不敢估计，过分的绿色早已让我迷失方向。

也就只有在这样的时刻，一片花海的出现会让人如此欣喜若狂。

由于霍莉之前走的是另一条路，这也是她第一次来到这里。她和我一样惊喜，沉浸在发现这般奇景的讶异中。我们不禁想到了电影《阿凡达》里的森林，那些成群飞舞空中的闪亮圣母与飘摇的晶莹灵魂树，眼前这一片开满紫色花朵的绿地也有着相同的魔力。

　　似乎从没有人打理过，杂草就快到膝盖的高度，而那薰衣草色的小花就浮在这些绿色的最上层，不能算是整齐的一大片，却格外有美感地错落其中，向深处不见边地蔓延开去。这静谧的黑森林里，一块无人顾及的地方凭空诞生的这份美究竟是自然的留心之笔还是放纵的偶然结晶，对于观众来说其实并不重要。花园中偶尔有几棵树，它们被花草怀抱着，居然有些温馨；但转念又觉得那些树像是紫色妖精的俘虏，吓得我不敢靠近，害怕一不留神失去灵魂。

　　远远地欣赏够了，我看向霍莉，待她用手机记录下这一景，我们便离开了。

　　再看过几个小小的温馨景点，我们终于离开了树林，又一次见到马路和闪过的车辆，有些放心，又有些陌生。穿过马路，经过一个池塘，看看鸭子们嬉戏；路过一户偏僻的人家，忍不住夸赞其花园的整洁华丽。第一次见到近乎巴掌大的花，粉中又有深红的点缀，一旁的橙花则负责张扬与鲜艳。再怎么样也忽视不了篱笆下整片的雏菊与蒲公英，至今我都还不知道它们是如何凭空长出来的，前一天的傍晚也许这儿还是湿漉漉的单调草地，第二天就开满了这些黄的白的东西——它们是英国春天的最后警告吧。

又走了不久，拐过最后一个弯，我看见了熟悉的门牌以及鸟的雕像。再走过一整个足球场的距离，我们回到木屋。与霍莉在进门后告了别，也顺便表达了对她带我出行的感谢。回到房间，我一下子趴上床，感到腿隐隐地发酸。是有好久没这样畅快地走路了，偶尔就应该一股脑儿地忘记所有任务，甩下包不回头地走掉，实话说，你不会损失太多。

翻过身，闻见身上还带有的草的气息，嘴角不自觉地扬起，五六点时刻的天还大大地亮着，丝毫不给黄昏任何可乘之机，只是难为美丽的粉红晚霞了。

想着想着，我打趣地看吊灯里那只飞蛾的尸体，心满意足。

2018.5

爬北威尔士的山

　　在这一点上我格外尊敬我们学校，对此类活动的准备实在是充分。戴夫从柜子里拿出登山包、帐篷、睡袋和防水衣裤，分发给我们；除此之外还让食堂准备了一大冷藏箱的三明治、野外炊具、燃料等。由于自己有登山靴，面对这千载难逢的机会，想着一定得让它发挥用途，便没拿学校的。带上前些天从小镇里采购好意面酱汁与巧克力，整好一包的衣服，尤其重要的是袜子，我带了整整四双，就这样上路了。

　　车程近七八个小时，路上不知睡着了几次，也不知换了几个神奇的坐姿，终于在太阳懒散地收起余晖时到达大本营。就是借着这透明的光，透过车窗，我得到了第一个让我感恩前来的原因。那是草，还有灌木，还有野花，它们汇聚成流淌呼吸中的绿：不像广袤无垠的翠绿草原一般让人感到平静与大气，而是凭着无规律的起伏地貌成熟生动。我还见着了山，大山，没有一丝人类痕迹的山，山上遍布岩石。不，更像是这整座山就是由一块巨石雕琢而成的，然后在上面随性地撒了些抗寒常青的草皮灌木。阳光的逐渐消逝带来视野里浅浅灰色的浮现，夹着悬在空中的雨点，我想到的词是悲怆，但不含任何的伤心，只是因为这样忧郁的美丽而感动。在如此氛围下，怪石群山没能让我感到丝毫的压迫，它们是孤独的居民，只懂得沉默地站着，眺望与自身一样永不改变的方向；望着游历者们前来，又目送他们离去，周而复始，可自己却连一块碎石都没有能力抖落，要永远承受这重量，永远永远。我心疼起来，害怕它们不知何时就会因为内心太过痛苦而壮美地倒下，不禁想去触碰、搀扶它们。

戴夫把车开到一块无人占领的空地，宣布这里是第一天的扎营地。我跳下车，狠命地吸着潮湿的新鲜空气。和我来的地方相比，威尔士是没有夏天的，温暖与阳光格外稀罕。搭好帐篷，我回过头，正好看见太阳把右边山后的草原照亮，照得金光，让我恍惚以为那儿会是某强盗的藏宝之处；但那黄金很快就殆尽了，留下无比动人的暗绿色。作为《古战场传奇》的忠实观众，我向往苏格兰草原的时间已经太长久了；虽然这儿与苏格兰差别还是很大，但作为第一次踏上这般原野的人来说，还是有愿望满足的错觉。

搭好帐篷后，老师很好心地带我们去了附近的酒吧，格外慷慨地允许我们点任何酒精饮料。此时正好是世界杯季节，以戴夫为首的三名男性老师大口喝着啤酒，肆意地说着脏话，聊着八卦，把平日里文质彬彬西服下拘束的野性全部释放出来。开头时我还觉得不太妥当，毕竟师生有别；但随后发现不装腔作势的自然其实更能打动年轻人的心，让他们敞开心扉。在天黑后的帐篷里，我与一男孩聊到很晚，毫无倦意，大概是因为对明天的期待。最后也不知是何时睡去的，只知道睡得很沉，无梦，也许是百加得的酒精终于发挥了作用，使我一觉到天明。

第二天我是被雨声吵醒的，它们打在帐篷上的声音很动人，一阵一阵，仿佛细碎沉闷的鼓槌打在兽皮上一样，只是要更加轻松，是温柔的白噪音。在车里简单吃了牛奶麦片的早饭后，我们前往了这趟远足的目的地。斯诺登峰是北威尔士非常著名的登山景区，不过我对地理这方面的知识严重缺乏，也不好作过多的形容与介绍。戴夫伸手指着地图上细细的路线，向我们示意今日的行程：先要绕过一个湖，然后上山，再绕过一个湖，再往上爬到山顶，再下山。他三言两语地讲完，仿佛等待着我们的是一碟小菜；但说实话，光看地图，我是无论如何也猜想不到接下来的路会有多么险峻与美丽。

英国的天气有个致命的好处，那便是极高的分辨率，只要没有雨和雾，视野清晰地能吓坏你，这一点是国内的名胜难以达到的。稍微登高些，踩在突出的岩石上，眺望远处，不禁会产生洞悉一切的错觉。整个湖伏倒在我的面前，我能清楚地描出它的整个轮廓，哪里是流畅的弧线，哪儿又是独特的曲折扭曲。它是通透的蓝灰色，反射着天；躺在无山的空旷处，其中连一棵树的倒影也没有，更没有多余的性格，所谓水天一色就是这样的吧，无需追求极致的纯净，顺畅就行。有好多次我都想停下脚步来，好好欣赏这难能可贵的景，更幻想着要是能掏出坐垫，盘起腿架上古琴，再煮一壶湖水，泡老家的绿茶，岂不是逍遥又自在。只可惜同行者的目标皆是专心向前，我只好匆匆回头，略带遗憾地走下去。唯一偶然的暂停是同伴的掉队。我们可爱的印度男生是走这趟山路里最吃力的人，他最开始走在队伍的前半段，可惜还没爬到半座山的高度，他就落到了最后；再一不小心，就全然不见了身影。我们必须等他，顺便小憩。我没有坐下，因为不想坐下。站在石块上，我又一次俯瞰脚下湖的全貌，雨不知何时下了起来，很小很细腻，连头发都打不湿，却迷离了湖的边缘。不禁用嘴巴深吸两口气，假装饮雨止渴。隐约间，我想到似乎之前的每次爬山都有母亲为伴，这是第一次没有家人在身边。也许是基因里的东西，爬山是母亲难得的爱好，她也多次怂恿着我同她一道，于是在国内时就有了些许的训练；我的体力向来不错，自然就中意上像爬山这种半靠技巧半靠耐力的运动。可国内的山大同小异，看惯了绿树高山之美，我需要异乎寻常的体验。

而事实证明我的希望没有落空——就在我们翻过那堵石头垒起的矮墙之后！绝大部分人应当会把这之后的旅程看作一段折磨史，连戴夫和其他老师都在矮墙前重新着装，加上了额外的衣服，带上了手套与帽子。看着他们，我有些小慌，怕那冷风会在我的承受范围之外。但奇妙的是，我倔强地爱上了大自然的蛮力：源自海那边极大又冰凉的风呼啸着袭来，夹杂着雨雪冰雹毫无遮掩地打在行者的脸上身上。我已经放弃去擦拭眼镜上的水珠雾气，因为只用三五秒又会再被寒气覆盖。但可见度的下降却和这没有什么本质上的关系，如此大的冰冷雾气让前路只剩下空旷的灰白，我的同伴均低着头，被大风吹得抬不起脑袋，只能盯着脚下一步一步地前进。防风衣裤被吹得发出旗帜剧烈摇摆时的响声，似乎一步没站稳就会被吹下高山，但好在我里面的衣物裹得严实，不给风留任何缝隙钻入——又一次强调登山时穿着的重要性——在之前的行程中已经不是一次两次听到身边的同伴抱怨鞋子进水裤子进水，不禁暗自庆幸穿了自己的合脚登山靴，否则这将会是一次格外凄惨的体验。

这样环境里的景也是第一次见着，绿色越来越少，虽未全部消失，但与山下相比黯淡了许多。世界逐渐只剩下白的雾与黑的石头。多么美啊，与山下的美处在了两个极端，一边是透彻，一边是迷茫；一边是安宁，一边是凄怆。可不论是哪个方向，都改变不了它们之中蕴含的力量——那改变了我的情绪，让我感动的力量。虽说高处不胜寒，但在这种处境下内心萌生的"天上天下为我一人称独尊"的想法却更猖狂；我还产生了可怕的大胆的幻想，若是要选择一种离开世界的方法，我想我会选择像现在这样顶着狂风冰雹，走进无边的迷雾，就此消失。

雾里的山石不是孤独的，我在这段路的尽头明白了这一点。迷雾在这里吐出了第二个宁静的湖，她坐落在半山腰上，让人难以置信。水雾寒气给了她不凡的气质，像是隐居的孤独贤者，在与世隔绝之处同默默的羊群一起修行；但她一定是位女性，男士是透露不出这种平易近人的骄傲的，但她却让你心甘情愿与她一同孤高。在此处觅食的羊群也同样可歌可泣，它们是最自由的生灵，漫游在这天地的交汇处，啃食最傲寒的草，饮最清凉的水，真实地与世无争。多想化为其中的一员啊，抛开山下的世俗烦恼，让头脑简单到只忧虑吃穿——但既然脚下长满无边的青草，身上厚重的羊毛还未褪去，就意味着再也无需担心任何事了吧。

旅行者的脚步未能就此打住，他们都希望征服更高更远更险峻的地方，而不是沉溺于无可自拔的想象。与几小时之前的陡峭岩石之路相比，接下来的路要朴素许多。那是一条缓缓上升的通向天的路，倘若今日是晴天，我能想象到前方一览无遗的壮丽：太阳从山顶之后照射过来，点亮了一路上所有的白色岩石，连每一株草的顶端都是闪亮的金色，每一滴露水都是珍珠。但眼前的云雾带来的则是波澜壮阔的神秘感，恶俗点来讲，就好比好莱坞灾难大片中最令人叹为观止的全景镜头，脑海里不禁为其配上混有电子金属噪声的宏伟管弦乐；而我们，野心勃勃探险家，面对大自然漫无边际的未知，渺小至极。

再偶尔坐下小憩，等待身后气喘吁吁的同伴。我在爬山时向来不敢回头，害怕坠落，但这次我没有，因为回了头也只能见着空无一物；再转回头，也是同样的灰白。我们都被囚禁在这十米的世界里，没有太多回忆可循，也无法眺望更远的未来——那就一步一个脚印地向前吧。脚下的路，那些前人留下的浅浅痕迹，成为我们唯一的指引，事实总是这样，再懊恼也无可奈何。就在我们重新又上路时，有影子出现在云雾之中，原来除了我们之外还真有其他勇敢的人。只见两名身穿登山服的年轻男子小跑着到我们面前，与我们热切地挥手，戴夫和其他老师也颇有礼仪地回应，随后两人又向远跑去。与人山人海的某些景点相比，我更爱无人的荒郊野外，但更暖心的还是不谋而合的探险吧，让你知道你不是孤身一人。

巅峰越来越近！戴夫走到我身边，在风雪的呼啸之下大声告诉我避风点就在前方了。我眯起眼睛，在灰白之中隐约望见一个轮廓；再往前走，看清了是一座石头堆砌的小山。戴夫走在我的前面引路，我紧紧地跟着他，踏每一块他踩过的岩石，以免踏上某块松动的石块而摔落，不是因为太过拘谨，而是真不想在这种地方出现什么状况，要是崴伤个脚，可能只有直升机才能来接了。原先一直被告知这是一个庇护所，所以想象着会有石头房屋，里面还会有桌椅以及燃烧的壁炉。但我到了顶才发现，这所谓的避风点真的只有避风这个用处：只不过是用石块垒出的一个四周高起的屏障，我们还得缩着身子才能保证脑袋不被风直面吹到。我躺卜身子，由于背着包，倒不会直接接触到冰凉的岩石；转头看了看四周，什么都看不到，只知道要是一不留神失了足，将会什么都剩不下。又坐了一会儿，戴夫认为是时候下山了。有些遗憾，感觉离征服的快感还差上些许力量，不禁暗地里希望山能够再高一些，让我多挥霍些体力；不过这个想法可千万不能让同学们知道，不然他们可能真的要把我埋在这冰天雪地之中了。

说实话我觉得下山要比上山危险很多，不论是对重心的控制还是踩到岩石上青苔而滑倒跌下山的概率来讲。我也尤其惧怕下山，相比之下更愿顶着风雪再往上走个把小时。一步一步地挪移着，我颤颤巍巍地走在队伍的最末尾下了岩石山。接下来的路倒还算平坦，逆着通天的路从天上下去。逐渐地，草回来了，羊回来了，大雾不再迷人，风也小了下来。又回到湖边，她依旧美丽动人，用泛着波涛的眼色送我们离开。翻回那道矮墙，再大的风都吹不过的那条分界线，世界不再狰狞，安静下来，仿佛身后的一切都与这边无关。戴夫下令原地休息，并宣布午饭时间终于到来。我坐下来，不管那石头是多么的潮湿，也不顾防水裤是多么的鸡肋，都到这种地步了就不该再讲究。从包里拿出所剩无几的矿泉水和没有温度的三明治，吞拿鱼青瓜是我最爱的口味。默默啃着手中的干粮，我们一行之中没有人想开口。印度男孩坐在我的身边，他一脸的颓废，吃着自带的某种馅饼。我问他感觉如何，他表示又冷又累，我噘着嘴点头表示赞同（实际由于保暖防水措施做得好，我难以设身处地体会他的感受），在心里，我很佩服他最后坚持走到了山顶。因为明白自己会拖累大部队，所以在我们休息时他都不停歇地向上爬。是个很有毅力的男孩呢，我给他一根巧克力，他笑着拒绝了。

待我们都收拾好行囊，戴夫指挥我们下山。不知因为什么不可抗力，我走在了第一个，但怕影响后面同学的速度，我强迫自己走得很快，其实心里还是悬着放不下，用眼神不断搜索石头上的青苔，然后去避开它。接下来的一段路虽险，但比不上山顶的陡峭，石头如同台阶一般为我们铺好了下山的路。我渐渐放松了警惕，有时甚至蹦跳着下，不知不觉地，我拉开了队伍很远。走在最前面的好处是目中无人，只有美好的景致。此时已是下午，再偏僻的威尔士也该有太阳了，和煦阳光照射下的灌木丛与湖水，相比早上晨雾下的面貌很是不同：此时此地更像一个公园，是温暖的湿地，幻想白鹭从某一树丛里飞出，丹顶鹤在泥塘里伸展翅膀，那该多么令人满足啊。可惜这一趟远足下来，除了标有红色绿色记号的羊群以外，什么活的生灵也没见着。

戴夫从后面呼唤我让我不要走得太快了，等等同伴。我放慢了脚步，也是这时才反应过来自己在哼歌，不知道是从什么时候开始的，也许早在蹦跳于石块上时就已开始，也许是更早的时候脑海里就开始循环《完美之地》，没有另外一首歌比它更适合当下。沿着湖的浪花行走，感受水淹没过我的鞋面，又流淌回去；阳光偶尔让泥沙闪烁金光，它们是松软的，踩在上面会留下深深的足印，于是又有了行走海滩的梦想。禁不住想要旋转，瞥见身后的同学离我还有一段距离，他们与先前一般的态度，埋头苦行，离湖远远的，怕再弄湿鞋子。不懂欣赏，我摇摇头，转回身，又蹦跳了两步。怎样呢，我一个人开心就行了不是吗？

2018.6

爱丁堡随笔

（一）

爱丁堡比想象中要暖和一些，也许正好赶上了出太阳的时刻。刚走出机场，我看了看手机，已是十点过半。这是我第一次来到苏格兰的首府，而在先前，我就对这个城市有着莫名的好感，总觉得它会是平静美丽的代名词，是诗人与风景画家的谬斯。

蓝天很美，草地很美，隔着巴士的窗户就能闻到苏格兰的风琴味；在陌生的熟悉感下，这块从来不曾踏上的土地竟让我感到温馨。一切都是绿色的，是最有生机的那一种，是最具有征服力、最让人放松的。记忆里的机场外通常布满高低盘旋的立交公路，清一的金属色，而在这边，巴士还没开出五分钟，就似乎已经来到乡村，正打算载着我们冲向野花羊群。说起羊群，这边天上的云可是所有云朵的标准形态，所谓"一朵朵云彩"描述的就是眼下。蓝天直到与远处环山交界才开始泛紫，而由远及近的剩余空间里，唯有两三团云。它们随意地荡在原地，不紧不慢，比羊羔还要会享受这无止尽的清闲。明知道听不到自然风声，我却仍不由自主地拿下了耳机。车子开动时发出的微弱噪音比任何歌声都更能使人心静，那最舒适恰当的频率配上窗外的景，让人毫无察觉地在第一时刻就迷恋上爱丁堡的一切。

（二）

我一大早就坐巴士进城，想着趁白天还有些时间能够去市区转转，顺便吃一顿正式的早饭。

昨天晚上我睡得很差，不知什么原因酒店没有收到我的预定，他们最后把我安排在地下室的一个小房间里（要知道我原本预定的可是宽敞的双人房）。房间小，床也小，躺在上面一翻身还会"吱吱"地响。我很是无奈，可也没了辙，只好拘拘束束地过了一夜。

一醒过来便想要咖啡，可是不知道咖啡店在苏格兰是怎么运作的。我只好贴着巴士窗向外望去，不断浏览着街边的店，但那些都不是国际连锁的知名牌子，实在分辨不出它们究竟是餐厅、酒吧还是纪念品店。就在我快放弃时，我瞥见了一块熟悉的红色牌子，竟是肯德基，我想里面应该会有咖啡，也许还会有早饭。此时我又冷又饿，已经顾不得一大早就吃炸鸡的坏处了。

刚下巴士，我就飞奔着前往那家肯德基店，可人家却还没有开门！我是等不到十一点了，只好另寻出路。想起刚刚跑过来的路上有一家便利店，也许他们会有新鲜出炉的面包与自动咖啡机，我便立刻返回。但结果他们只有冰冷的马芬与巧克力饼干，路过方便面的柜台时，我忍不住停下了脚步，不由自主地伸出手去抚摸它们，可哪里去找热水呢？我摇摇头，惋惜地离开了。

买单时，我问店员，这附近哪里有咖啡厅。她说沿着街走十来米就有。我拎着装有马芬的塑料袋，一半怀疑一半期待地走下去，还真有一家，似乎是爱丁堡自产的品牌，我忘记了叫什么名字。咖啡厅里很暖和，我感到手终于舒展了。看向柜台，只见里面摆放着许多我从没有见过的点心；抬头看菜单，果然，这些都是苏格兰特有的早饭。我很是兴奋，这可比冰冷的马芬蛋糕要有趣多了。最后我要了一个香肠卷和一个类似肉馅派的东西，味道蛮特别的，肉馅派有一点点膻味，但我还能接受。

我拍照片给母亲看，她说："噶简单啊。"

（三）

这是个诡异的城市，前一分钟你还走在现代的人行道上，一边是霓虹灯牌的餐厅，一边正驶过红色汽车；抬头就能瞧见远处拔地而起的城堡，它们建在石头垒成的山上，就和十八世纪一模一样，城墙和砖瓦都保留了当年的颜色，还是那么自然坚实、庄严肃穆。这个城市无疑是时代碰撞出的产物，历史与摩登在这里融洽地相处，谁也不更贪婪地再前进一步，谁也夺不去谁的风光。

（四）

我沿着灰色地砖路悠闲地走着，对目的地的渐行渐远毫不在意。一路上，我闯进数不尽的古玩店，对一切都充满好奇与热情，旧书、首饰、古着，身在其中我欲罢不能，恨不得把它们一股脑儿都给收下。更别提有事没事就会撞见的街边市集，那些黄色白色的帐篷下尽是各种平日里见识不到的稀奇古怪小玩意儿，什么化石啦，镀金树叶脉络标本啦，占卜水晶啦，等等，等等。虽然这些东西伦敦也有，但我可不会每天都往那边跑去；而这边呢，似乎我一不留神就会走进其中，仿佛整个城市都是针对我的陷阱，暗搓搓计划着如何吸干我的钱包。

都说爱丁堡物价不高，在这边生活不会那么花钱——对我来说可绝对不是这样。要是我生活在这里，想必一个星期之内就能在这些店铺里花掉一整年的生活费，然后就只能像吉普赛人一样把那些七零八落的玩意儿揣在怀里当宝贝，挂满项链手镯，穿着五色的奇装异服流浪了。

（五）

正午阳光下的广场格外温暖，餐厅把所有的桌椅都摆在外边，所有人也都坐在外面，享受着这稀罕的温度。我看了看手机，已然是饭点，就挑了一家餐厅坐下。

服务生把我安排到一个树荫边上的位置，给我留下菜单后就离开了。大树稀疏的投影隐约地擦过我，在菜单上闪烁。这是一家意大利餐厅，我在各类意面与披萨之间摇摆不定，最后下定决心，还是同往常一样选择了最不会令我失望的蘑菇米饭，还有鱿鱼圈。本想就这么结束，可我的目光在最后时刻对上了那一栏酒水。明明已经成年很久了，却总不会使用点酒的基本权利。因为不是酒客，我也分不清具体的好坏，就挑了爱丁堡本地的一个啤酒牌子——Barney's.

下完单后，我打算放松（似乎这整趟旅程不是围绕它似的），便放下手机，好奇地打量身边的一切。

爱丁堡的街头没有伦敦般的过分繁华——说实话，除去部分中心街道以外，伦敦已经失去古城的感觉了。而这边，上上个世纪欧洲的风情依旧弥漫在城市的每一个路口，街边居民楼建筑的古典配色与造型让我异常舒心，从橄榄绿的咖啡馆到砖红色的书店，整整齐齐的窗户以及尖尖的屋顶，无不向游人诉说着欧洲别具一格的浪漫。

（六）

走过一座桥，我来到了爱丁堡的另一半。

不知什么原因，周围的人似乎一下子多了起来，一群一群地快步走着。后来我想到应该是因为阳光吧。现在已经进入一半秋天，对于爱丁堡来说更是入冬的开始，那趁着中午还有太阳的时候，人们自然是争先恐后地冲出家门，来到草坪上取暖，希望能汲取足够的维他命 D 来熬过不久后的寒冬。由于没有时间停留，我只好匆匆地拍了张照片就继续向前走。

（七）

I wish you said,

escape to Scotland at midnight,

dance with whites on the grassland,

leave the sight to the fireflies.

You said you want to die in this kind.

（八）

我第一次看到出现在我面前的彩虹。

在走回旅店的路上，天上下起了毛毛小雨，我没怎么在意，因为它不一会儿便停了，没有什么温度的太阳又从云层后边出来，撒下透明洁白的光，就和其他部分的英国别无二致。我在寒风中裹紧衣服，打着哆嗦。可接着，不知在什么原因的促使下（也许是开过一辆印有花里胡哨广告的巴士，也许是一群鸟擦肩而过），我不经意地回了头，随即愣住。我看到了一道彩虹，我明白彩虹不是什么稀奇之事，可离我这么近的却是第一次见着——它似乎就落在我的面前，也许就在十米开外的地方，仿佛我再走几步就能够来到彩虹桥下，然后穿越到某一个仙境（我真的尝试走近想去触碰，可与它之间的距离却不自觉地延伸着，就像罗兰和它的黑暗塔一样，唯一不同的是，彩虹听上去要积极得更多）。尝试失败后，我又退回到原点，再仔细一看，竟注意到它还是双彩虹，一道微弱的光弧出现在第一道彩虹的上方，它仅是乌云上一条白色的痕，太难让人注意到。

不禁想去许愿，尽管我明白那不是流星。会有很多人对着彩虹许愿吗？我想到，毕竟遇上了美，产生一些私心和憧憬应当是自然而然的事情吧。

（九）

在机场，在临登机前的最后一刻，我在纪念品店的橱窗里注意到这个挂件。纵使它所描述的景只是基本的轮廓线，我却也在第一时间里想起了那苏格兰草原上最浪漫的奇幻故事：黛安娜笔下的《古战场传奇》。克莱尔与吉米那跨越时空的爱情与守候，因为这立石阵，他们相遇又分离；但他们一次又一次坚信着一定能找到对方，毕竟只有彼此身边才是自己最终的归宿。

我知道自己不是爱情小说的最忠实读者，甚至有时候听到情歌看到现代都市爱情剧时还会心生厌烦：真是故作矫情！可我却出乎意料地爱上了《古战场传奇》，其中最重要的原因之一便是剧中展现的苏格兰风情，从山间的城堡到采草药的姑娘，从穿格子裙的少年少女到苏格兰特有的红发与口音，不像简·奥斯丁笔下的英格兰庄园那样端庄优雅，却更有随意的人性与自然，可也没有达到中世纪那般的黑暗。这淳朴到略显封建的世外桃源是我能想到的最浪漫的小说背景。但这一切都还得感谢黛安娜引人入胜的故事线，与其他穿越题材的小说不同，《古战场传奇》牵连起每一个关键的历史节点与民间传说，并和爱情线极为融洽地结合，不过我不想把随笔写成读书笔记，对这套书的介绍就点到为止。

可《古战场传奇》却让我第一次企盼起爱情来，甚至还有过瞬间烟火般的渴望。虽然克莱尔和吉米之间的爱情是不现实的，它太奋不顾身，需要牺牲的力量。可我的确产生过这类的幻想：穿越时空时遇上了一生的挚爱；我们一同冒险，一同在草原上骑马；藏在草丛里偷窥身着白衣的女人手握火把起舞于石阵；我愿从流浪的乞丐手中接过那困住蜻蜓的琥珀，永远怀揣；愿在爱丁堡做一个卑微的印刷匠，将你从未来带来的话语千百次拓印，只为让你再次找到我。真是疯狂呢，但最令人陶醉的爱情不就该是这样的吗？我没有看过任何一篇文章把爱情比喻作苏格兰草原的风，潇洒且自由，但那就是我的追求。

2018.10

赭石：不毛大地

几千万亿年前，在世界刚诞生的时候，两边什么都没有，不要说苟且偷生的生灵，就连死的光线和怠惰的时间都不曾驻足；没有所谓诸神之战留下的混沌，也没有半星半点为未来埋下希望的发光陨石，只是单纯的虚无，看似永恒的空无。空间，甚至还没有空间这个概念，世界只是个偌大的三维物，那个时分以及很久很久以后都没有任何卑微的意义。

接着出现了大地，又或是大地终于被发现，它实实在在地沉在这三维物的底部；于是相对的，出现了天空的概念。而只有大地上会有故事发生，因为有供角色站立驻足的地方，有舞台；天空原封不动地保持着最初的状态，它到底只是虚的，若不是大地的反衬根本不会有任何意志去注意天空。

沉默的大地，是一切的根与基础。

总以为地是统一的，没有任何区别，或冰冷或炎热或干旱或潮湿，都是天气做的决定；总以为大地本身之构造，就像地理学家介绍的，地壳、地幔、花岗质岩、玄武质岩等直到通往最滚烫的地心。有着些许的偏差，但大致是一个状态上的东西。这在如今的确如此，可很早很早以前，大地有着截然不同的两面。

在这边，一切都是清透的黑色，那土壤（暂且就这样称呼，但要明白那与现在可是迥然相异的东西）满不在意地连是软是硬都分不清楚；而那边则是深红色的，闪着油光，肥沃的养分看着就要溢出来了。所有的神都在那边看到了未来欣欣向荣的潜力，他们甚至盘算起要建立乐园、伊甸园；可最后还是收住了手，摇头，悻悻离去。不知是因为那红土地缺乏更深的魔力天赋，还是因为看到了这边大地的黑色里埋藏的那双眼睛而感到顾忌。

后来雷鸣电闪的万年过去了，逐渐地，在那边的红色土地上，紫色火花的摩擦生出了第一批会呼吸的孢子，它们不能被看见，比夸克还小——这也是为什么它们至今未被发现，更别提研究清楚它们的生物化学构造了；而黑色的大地上什么也没有。继而，隔壁又诞生了金属的植物——那又是百万年以后了——它们有着金属的光泽与花纹，叶瓣里的每一丝经络都透亮，每一个凝固的液泡里都流动着光，反射着多维度的空间；而黑色的大地上仍旧什么也没有。

就像进化论描述的一样，植物诞生之后出现的必然是爬行动物；鸟类是虚构的，是恐龙的一种，其实就是会飞的鳄鱼，只是更柔软，有着能够转五圈的脖颈——这是后话。总而言之，独眼的虫蛭在这个当口出现了，它们虽然像鼻涕虫一般，但还是算作蜥蜴，一团一团地栖息在红土大陆的边缘处，靠皮肤上的气孔粘贴空气中的水蒸气而活。这些低等生物的身体有十厘米，不过软塌塌的什么力量也没有，却要靠纤细的单根肌肉纤维去支撑起那么大的眼球。物理在那个时候是不存在的，公式还没被写出来，逻辑是最为可笑之物。由于自身的脆弱，那大眼睛族群从破壳而出的一刻起就开始警戒，缩在石头缝里，暗搓搓地偶尔伸出眼睛来探风，然后又立刻缩回去，纵使那个年代里它们是唯一的动物（？）。虫蛭们偶尔会出来活动，却从不离开红土哪怕是一根腹足，就连眼神的方向也鲜数落在这黑压压的地方。曾经有一只天生缺少眼球的可怜虫，漫无方向地不慎爬进这边，就过了五秒，便从此没有了踪影，就像蒸发了融化了似的（这里也许没有用夸张的修辞）。其他健全的虫们是死活不会进入这边的，不过它们也讲不出原因，只有这最初级的物种才能够靠直觉灵敏地捕捉到空气里流着的不详的风水。人反而是格外迟钝的。

当有了生命，不用神的指示，进化至文明出现是必然的，继而是图腾崇拜、偶像以及宗教。独身的巫婆披挂黑色豹纹皮，在最冷的半夜趁着球状闪电降落前来到立在两块大地交际处的巨石前，用长满碧绿脓疮的苍白瘦削的手指蘸着雌凤凰的血刻下咒语，关于一些极涩难懂的魔法东西、地狱恶魔、天启（世界末日的概念原来那个时候已经成型了），警告人们千万不得踏出红土大陆一步，永世不得，子孙后代也不得——只是可惜人从来没有看懂过，甚至以为那是自然风化的结果。至于那道高高低低的石墙，不知是何时建起的，被谁建起的。只是在后人的印象里它一直存在，从没人在意，没人疑问，看习惯了就以为它是该存在的，要是有一天消失了，反倒让人觉得哪儿都别扭。

关于石墙与它后边的传说止不住地流荡在空气里，不知从哪里来，该传到哪里去，这些最早形式的流言蜚语靠打手势和古老的音节传递，像是最黑的一股涌流匍匐在那最早最初的山洞文明的底部，是不被光明与天日待见的，只有在最深的岩壁上才会看见有关此类信息的壁画。再说，哪有原始人有空在意神话，尤其当日常与风暴里的单桅纵帆船同般颠簸时。

掠夺是那时生存的唯一方式，战争也就是家常便饭。这些早期的人连完整的衣服版型都打不出，却可以轻松地想到要把草食动物的肋骨磨出尖锐的刀刃，做成武器——能造成疼痛和流血的总是比希望要抢先一步产出来。握着这些早期的刀具（现在所有博物馆里均能看到，不值钱了），战士们从围捕恐龙，到单独地与大型猫科动物决斗，相互都是为了吃对方的肉。由于有着智能的潜力，人得以掌握更进一步的技巧与谋略，虽然与从今以后不断被写下的兵法不可比拟，但在那时，原始人类也因这一点，成为生物界的霸主，他们灭绝了所有怪异的恐龙，统治了其他残留的鳄鱼与爬虫、猛兽。

可原始人没有因此停下斗争，相反，由于与非人类战争之间的无数胜利，他们的自信心、野心像黑洞一样膨胀，他们的征服欲期待着更进一步的满足，他们开始渴望拥有更多，侵噬更多。于是他们看向了自己的种族，看向了红土大陆上其他部落的人。为什么我们不能统治他们，为什么我们不能独裁这块大地？与此同时，其他部落的人也怀揣着一模一样的思想，纷纷看向了他们。所有人都互相张望着，眼神里混杂了警惕与威胁。谁都不敢轻举妄动，可一旦哪个鲁莽的人走出第一步，血色的风暴便不可避免了。

就像历史进程中所有的大事件一样，总有人，也许是通过千辛万苦的计算，也许是最无意地碰翻了碗，总有人总有人，会在一条路的起点走出那一小步，像拧开了剧烈摇晃后的汽水，然后整个洞穴、整个队伍、整个世界里自诩战士的人，都在同一刻，野蛮地冲了出来，握着各种款式的磨尖的骨头，砸向砍向对面操着同样气势的人。

于是，最冷兵器的战争像瘟疫一样横扫了红色大地，一切最野蛮的行径演绎在了城墙的那一边。

这场有史以来最长的战争持续了好几代人。祖辈上面流淌下来的莫名的仇恨血液在后辈的血管里越来越浓稠，要是把他们解剖开能挖出塞满沼泽的网。你能看见最健壮的年轻人眼睛永远是红色的，随时做好了上战场嗜血屠杀的准备，他们忘记了自己背上所负的使命。他们根本不在意使命。

那最后一战是红土大陆上至今为止发生过的最壮观的事（毕竟最后黄河没能到达这儿）。那遍布十万亩荒原的红不再是肥沃繁华的象征，而是真正靠血染成的，直到战争结束之后的百年都没能褪干净（不要说雨能够洗刷，那个时候所有的云都是浅红色的，雨都是带腥味的）。因为战争的需要，各类动物的数量消失了近六成，大多被做成了武器（几乎所有带骨头的东西都被用过，独眼虫豸侥幸活下来了），有些被当作食物，还有一些是纯粹无辜的，被不幸卷入了战争中心，成为杀红眼的士兵刀下的牺牲品。

但好在大战的结果是可歌可泣的——至少有结果，不论好坏，至少死去的灵魂知道他们的牺牲的确铺垫了一个方向——人的愿望完成了，大统一实现了。身高近三米，有着最蓬松毛发的雄性被推举为首领，他在幸存者的山洞里建立起最早的中央集权主义，宣告了第一批大一统事业的建立。

战争的报应来得比想象中的快。没有人会料到仇恨、野心这些情绪竟真能衍变出具象的毒素，也没有人猜到树上再也没结出任何好吃果子、地上再也长不出任何食用植物的原因就是他们的血——除了长牙齿的紫红色白菜（有毒的血让不毛大地飘过来的种子得以生根发芽），但宁可饿死，也没有人会想把那样丑陋的东西塞进嘴里。那像放了一星期的内脏奶昔的物质结成了凝胶一样的块状物，又因为酷烈太阳的暴晒而再次融化，散发出难以形容的刺鼻气味；融解后的粘稠流体缓缓地滑向河边，一截一截地坠进水里，发出令人毛骨悚然的"咕咚咕咚"声，像是巨人正在吞咽的喉头。这些变质肥料分泌出的毒物第一天便杀死了所有的鱼；第二天融化了所有有营养价值的水草藻类；第三天催熟了所有的孑孓，让它们长成比青蛙还要大的蚊子，漫天飞舞。温顺的大型动物喝了这里的水开始变得更加赢弱，极难生出非畸形的后代；残忍的动物喝了则变得更有杀机，有了进化的可能。

人类社会也这样两级分化开来，由于已到进化的顶点（撇开无上思维带来的基因改变），那些昔日的战士喝下自己浑浊的血水以后变得进一步骄横暴戾；而那些从没有上过战场的人则更为瘦小，哆哆嗦嗦地曲着腰过活，生老病死在没有阳光的地方，战士们从不正眼瞧他们（以他们的身高差的确是难正眼看）。曾有人建议把他们当作奴隶来使唤，结果发现他们连挑水的力气都没有；有人想把他们当作食粮，正好可以解决那时粮食的危机，若不是首领的女人哭着哀求也许这个吃人的制度就成立了。血里的毒对雌性人类没有特别大用处，于是她们成为维系这坠落边缘的早期社会文明的唯一途径。最后也是她们发明了文字、艺术和我们现在头脑里在用的所有东西。

首领很爱他的女人。不像其他战绩显赫的将军一样热衷于群体与滥交的怀抱，他只倾心于那个女人，忠于她一人。这样的首领不论是古今还是东方西方谈论起来都会叫听者大惊失色。

不能吃人，也没有作物与猎物，首领隐约听见群众喉咙底发出的咕噜声里充满怨艾，就连最简单的大脑在那个时刻也能明白什么是危机，以及做出重要决策的必要性。那天晚上首领坐在山顶，女人依在他的肩上，两人无言地看着那道石墙和它身后透明的黑。巫婆的事迹早已成为最古老的传说，连摩登的壁画里都不稀罕再画这个故事。为什么不到那边去看看呢？首领以为自己好聪明，找到了前人从没有想到的方法，上蹿下跳地和人猿一样。女人在一旁微笑地看着他，含情脉脉，别有深意。

于是，首领再一次地召集起所有能活动的雄性，发起了长征。他们穿上了骸骨做的，人类文明记录里的第一批盔甲，磨尖了能够找到的每一块坚石与鳄鱼的牙齿。曾经在最大战争里凯旋而归的战士不明白为什么这次的装备比曾经的还要完善、还要致命——他们高傲地认为自己已经是统治者，是无所畏惧、所向披靡的，他们天真地以为不论石墙那边是什么都不足为提——但没有一个人发出质疑声。临走前，女人在首领额头上用自己的经血画下表示勇气的符号，首领给了女人最后一个吻，随后便离开了。

长征的这群人来到边界，那块刻有女巫警语的巨石早就被闪电击中化为碎块，只能隐约瞧见几道不深的划痕，能够勉强称得上是人的印记。天上有两个头的绿色凤凰在尖叫，它（它们）已经叫唤很久了，从长征开始便盘旋在这个队伍上面。凤凰的头不断抽搐着，长长的脖子旋转出匪夷所思的角度。叫声一顿一顿，是足够凄惨的，像是喉咙里卡住了血，在下一秒就要大团大团地咳出来似的。那些瘦弱的，身高不足一米五的伙计本就不是战士出生，本就对这次出行不甘不愿，再加上这来自天上的，从耳膜扎入心脏的哀鸣，他们还没正式走入禁区，就有了退缩的想法。

首领脸色阴沉，就像同时布满两片大地头上天空的厚实云层，光看着就叫人感到闷热，喘不过气。他看不下去了，一言不发地，他拿起手中的矛（石块加木棍）就往天上掷去。一道笔直的一次函数，矛直直地穿过了凤凰的四只眼睛。尖锐的鸣叫戛然而止，几秒过后，乱石旁传来沉闷的撞地声。长征队伍里一片死寂，首领露出笑容，军心又渐渐收拢了。可看向风平浪静却毫无声息的黑色土地时，首领发觉不知为何，连自己都迟疑了片刻。这到头来肯定不是个好主意。但已经走到这里，不能够回头了。咬咬牙，脑海里又一次出现了女人的身影及约定；摸着额头上的印记，首领赤裸的脚踏上了黑土，成为这千万年来第一个站上不毛大地的生物（当然，那个时候没人叫它这个名字）。

　　独眼虫矛的球缩在碎石堆里边看着这些灵魂瞎了眼的人一个接一个地去送死，它们没有多余的细胞去理解这一行为，只敢在遥远处好奇地探着。

　　这里真的会有能够填饱肚子的东西吗？首领用和我们现在写出来不同的词组句式想到。土地意外的松软，黑黝黝的，远看或许耸人，可只有接触到才发觉它像是饱满的肥料，也有可爱之处。首领活动着脚趾，感受着大地传来凉凉的温暖，逐渐放松下来，再吼叫着敦促士兵走快一些。

　　数小时过去了，也可能是数天，很早便说了，时间在这里是懒惰的，时而懒得向前，时而懒得离去。这些身负沉重铠甲的可怜人还在漫无目的地走着，回头，已经看不见那道石墙了；往前看，依旧什么也没有，除了那条飒飒清爽的天地分界线。要是凤凰还活着飞在天上的话，会看到长征的队伍只是一条缓慢往前蠕动的黑虫，是广袤无际的邪恶大地上最孤独、最脆弱的存在。战士们好久没有饮食了，再这样下去胃酸都要把内脏溶解吃掉了。此刻多希望能够有一场雨啊，多希望能有一场遥远记忆里的雨，而不是红色的粘稠到睁不开眼睛的。即便是忍耐力超群的首领此时也感到有些吃力，他看了看天空，凝视着上边紫色的极厚团云，若有所思。

也许是谁不小心出声说了心里的祷告，从某一个瞬间开始，空气竟潮湿起来，徐徐的微风送来了水的味道。首领感到皮肤上粘粘的，呼吸里也充满了湿润感，他抬起头，一小滴水正好落在他的肩膀上，极少的含量，连首领肩上的汗毛也没能沾湿——却是真的下雨的征兆。他听见身后的人群开始骚动，首领回头，看见自己部队里的人都仰着头，嘴角挂着惊讶的表情。终于，大颗的水珠开始落在这些干涸男人的肩膀上、鼻尖上、胸肌上。男人愣了几秒——没有融化皮肤，竟是真的雨水。人群沸腾了。雨越下越大，雷声也开始翻腾在紫色天空之上，摩擦出的闪电是这太阳照不到的区域里唯一的光。这些人再原始，也已经不再惧怕雷电，明白这些天象是难以伤害到地表生物的，所以没有人把它放在心上。而事实上，不论何时都还是对老天敬畏一些比较好，下雷雨时总还是躲在室内不要出来为好。

雨越下越大，越下越大，落地的声音从"沙沙"到"噼啪噼啪"，又到"哗啦哗啦"，最后活生生成了"轰隆轰隆"的瀑布。虽然不是红色的粘稠的，却大到让人睁不开眼睛，忘了是该用鼻子呼吸还是用嘴巴呼吸，仿佛那水不是降于天上，而是大地在顷刻之间沉没大西洋——要真是这样也好，直接扼杀了一切未来。人群终于开始感到不对劲、害怕、恐慌，这祈来的雨哪是恩惠，根本就是灭族的器具；队伍不再有秩序，士兵无助地满地奔走，想找个躲雨的地方，可这辽阔的不毛大地上哪有什么凸起的东西让他们藏身。

大地给予人类的第一波洗礼还未结束，接着降临的是在云上待了太久无所事事太久的电，它学着雨一样落下来，却又精准，又有目的性，狠狠地打在一个个逃窜的可怜人身上。羚羊的骸骨挡不住电，这是本趟旅程目前为止带来的最宝贵的经验。那些人还没来得及叫唤，就从里到外化为黑色的碳，连骨髓都成为了粉末的东西，被大降水打进地里。

脆弱的人在这时已被吓死，由于眼睛里全是水，他们只能看见一片模糊，却仍能从其中认出自己的同伴被光芒击中然后碎掉的惨状；再加上听见了风与水在嘶吼死亡的声音，他们真的受不下去了；顾不得逃兵的惩罚，他们转身跑去。他们狠狠地跑啊，跑啊，其中好多好多在逃跑的路上也被严苛的雷电击中，化为灰烬；漏网之鱼中的好多跑错了方向，去到大地未知的领域，逃过了雨，却逃不过下一个惩罚，没人知道那些人的结局；那些认得正确回家方向的，侥幸成为了第一批逃离，也是唯一一批如此幸运的人。雷雨宽恕了他们，大地明白这些人是无论如何都不敢返回的。

总共三百来个不够勇敢的人狼狈地跑回唤作家的洞穴中，跪倒在女人的面前。首领的女人将他们扶起，抚摸着他们的额头，读着他们惊恐表情里的故事，点点头，选择原谅了他们；继而眺望远方，她丈夫前行的方向，眼眸里滑落一滴眼泪。女人站起身，她明白她的男人，她们的男人是不会再回来了，她明白了自己肩上的担子。女人召集起部落里同她一样聪慧的雌性，计划着如何让破碎的红土大陆再好起来，如何在这个曾被鲜血刷洗的土地上再次种出繁荣的希望；而男人，在这计划中除了在繁育后代里有星火的用处以外，是没有别的事的。于是，最早期母系社会建立了，直到那个黄皮肤灾婴出生之时，这个社会一直是有史以来最好的样子。

随着凤凰的重生，我们再把目光拉回到不毛大地上，深赭石色的土地上。大雨中，首领低着头跑着，奔向前方。他听着同伴的绝望叫喊声，明白这场任务将凶多吉少。但他可是经历过"那次"战争的，那时身边的牺牲要比现在更为惨烈，这完全是可以接受的后果，首领想到，停不下脚步地往前冲着。同样勇猛的人也没有因此而畏惧退缩，他们跑呀，在全是水的世界里，呼吸都困难地跑呀。

要是大地上仅此一关卡的话不免太容易了。不知是谁挥了挥手，大雨停了，随着最后一瓢水从那云里倒出，落在首领面前的地上，地与紫色团云之间就一滴水也看不见了。少了近一半人的队伍第一次停下脚步，人们大喘着气，累得直不起腰，累到口干。他们在雨中都忙着憋气往前冲，太少人记得去张嘴接点水喝。

有人在这时注意到了异常，那便是相比从前丝毫没有变化的土壤。在记忆里，被泼了这么大的水，地上定全是泥浆沼泽的东西，而不毛大地上的黑土却还是那么的温和柔软，摸上去凉凉的，激发着瘙痒与遐想，可那微弱的湿润令人明白从中挤出一滴水都难。物质的定律再一次被否定了，现代科学家在当时都会疯掉的。

首领看着残缺不全的部队，胸中翻腾着杂糅的情绪，愤怒、仇恨、悲伤，冲着大地，也对着自己。他大喘着气，眉头紧锁，青筋胀得仿佛就要撑破皮肤——但他很快就压抑住，回到了那个威严、冷血的形象。牺牲和逃亡是每一场不论大小的战役、革命必不可少的事，一旦牵扯到战争，命就不能够当作与和平时期一样值钱了。很快地，他重整了队伍，以他独有的方式重振了士气，这半截小虫继续向前爬去。

又不知过了多久，走了多久——周边的景色从来没有变过，也就是没有景色，或许这行人是不慎走上了一个庞大的跑步机，土地下藏着的是巨大的轮滑带，其实一直以来他们都是在原地踏步，没有参照物，没有反驳的证据——太久没有除了空气以外的物质进入嘴巴，好不容易整齐的队伍又懒散起来，这下子连首领都失去了吼叫的气力，他不敢、也不能再去要求别人了。凤凰眼睁睁地看着这些勇士的志气逐渐被消磨，相互缠着脖子感到惋惜。终于，饿到受不了的人"扑腾"一下跪在地上——他成功引起首领的注意——他把双手狠狠地插进地里，捧起一抔黑土，颤颤巍巍地举起手，头僵硬地凑上前，把土开始往嘴里灌，似乎是渴望其中会藏有富含蛋白质与糖的微生物。其他人愣了片刻，随即便疯了似的模仿起来。首领想要厉声斥责，却还是在吼叫声溢出的边缘收住。都是最无助的灵魂了，还何必刁难呢？他看向那条地平线，看向那条无论如何都到不了的边界，看着这广袤无垠的不毛大地，这邪恶的残忍的大地，他跪倒在地上，心想这是否预示着失败，彻彻底底的、毫无希望的、死黑死黑的失败。他摸着自己的额头，女人在上边留下的血的记号已经被大雨冲洗干净，他像是一具新的自己。他也捧起土，恶狠狠地盯着看，然后就要往嘴里塞去。忽然间，他眼角瞥到了什么，那是有着强烈的色彩，有别于这大地其他部分的东西。

首领放下土，站起身，看着那惨亮惨亮的鲜艳的粉色迷雾笼罩过来。此时在他身后呢，那些吃了土的族人都定格在他们咽下土的最后一个姿势，他们的肤色开始越变越黑，直到成为和土壤一样的颜色——他们竟成为泥塑的像。然后更骇人的，这些人的嘴角开始出现裂缝，像是夏天被烈日酷晒的干旱到收缩开裂的土地，越裂越大，好像是日本传说中吃人的裂嘴女，不同的是他们再也不能吃东西了。那裂纹蔓延到脸颊、苹果肌、眼睑、后脑勺；继而是脖子、锁骨、胸肌；手臂直接就断掉了，像维纳斯一样，在触地的那一瞬间碎成了粉；也许是脊柱里的灵魂还顽强地挺立着，这遍布碎纹的身像居然没有因为在腰间出现像大树被雷击中一般的缺口而崩塌——但也快了。一尊又一尊的残像倒下，就像原子弹轰炸过后的希腊圣殿，辐射与波毁坏了所有的遗迹，把文明解构到灰尘的大小。只是在这大地上，满地都是此类尘，于是灰尘便是干净的。

粉红色的雾笼罩过最后一双还未碎完的足，终于把整个长征队伍（其实活着的只剩下四分之一了）吞没。首领在雾中看不见身边的人。他伸出手，还能看清指甲。大雾究竟从何而来的问题和所有有关这大地的问题一样，是没有人能够解答的，唯一和从今以后发生的怪事不同的是，这雾历史上只出现过一次，便是此时。而后人对它的了解仅凭《全历史》里《无解－大地起源》篇章中描述首次长征的段落里匆匆的一句话而已。

首领看了看脚下，是看不见脚了，暗地里希望它们还在，那脚踝区域的粉红看着比空气中的要浓郁几分，看样子这雾不是被妖风刮来的，而是从地里长出来的；再换种角度，是不是可以看作这样：大地的下面呢，有一个相反的世界，里面有一片专吃牛蛙的大花田，那花粉由于脂肪含量太大根本飞不起来，于是就往下掉，深深地掉进土地里，钻到了我们这一边，然后继续往相同的方向落去，在我们这儿便是天上——所以实际上一切会飘会飞的东西根本就不是因为太轻，而是因为太重。

由于停不住呼吸，粉红的因子进入了首领的大脑。这时候会发生什么呢？所有看过科幻魔幻小说或影视剧的人都知道，自然是要么让人神魂颠倒、性欲蓬勃，要么让人看见恐惧尖叫的幻象了，而此时是后者。

这里不方便描述首领和幸存者究竟看见了什么，但应该不会那么过分，由于还没有像我们现在一样有着各类文化的熏陶，鬼和异类的恐惧感他们无法深切体会。我不敢打包票，但觉得应该与骨骸的多头流血僵尸动物有关（如那只被他们闹着玩残忍杀害的鳄鱼）。也不排除在雾中他们开了智慧的可能性，这些粉色的分子飘荡在人的耳边，微弱地呢喃，吐露整个世界的真理。突然间这些野蛮人知晓了所有问题的答案，对未来的黑暗摸得透彻，看着那所剩无几的希望亮晶晶地摆在面前的桌上，就一颗樱桃的大小，那疯掉也真的不能怪他们了。哪怕是放在现在，就算是找来最聪明的长子也不期望他能沉住气理解这些所有。

既然是雾就会散去，我们在这粉红色彩逐渐淡去隐去之时，看见了首领跪在地上的身影，他是唯一一个还能够保持上半身直立的人，纵使他的眼神已是一片惨白，不带有死亡的气息，那瞳孔是因为震惊而萎缩到消失。等首领最后回过神来，等他稍稍整理好一切的信息之时，他没有回头，再也没有回过头来（直到……）。自从雾散去后，再也没有任何声音传进他的耳朵，除了那因大地太广袤与邪恶而产生的深沉共鸣。他明白，除了他以外，没有人活着了。

那只跟随着长征队伍来的凤凰看清了一切，只是它不理解，不理解为什么在那雾中，那些人要这样恶狠狠地用头砸地，砸到头破血流，直到头盖骨也被磨出来，火热的脑浆也渗了出来，直到地上被砸出一个刚好卡住他们头的洞为止。那深赭石色的土填满了他们的耳朵与眼睛，这样他们终于听不见看不见恐怖的预言了。说实话，要是这是现代行为艺术的话倒也是无比动人的，到处是古怪扭动的肢体，往各个方向弯曲的手腕脚踝，长长短短，原始怪诞。最后，和前者吃土人的下场一样，这些人体土偶也瓦解崩坏，落下的尘填满了那些人用生命砸出的洞。这也是为什么在《不毛大地生存法则》里，打头第一条便是："不要让哪怕是一粒尘土进入了身体！"后人读起来总是觉得搞笑，只有看了历史才会恍然大悟。

首领成为此时这本该沾满猩红可依旧平淡本色的大地上唯一活着的物种。凤凰这时候也飞走了，兴许是回到了石头边界那边的巢，看自己的配偶能不能浴火重生，要是不能的话，它又得向那位大人请求了。换种说法，首领在这一刻成为了国王，他在那边一直梦寐以求的愿望。这长征的目的看似为了搜寻资源，可只有首领内心清楚，终究还是为了满足野心（当然，搜寻资源也是万分重要的）。他的女人也是明白的，要是继续待在原地，他心底的那份窓窣让他做不了最好的自己，于是她谅解了他，支持了他的决定。

可"国王"怎么都想不到代价会如此严重。他虽然爱权，可仍爱民，毕竟无民有权何用。但眼下他已经落到最痛心的境地了，无可逆转。"千万不要随意怀揣着不可告人的愿望踏上赭石色的土地"——这是第二条法则。

首领跪在原地，驮着背，眼神呆滞地看向前方，他想去做些什么，用希伯来语吟首诗再用梵文翻译出来、把沙子打磨成一颗帕拉伊巴碧玺、画幅一模一样的《蒙娜丽莎》、写《洛丽塔》的读后感，或是造一个宇宙虫洞、解释下为什么只有道教才是真正的宗教。他都可以，毕竟他已经通晓宇宙从始到终这一段时间里所有的知识。但他还就是跪在原地，什么都没做。是在自省吗？但一滴悔恨的眼泪都没见从他干枯的皮肤上蹭过。

他这一跪，便是四十年，不是整四十年，但大概没有错。就算首领之前是在自省，等到了后半段，他应该在死命琢磨为什么大地还没有带走他。不是说他感觉不到饥饿口渴，他感觉得到，并且是按时间增加的，也就是到了最后，他承受着四十年的饥饿口渴。只是生命还延续着，必定是大地的魔力，没有别的理由了。有时候，首领想，就吃一口土，然后逝去吧。但大地不允许，不允许他动他的手。他就像是一尊雕像，唯一能活动的是眼睛与里边的灵魂。

四十年的寂静让首领不知道自己的听觉还在不在运作，那永恒持久的共鸣究竟是来自外面还是自己脑袋里的幻觉他说不准了。一种平衡已经建立，一种不该被打破的状态已经定格。

直到远远地，首领感到大地开始颤动，凭借着物理的知识，他明白那是为数众多的东西正从远处冲来，就在他以为大地终于要给予他最后的惩罚时，他听见了人的呼喊声（看来听力还能用），夹杂在某种动物奔跑的踏地声里。是谁？为什么！首领忧愁地想到，为什么是四十年以后！就在这时，他听见了一个熟悉无比的声音在呼唤他的名字。首领遥远的记忆被唤醒了，他记起了一个身影。他多年没能活动的肢体开始颤动，那脆弱僵硬的如铁锈一样的脖颈一毫米一毫米地旋转着，眼睛更是睁到了最大，浑身上下唯一还有水分的地方充分地运作着，为的就是确认自己的记忆。

当他终于完全转过头时，他清晰地听见了某一根筋断开的声音，就像太阳下曝晒的干泥地终于裂开的声响。首领意识到，自己的生命终于要结束了，也要像四十年前的同伴一样，先变成与地同色的塑像，然后崩裂。但他那时想的并不是这个，他还未全部风化的神经里想的只有那个人。

他看见了。他看见了他的女人，那脸上画着血的标记的，飘着长发的女人。她骑在一匹首领从未见过的动物身上，但首领明白那是马；她身着首领从没见过的铠甲，连那动物身上也有这类铠甲，那闪着银色光泽的一看就不是任何动物的骨头，那是金属，是铁，首领的记忆认得。仅仅是四十年的时间，女性领导的社会就驯服了马，还学会了冶炼金属，首领分外欣慰，同时也无尽的怅然。

女人的身后是千军万马，只是马鞍上的士兵也皆为女性，这不需要过分解读。恍惚间，首领的目光落在了女人身边的女孩身上。那女孩应是二十岁出头，脸上也同样涂着红色的血，眼神里充满坚毅，视死如归。首领想到了自己的曾经，与此同时，他也明白了这个女孩就是自己女人的女儿，当然，他也知道那不是自己的女儿。

奔跑在马背上的部队离首领越来越近，首领看见自己的女人一脸惊恐，她弯下腰向首领的方向尽力地伸出手，仍大喊着他的名字。首领也缓慢地举起自己的手，他知道女人为什么会露出那样的表情，他虽然看不到也感觉不到，但他明白自己的身体正在破碎、凋零。可首领不甘心啊，眼下他只是最平凡的男人，渴望再触碰自己的女人哪怕是一毫秒。

两人的距离越来越近，首领身体的崩坏程度也越来越严重。女人眼中飞出的泪花落到天上，却丝毫阻止不了这大地的无情。就在两人指尖即将碰上的一霎那，首领的身体终于全部怦然化作了尘。那一秒钟，就像所有科幻电影里英雄的牺牲场景一样，世界安静了，所有的动作顿时放缓，马在镜头里无意义地缓慢蹬腿摇头嘶鸣，女人的女儿缓慢地猛然回头看向自己的母亲，继而是女人面部表情的近镜头，风中飘洒的长发，煽情，煽情，煽情！

　　这片土地上接下来还会有更多的爱情故事，更多的悲伤结局，但首领的这一回首，这直到最后都没能连起的羁绊，被认为是不可超过的最伤心神话。

　　军队在原地待了短暂的片刻，所有人与马都看着女首领，等待着下一条送死的指令。女首领看着自己男人化成灰烬的地方，泪在此刻反倒是流不出来了。终究一个人也撑过了四十年，本身就不期待再看见自己的爱人，铁一般的心是有准备的。不如就当作幻觉吧，尽是假的东西，是大地恶心的玩笑。

　　女人抚平了自己的感情，就像她不再飘扬的白发一样，垂直地活着。她看向女儿，点了点头。女儿吹响手中的号角，那是低沉响亮的声波，撞击到遥远世界的边再反弹回来，竟在一时间里盖过了大地本身的呢喃回音。女首领用尽力气嘶吼着，所有的女士兵也怒吼着，带上埋进土地里的男人的魄与愿望，骑着马向前冲去。这第二轮的长征就此拉开了序幕。凤凰不知什么时候又飞在了天上，时隐时现在紫棕色的云里。它在离地八千米的地方俯瞰着，还是不能理解，这么微不足道的力量究竟想干些什么。倘若这大地是沉睡的丑陋巨人的背脊，那这些狂妄的人马不过是可笑的螨虫，至多跳蚤，连一根毛孔恐怕都填不满。

　　但换句话来说，螨虫跳蚤的生育能力还是迅速的。时间的流逝对于极大生物和极小生物应当不同，就算大地是活的，还在蔓延，也比不过疯狂生长的杂草和野兔。不一会儿，草盖满了大地；又在眨眼之间，野兔啃完了它们；又是片刻，野兔灭绝了；只留下原本的地，直到新的种子孢子再落下。而眼下，人就是这杀不尽的野兔、铲不尽的孢子、繁衍不息的害虫。

　　面对背上的害虫，大地变着戏法地让免疫系统陪他们玩，一会儿地震，一会儿台风，再不济温泉岩浆从天上倒下来。女首领与她的女儿狼狈地逃窜着，看着自己的姐妹一半接一半地消失，明白了第一部队的人四十年前遭遇了什么。他们还没有马，没有铁的工具，还不像现在这样有食物——红土那边的生态系统虽然还没有恢复到战争以前，可在女人的调理下，还是恢复了很多，可以食用的作物终于还是长了出来，畸形的动物也越来越少了。如今留在那边守卫的，是那一批逃兵和他们的懦弱男性后代——当然还是有女性的，不像初代首领那样毫无规章地出行（虽说那时的情形的确更为紧急）。女首领规划好了往后的一百二十年，包括第三次、第四次与第五次的长征。当她每日来到那个悬崖眺望男人离开的地方的第二十年，她就明白了这注定会是一场有去无回的征途。

　　这里不得不插句题外话，先简单介绍下红土大地上的第二次革命。那是在女首领规划的一百二十年以后，那时两个性别之间，强弱人种之间再次达到了平衡。由于长征是个靠口头传达的任务，百年下来，逐渐地，人们对长征的认知发生了变化。有人开始认为这是献祭，是为了保佑红土地上的风调雨顺。那些人开始自命"大地教"，开始编纂教义，创立宗教（虽然大地教只持续了短暂的几个世纪，可往后的很长一段时间里，其"献祭"的教条还在被其他文明不断采用）。但也有反对派，有人不再愿意前往长征，认为这只是无意义的送命任务。更多的普通人选择加入后者，可他们仍对另一边的世界感到恐惧害怕，他们开始选择性地推卸责任、安插罪名，来掩盖内心的阴暗，而大地教的人在那时便是牺牲者，他们惨遭驱赶，被放逐到石墙边最荒芜的地带，永远不被允许回到内陆，那儿全是独眼虫豸的积聚团与排泄物，长满黑紫色的长牙白菜，是所有其他活物最不愿意待的地方。

再回到一百二十年前，很快很快地，第二次长征也逐渐进入了尾声。终于，女首领和女儿成为了唯有的活人。她们漫无目的地走着，早已失去所有的食物、水、马匹与武器，她们明白，自己离初代首领的结局不远了。

女首领无比深情地看着自己的女儿，仿佛是在表达歉意。可女孩是坚强的，她答应加入长征时就明白结局是什么。唯一可惜的，是女孩肚子里的孩子。女孩什么都没有说，女首领什么也不知道。后来，女首领也倒下了，那是一道莫名其妙的光，不是云层上来的雷电，而是正前方直冲冲地来，向着女孩射去。女首领扑在女儿身上，为她挡下了这一击，自己则笑着，在女孩怀里化作粉末。

……

又是四十年，当第三任首领骑着马来到这边时，他没有看见自己的爱人——女首领的女儿。他的面前只有一尊土像，像是一个人在尽力保护怀里的什么似的。第三任首领伸出手，刚碰到那土像，它就出现了裂痕，然后碎去，露出了它在尽力保护的东西。那是一个男婴，正熟睡着，他白皙的皮肤在赭色的地上显得格外刺眼。不知出于何种信仰，第三任首领知道那是自己的儿子，是他在四十年前播种在那女孩身体里的，他的儿子。首领抱起他，对男婴身下的灰烬鞠了一躬，骑上马，继续向前驰骋，向不毛大地的终点驰骋，或是，尽力为之。

……

遥站在黄河边上，看着里面奔腾的水，吃魂的眼睛，木然地。她是到达不毛大地边界的第一个人。她回头，什么也没有，没有人影，没有东西，只有那条紫色的天和赭色的地夹出的线。她转回头。遥不清楚自己接下来该做什么，脑海里深深刻印的使命已经完成了，那然后呢？该要回去吗？可遥不知道回去的路，她就像出生在这大地上似的，她的记忆里没有另一片大地的痕迹。

遥在黄河水边坐下，环抱起腿。然后躺下，闭上眼睛。

凤凰摇了摇头，它开始害怕人类了，害怕这种蛮力魄力会带来的东西。于是它飞走了，再没有人看见过。

……

紫色的天空依旧飘荡着烟云，天与地永远处在两个平面上，互不打扰。天上那宇宙的眼睛凝视着下方诗歌的演绎，动人的浪漫与血的歌喉，它与世界刚破壳而出的时刻没什么区别，而大地却早不是千万年前的样子了。

在不知是几百、几千次的长征——那打着"献祭"高尚旗号的运动——之后，被大地化为泥土的人的"尸块"，纷纷扬扬地被风摩挲开，终于，盖满了这大地上的每一寸土地。每一个原生土块的缝隙间、表面，或多或少地都洒满了我们祖先的骨灰与血肉的尘。那些原始社会的人牺牲了自己，用身体的微粒堵住了这巨人背上的毛孔，让它再也不得呼吸，不得狂妄地炫用它的魔力。他们英勇地用肉身隔绝住一切下方的诅咒，铺垫了往后的肥沃。可现在的人，每一步都走得漫不经心，缺少基本的尊敬，倘若那地表的密码在某一天被揭露，这些行人想不颤颤巍巍地过日子都难。

由于没有明确的日期，便不存在纪念日。转变是一件潜移默化的事，更何况是驯服一整片大地。可最后，这同时出生却又背负着截然不同使命的两块土壤合为了一体，都成为最普通人能够生存生活的地方。那道石墙被拆除，刻有女巫警告的石块被遗弃在了田地，埋进了新房子的最底下，直到世界尽头来临再没有人知晓它们的存在。自此，红与黑之间不再有明显的分界，本是不毛的大地上此时也落满了不像样的希望，生命、文化竟得以生存于其之上了。所有的大地终于都连在了一起——当然我们说的是海的这一边，那边又是另一个故事，人还要好久才学得会征服海洋——而人最终还是征服了本不可能征服的东西，这就是人的力量啊，狂妄拼搏的生物。可这份威风注定将他们的生命悬在一条岌岌可危的线上，一不留神，用错了力气，免不了掉进最致命的黑暗，给更危险的存在可乘之机，被它们当作牵线的傀儡。

……

可惜这不是结局，离结局还太远太远。当遥还在黄河边沉睡，城墙废墟旁的"大地教"信徒还在改造赭色大地的边缘，尝试种上"能吃的"白菜时，大地的中心处，出现了不曾被想象的动静。

　　人类的生命与意志力是挂钩的，纵使肉体只剩下灰，倘若灵魂还在徘徊，未夙的愿与恨够浓厚的话，人还是能通过各种方式回到世界上的。

　　那是初代首领碎去的地方，他和心爱的女人未能在最后一刻达成的连接就是断在此处。窸窸窣窣地，泥沙粉末在动，像是下面有什么虫蛇正在筑巢。它们逐渐地聚拢，形成了微小的的沙堆，由于没有风，所以只能理解成是出于它们意识的活动。较大的土块也跟着爬着，打着滚沿沙堆起的斜坡逆着重力向上，坐在了最上边。继而，更小的沙又往上，填补起空隙，仿佛要逆一条裂纹生长。逐渐地，随着石沙堆砌得越来越高，竟浮现出了具象的形态。那是一只手，干枯的五指狠命地在向上探，想要去抓住曾经错过的机会。首领深陷地狱沼泽的魂怎么可能死心呢？解放不毛大地可是他的愿望，他无论如何都想见证这一刻，以及，寻求复仇。向什么复仇，厉鬼的红眼睛是分不清的，他只想对自己的命运找回说法。

　　大地中心长出的那孤零零的手呆滞地杵着，关节只会微弱地颤抖，不慎又跌下了十块粉屑。由怨合成的气力逼着它再努力地往上，可那终究还是沙土，就是骨灰和舍利子的大小。于是，那手很快就破碎了，在摇晃中土崩瓦解，零落成了尘，碎在满地。一时间，大地又回到了最初的寂静，可那窸窸窣窣的声音又响了起来，竟比前一次还要强烈。不止是首领逝去的地方，大地的多个角落，密密地，都涌起了各式形状的土堆。它们最后都长成了手，畸形古怪的，摆出了各式难以想象的姿态，让人不由得汗毛耸立，不敢去揣测他们生前的最后一刻在

　　　　　　　　| 171 |

经历些什么。

但接二连三地，那些手又裂开破碎，摔倒在已经躺有千万年的原地。这一只手碎了，它的周围又伸出四只新的，无休止地，就像曾经长征一般。再后来，到了百年的黄昏，借着幽暗的紫光，窸窣的碎土继续生长，可这时，撑着它们的意志已经忘记本来的目的了，它们现在只想拼命地向上长去。再也分辨不出哪里是手指哪里是关节，此时的地平线上，只能看见纤细长条的剪影，它们扭曲着，往四面八方伸展。枝条的末端逐渐开始弯曲，有的缠绕成章鱼的触手，有的相互纠缠，似乎想把对方掐死，忘了它们本身就是已死之物。

后来的游民来到大地深处看到了这些东西。那时，此类"手臂"早已长成一个森林，没有一片叶子，只有光秃秃的枝丫，向大地的两边绵延过去。它们挡住了地平线，挡住了落日，细密的末端分支把紫色的天空切割成钻石的形状、钻石的大小。游民以为这些是从大地上长出的原生木头，只是不知原因地干枯了。他们甚至有了最为荒唐的理论，认为不毛大地以前长有一片欢乐的森林，是真正的伊甸园所在。他们认为，以前的长征部队根本就没有被毁灭，而是在这里享福，可又因为某些原因产生了战争，最后毁灭了这块净土。

要是首领还活着，想必会用最尖锐的黑曜石穿透所有有这样想法的大脑，然后再在上边狠命地跳跃践踏。只可惜首领连灰都没有剩下，不是吗？

没有人认出那些藏在枯萎大木里的眼睛。每一个冬日，在蓝紫色的天空下，在树叶落尽的黄昏，但凡是好奇仔细的孩子，都能看见从枯木里透出来的蓝幽幽的光，那便是首领和无数跟在他身后的灵魂，他们冷酷的目光。他们还活在所有的枯木里头，看着那些站在由自己血肉堆砌的陆地上胡作非为、不知感恩生命的后代，咬牙切齿。

即使现在还是同一批人看着我们，每一个冬日，每一个紫色的黄昏，他们都会睁开眼睛，无止尽地诅咒仍旧活着的生灵。而复仇，则是下一篇章的事了。

祖先用血肉为我们铺垫了如今生机勃勃的大地，可我们早就忘却了他们那悲壮的使命，大笑着挥霍资源，那么自在地生活。报应，人类假装看不见的报应，其实比我们想的要近得多，不是时间上，而是实在地，就在我们身边，长在房子的外边，一排。如果现在入了冬，外边升起了晚霞，等它散去，仅留有紫色的天时，再看向窗外，或许还能够对上那些幽幽的，想把你活生生吃掉的眼神。

可不是么，我们至今仍生活在这番不毛大地上。

2015—2019.5

面对冬日里发紫的天空前一行扭曲狰狞的枯枝大木有感。

东极故事（上）

（一）

　　这家酒吧在"梵屿"的一楼。母亲说"梵屿"是东极岛唯一一所面向大海的客栈，一推开窗就能看到无比的蓝。想来也是，早晨一起身就能见到翻卷着阳光的海浪，那粼粼的波光一望无际，的确美到极致。可由于我们已经定好价格更实惠的"东极故事"，只好作罢，但离我们最近的酒吧却仍在这向海的地方，说缘分还是有的。

　　酒吧的环境中规中矩，但毕竟是在与世隔绝的岛上，降低要求来讲也还不赖。黄橙色调的灯管是我唯一不喜的地方，它让人还未饮酒就产生了微醺的幻觉，对于我而言便是倦意。服务生领着我们一行四人加一人到最角落的圆桌，接着便招呼其他人去了。倘若是在宁波，一直以来我们四人组点的酒遵循着统一的菜单：三杯长岛冰茶以及我不合群的百利甜牛奶（我的理由是爱甜，好喝，幸福）。而梵屿酒吧没能做我想要的这杯，有些遗憾。看到店里的顾客挺多，我不愿意去麻烦他们，便也来了杯长岛冰茶。总觉得难以描述它的味道，明明掺和了那么多的烈酒成分却依然清爽到不自然，恍惚中甚至以为这只是无害的汽水，只有等整杯茶下肚后那强大的后劲上来了才会恍然大悟：哦，原来那柠檬片竟只是摆设，茶终于还不是茶。

白胖是我们中新加入的，经文谷女人介绍不久前才认识。他先是进了我们的聊天群，一直以来和我们保持着类似网友的关系，说来也怪，他从进群开始就没拘束过，谈吐、玩笑的自由性给人一种相识已久的感觉（事后我们回忆起来，这应该是他第一个做错的地方）。虽然在网上聊了有段时间，但这次东极岛之游却只是我们的第二次见面（在此之前也就一同吃过一餐晚饭）。在我们其他人没有见着白胖真人时，文谷女人总是调侃他的形象：不高，很胖，但很白，有北极熊与兔结合的影子。见着面以后才发现没有文古女人口中的那么过分，只是说话略慢，有一些反应迟钝的可爱。

　　开始时，白胖推脱着没有点酒，称自己不胜酒量，"哎呀，我一喝酒就脸红，还会长红疹子，不出一会儿就不省人事了——我可是专门来听你们讲故事的，可不能老早就喝醉——还是算了吧。"他用标志性的拖沓语速作出了解释。我们也就没有强求（不知为何我想起了有着相同理由的水雨，不过那是另一个大群的话题）。与白胖截然相反的是文谷女人，这场夜会还没正式来到之前她就已经甩开其他人，在我们借着灯光各式自拍的闲暇里，率先饮尽了她的第一杯酒。虽然量不多，是我们平常去的"革命"或是"爱尔兰"里的一半，低矮的玻璃杯可不是装长岛冰茶的正确容器（但我也说了，在岛上不能挑剔）——但这可不是理由。她面前的第二杯莫吉托也以肉眼可见的速度消失着（鬼知道她是什么时候点的！）。原本漂浮在最上层的薄荷叶此时萎靡地贴附在冰块和玻璃杯的缝隙里，看来她是等不到享用冰饮了。我与幸子不是没有劝她喝得慢一些，可她就同往常一般执不听劝，我们只好举起双手表示自己其实完全不在乎；有效的反倒是白胖用他低低慢慢的声音进行的阻拦："别喝了，不然又和上次一样醉得太早，尽让别人担心你。"文谷女人这才极不情愿地搁下酒杯，那可比让霍比特人放弃魔戒还要困难。她顺势用手肘撞了下她身边的男孩，"我可没醉得那么快！"可眼神的迷离全然揭穿了她自欺欺人的谎言。

酒吧的吉他手终于唱起了歌，他用标准酒吧必备的略带沧桑的嗓音，从《南山南》唱到《蓝莲花》，竟是我多多少少都熟悉的。要知道我近来可不常涉足中文歌的行列，尤其是民谣与摇滚，平日里唯恐避之不及，但酒吧里不论响起怎样的旋律都聊胜于无——只是千万不要播放小野丽莎，她是咖啡与茶的女神，并非适于酒精。不过还是可惜，听不到心中所念已久的 High by the Beach。我喝了一口长岛冰茶，摇摇头，嘴角略微上扬，笑自己傻，不知从何处寻来的期待；可话也不假，的确没有比它更适合这岛屿假期氛围的歌了。我越想，便越发渴望 Lana Del Rey，她的声音早已成为我灵魂的毒品，再也戒不掉了；可我总不好在这种时刻带上耳机——再说了，我们不是在船上听了一路吗？没办法，强迫自己喜欢上民谣，就一会儿应该也没有那么难。想着，我又抿了一口酒，舌尖只有可乐的味道。

随着酒精的劲渐渐上来，我们本身就没有多少的拘束也彻底融化在玻璃杯底。对于最好奇的新人，我们接二连三地抛出问题，时而正经，时而令人脸红。浅浅地挖了挖他的秘密后，我们还是意犹未尽，毕竟他最重要的情感史早已被文谷女人透彻地与我们分享过，关于他那遥不可及的意中人。（文谷女人形容她的长相与风格："就是个网红"）我看过那女生的照片，是近些年来男人最易迷恋的长相，短发与刘海，有一分冷酷与高傲，也难怪白胖会如此倾心，但同时也看得出那女生是不会轻易被白胖这类男孩打动的。（也许送很多钱和礼物呢？我问过文谷女人，"你以为他没有送吗？可还是远远不够啊。"）

幸子还在和他开着玩笑，文谷女人更是打趣地应和着。我用勺子搅了搅玻璃杯里残留的冰块碎片，感到一丝无趣。抬头瞟了眼坐在对面没怎么说话的诺登，只见他已经玩起了手机。我的目光从他身上移开，瞥向窗外。外面一片漆黑，只能看见还亮着灯的大排档。这个点光顾的游客越来越少，可店家却迟迟不肯离开，还在海鲜摊后摆着椅子坐着聊天，似乎铁了心地想要今夜再接一单。海阴沉沉的，今晚不再反射月光，由于在屋内，我分辨不清外面究竟是风平浪静还是惊涛骇浪。

"最开心的时光吗？"我听见文谷女人在轻声重复不知是谁挑起的问题，便将目光投在她身上。只见她捋了捋那酒红色短发，眼神越发迷离起来，"已经太久没有过了。如今只觉得自己身上的负担越来越沉重，恨不得能抛开一切，做一个流浪汉，无忧无虑。"这不禁让我想起了吉普赛人和流浪诗人，魔法、浪漫；他们所追求的不再是所谓物质肉体层面的满足，而是渴求心灵、精神上的自由。这时诺登开口了："但流浪汉的内心你真的会懂吗？外表上的无忧无虑并不代表他们心甘情愿一辈子那样生活，他们内心的苦是我们永远无法想象的。"

"所以这样来看，快乐其实永远都达不到吧，充满无尽的悖论。"文谷女人喃喃道，她呆滞了几秒钟，然后似乎想起了什么，侧过头，向身旁的白胖说道："我告诉过你的，对吧？我在八岁以后，当我能够较为成熟地看世界后，就再没有感到过真正的欢乐——那种长时间的彻底的快乐。"白胖缓缓地从手机屏上抬起头，扶了扶他的眼镜，点点头，用他特有的慢语速说道："主要是你太悲观了，其实要开心还是很简单的，要多想想你已经拥有的。你看看，你的家庭那么美满，还很富有，和外面一些其他人相比，太值得欣慰了……"

"钱对你来说真的那么重要吗？"文谷女人靠回了椅背，话语中带着些许的冷意与不悦，"越来越多的人都开始明白这个道理：你越有钱越不快乐。有了钱以后只会想要更多钱，然后再多；愿望会随之越来越疯狂，直到再多钱也满足不了，到了那时，钱又有何用呢？就像有些女生追求长相，想要变得美丽，便会去整容，可她们大都难以满足于单一的改变，便会接二连三地再躺上手术台，再整，没有尽头，直至五官变形到不成人样才开始懊悔。"财富与美丽都是人间最易上瘾之物，每个人都多多少少困在这般旋涡里，只是有些人比另一些人陷得更深罢了，能全身而退之人屈指可数。

"更何况，我们家又不是说有着千金高塔般富裕，我也没有长得异乎寻常的好看。和其他人不一样的只是，我对那些东西真的越来越无所谓了。越想就越知道都是身外的东西，金钱不用说了，而长相，等人老了以后还不都一样吗，就算某一时间再风光也终究逃不过时间的魔爪。

"曾经我也迷失过，但万幸的是我看透的比较早，便不再继续此类无意义的追求。可不追求不代表我不在意我所拥有的，相反，就是因为这般无所谓，我心底反而害怕失去我身边的任何事物。我总想着不需要获得更多，因为我怀疑未来所得之物的真实性；我只能够掌握眼下所拥有的，可同时我却禁不住因有可能的失去而感到惶恐——这也是为什么我需要很自私地在你们之中第一个死去，我无法忍受失去身边现有的朋友与亲人；而快乐，却只有从回忆里取得了，至少那时候的欢笑是真实存在过的。"

这真是和我尽相反呢，倾听之余我想到。我更是个乐观主义者，眼中的未来繁花似锦，狂妄地梦幻着可能拥有的成就与赞美，垂名青史。可幻想与回忆其实是相似的，后者依靠着对过去的经历，选择性遗忘了其中可怖的棱角，只留下朦朦胧胧的美好；前者却也不是纯粹的臆想，是对脚下步子的过分延伸而已，要说可能性也是有的，但其中的妄自菲薄令梦想家忘却了路上所有潜在的磕绊，太少人能真正走到路尽头的花园。所以我也没什么值得自豪的，说白了我的幸福建立在虚假之上，在未来也许会随时崩塌；倒不如像文谷女人一样，虽然欢乐只存在于八岁之前，但毕竟是真实拥有过的东西，永不会随风飘散。

"我有个提议，"我说道，"网上看来的一个点子，自己也曾经实践过，那便是每日记三件值得感恩之事，可以感恩他人，也可以感谢社会；就算你觉得这一天没什么好谢的，也强迫自己憋出一点什么来。这样做久了，你会发现生命还是十分积极向上的，而点滴的快乐就来源于此啊。"

"但有些事情就是命中注定，我注定是个不快活的人。"文谷女人依旧不带强烈感情地，淡淡地说，这与我印象中的醉酒者相差甚远。"也许我的存在就是为了无止境的大事业而奋斗，所谓生活给的丝毫甜头是不会让我真正兴奋的。也许我能够在某时因某事微笑，可转瞬便又会想起飘渺的未来，无人知晓的前途，那一时间的快乐又能拯救我的什么呢？生活与其意义早已在我眼中褪尽了最后一层色彩，苍白露骨。我看得太透彻了——别人都这么说，我也不想否认。"这时她看向了身边的白胖，"这就是为什么我觉得他会适合我们这个圈子，同是在社会边缘的人，要么想得太多要么想得太少，只是他还不像我们这么极端罢了。"那一刻其实我很想反驳，"边缘人"一词是我们还在同一个高中时，面对其他人群庞大爱情线时的自嘲，可这丝毫代表不了我们面对世界的观念。在我看来，我们四人的内心方向是截然不同的（起初，我曾认为幸子会与我比较相像，可在一次又一次的选择以后，我发现我想要得更多，并且无法取舍难以放弃，只好强迫自己挑上所有的担，于是，我和她的理想终究分道扬镳）。我想了很多，但最后还是选择默不作声，仅因为不知该从何说起。

"说起命运，曾经有个算命先生说我的前途一片明媚，但这该如何定义呢？是上了牛津剑桥，还是成功地去了联合国工作？我如今发了疯似地努力，竭尽全力地向上，无不是为了上那些最好的大学，但我现在越来越不明白这背后的原因了。先不说我根本看不见自己实质性的进步，一切就像是徒劳；就算我真的考进了剑桥，未来就一定能够一帆风顺了吗？再往后想去，就算我毕业了以后确确实实地去了联合国工作，实现了我毕生最伟大的愿望，我一定会快乐幸福到永远吗？我非常怀疑。"她顿了顿，似乎是在平复激动的心情。我也能看出，她累了，酒精在女孩的腹中燃烧，于是烟雾便萦绕了大脑。但她很快便继续道："我明白联合国的工作会非常非常辛苦，这根本不是一个让你该感到幸福与快乐的职业，它需求无限的奉献付出，它是一个使命。我的所有努力带给我的，将会是永恒的职责，并非愉悦。就像我之前所说的，我不会再拥有快乐了，这是我给自己定下的路，我了解这背后的代价，也愿意接受。"

在座的其他人都沉默着，似乎都在同文谷女人一齐自省。隔了许久，我轻轻说道："生活不就是一个又一个循环吗？挑战与关卡是无止尽的，永远不会因为某一场试炼而终止。没有完美无瑕的人生，没有事会两全其美。责任与快乐是背道而驰的选择，总有人会心甘情愿去承受比其他人更多的苦，但既然是伟大之事业，那牺牲也是在所难免的。"我能够理解他们，会为他们喝彩，燃放烟花；但也明白自己不会是他们中的一员，要说原因的话，简单来讲，就是我太过自私。我无法想象自己从政，无法想象自己穿着西装提着公文包与政界人士商议的样子，而那前胸后背的压力与被囚禁的自由，在我看来更是最阴暗的梦魇。没有人再继续这个话题，显然对于今晚来说太过沉重了。借着酒吧橙黄的灯光，我又看向玻璃窗，不过这次，我的目光落在了投影里的自己。今天是我人生中第一次画眼线，还穿着那件 Zara 买的印满樱桃的衬衫，目的是想尽可能地破坏自己原有的形象。我不停地从影子中寻找叛逆与不羁，然而却只看见了一位不知所措的青年，化了妆的眼神里写尽繁复的疑惑。这时，我感到有人倚在我的肩上，我回过头，发现是幸子，便也把脑袋靠向她。很温暖，我闭上了眼睛，隐约能够听见身边女生颤颤巍巍的呼吸声。

"我又想听《突然的自我》了。"文谷女人的感叹声遥远地传来。我睁开眼睛，只见她也靠在白皙的肩上。"…… 那就不要留，时光一过不再有。你远眺的天空，挂更多的彩虹 ……"她一边哼着歌，一边若有若无地伸手挑逗男孩。"你已经是这个晚上第三遍提这首歌了。"幸子提醒道，仍旧闭着眼睛。文谷女人没有回答。我注意到白皙的神情，镜片之下的眼神里透着一丝拘束与不安，似乎想制止她，却又不敢出手，不知是有所顾虑，还是在隐隐之中掺杂着些许享受。我分不清文谷女人究竟是真喝醉了还只是借着酒精对男孩进行试探。我微微摇了摇头，耳朵蹭在幸子的发丝上，痒痒的。果然呢，这次旅行的本质也许最终还是会回归到此类情感篇章，只是今晚的序曲比想象中的要早开始太多。

看腻了猫鼠游戏，我又侧回头，伸出手想再去触碰镜子里的自己，却再也看不到他藏匿于黑暗中的脸。我收回手，转而去摩挲幸子的头发，轻轻地，像是哄一只猫咪入睡。可说实话，我们所有人无不缺乏安全感，只是女生更容易且愿意去表达此类情感，而我们雄性，只能学会狠狠把牙齿咬碎，用疼痛来掩盖燃烧的渴望。

"好想让这边的歌手去唱啊。"文谷女人也许是玩腻了，终于解放了打着哆嗦的可怜男孩，往椅子背上一躺，向他身后望去，正是吉他手的方向。他正在动情地唱《平凡之路》（真具有东极岛特色呢），他的声线也确实适合这首歌（就和所有的酒吧民谣歌手一样）。只是可惜，《后会无期》这部电影我还没来得及看（其实是平日里真没有兴趣去看此类文艺电影），可它却是文谷女人想来这里度假的重要原因之一，所以很遗憾啊，我至今也没能理解他们想要追求的究竟是何种感动。

幸子这时候突然说道："我们一年前做下的决定还是正确的，离开那个学校，"她坐正了身子，看了我一眼，又将一样的眼神传递给文谷女人。的确是正确的，只是每个人都有各自不同的理由。"物是人非指的就是现在。""我们应该庆幸度过了最好的两年。"我说道，看向了一直默不作声的诺登，"留下反而徒增痛苦。"

"做人即惩罚。"

"悲欢离合即恩惠。"是这样没错。

"我下辈子还想要做人，"诺登说道，"做人太有意思了。"

"我想做钻石。"我的答案突如其来，与这局伤感的氛围格格不入，"为什么不呢，diamonds are forever，没什么比钻石更能留在历史上了。做人的最高理想不就是永远被铭记吗？"我扫视着每个人的脸庞，注意到文谷女人在隐隐摇头。她仍深陷在座椅里，神情被头发的阴影遮盖，可我却依旧读出了她对我这种想法的不认同。没有其他人跟进回应，我感到有些不悦，便从桌上拿起那杯还剩大半的长岛冰茶。冰的融化兑淡了酒味，我便狠狠地吸了两口，吞进肚中。

"我有近一年没有好好哭过了。"文谷女人转变了话题，回归到蓝色的严肃忧伤。"哭该是好事吧？"白脂说，"你要是还能哭说明你对自己还在意，还有情感存在。""是这样，可我现在觉得我这一路上再没有丝毫值得我哭泣的地方；虽然我觉得自己不快乐，但我也不觉得有真正苦恼我的事——生离死别毕竟难得。就像我先前说的，既然都是身外的，想清楚了也就过了坎，都不值得我的眼泪。"

那我呢？我不禁想到。哭泣？我感到一丝笑意，当然也是有的。那一次，那一次，还有那一次，我都强迫自己无声地在被窝里尖叫，强迫自己安静地流出眼泪染湿枕套，然后昏睡过去直到天亮，醒来继续人生。与其颓废终日，养成哥特吸血鬼花园里沧桑玫瑰花瓣都能割伤手般脆弱，还不如畅快淋漓地大哭更容易释怀。终于我发现我还是有情感的，居然是真的活生生的人，不禁窃喜起来。

文谷女人面前的莫吉托已经干涸见底，可她还继续用吸管想去吸吮出冰块底下的最后一滴酒精。尝试失败后，她放下杯子，呆呆地盯着它发愣，接着喃喃道："酒是带领人暂时忘却生活疾苦的唯一合法方式吧，欺骗着让人以为肩上负担其实不值一提。大人们常喝酒到烂醉不是没有原因的，这玩意儿真的有能力让你开怀。"但我们不是还小吗？我想到，都只是成年前后的人，为何会如此消极，我们所尝到的苦大都是学习带来的，真要说爱情，在这之中的分量其实比想象的要小很多。社会的存在对于我们来说还是陌生的，但必定会比我们如今要来得更艰苦、更真实，那时候我们该何去何从呢，我不敢想象。

（二）

我去洗手间洗了把脸。要说不喜欢微醺也是假的，这种迷迷糊糊的感觉还真不错，当然能够点到为止是最好的。我把水拍在发烫的额头上脸颊上，希望降温。这时，我注意到洗手间的左面有扇玻璃门，显然是通往露台的。我便走过去，将门开了些许。舒服的风刮了进来，吹在我的脸上，我闭上眼稍稍享受了下，倦意顿时减轻不少。

回到桌边，发现他们竟又点了一轮酒，不过不再是长岛冰茶，而是真真正正的啤酒，看着桌上似乎有十瓶。我一直以来对啤酒没什么好感，觉得味道总就那样，微弱的苦，不能让人感到丝毫幸福；当然果啤是例外，能点到的时候我会尽量选择果味啤酒，通常是桃子，但最爱的是樱桃。

我明白啤酒带来的是什么，这场夜谈的最终回合，情感的升华。我回到座位上，拿起幸子面前的啤酒，喝了一口，皱了皱眉，把瓶子放回原位，看来今晚终究还是不会醉了。我注意到文谷女人正在发言，便把注意力还给她，纵使我明白那是已听过无数遍的事。

"第一年我和他在一起的时候我根本不爱他，"文谷女人说道，"但我享受着他给予我的温暖与幸福，甚至觉得就这样一直过下去也不错。与此同时，没错，我是一直对阿郝有感觉——说实话我根本没有资格评价粒莎，毕竟我自己也是从最开始就精神出轨的人。但当时我觉得这并没有什么，毕竟我可

| 184 |

没有做过任何多余的事。"除了在那个晚上告诉了我，我想到。

"如果不喜欢他为什么会答应他？我已经回答过好多遍了吧，就连白胎也知道。"说着她又醉醺醺地靠在身边男生的肩上。白胎木然，似乎已束手就擒。"就是那次该死的塔罗牌——插一句，我再也不相信塔罗牌了，因为根本就不准——我测出来说我在半年后会遇上一个人。结果就是在半年后，他表白了。当时我也没有多想，还认定这就是天意，便毫不犹豫深信不疑地和他在一起了。结果呢，呵呵。"她傻傻地笑了笑，不知是对当年无知的嘲笑还是对自己一往情深的无奈。

幸子凑在我耳边说道："你发现了吗？每一次喝酒，只要她一喝醉，话题最后总是会回到那个人身上。"我点点头，是啊，她至今仍没走出他的年代。

文谷女人没有继续说下去，她安静地靠在白胎结实（？）的肩膀上，闭着眼睛，嘴角似乎有笑容，脸上的红晕不知是不是因为醉意（想了想觉得应该是灯光，她来酒吧前化了多么厚的妆我还是心中有数的）。白胎面无表情地坐着，低着头看手机，胳膊一动也不敢动。他没有更多余地去"关心"女孩，却也没有礼貌地拒绝，似乎已经接纳这种状态。

《她说》是我们听到吉他手唱的最后一首歌。等不到天黑，烟火不会太完美；回忆烧成灰，还是等不到结尾。头顶的天空似乎一直都灰黑色着，分不清究竟是黄昏还是黎明；而至于有没有烟花，我想还是算了吧，我们没有多余的热情去燃烧。回忆虽然在被无限次地吐露，可真正的焚毁会是在什么时候呢？倒不如直接忽略旧的页码，展开新的篇章算了，把过期的情感都压在最底下，就当作腐烂的肥料，等身心什么时候彻底解放了再去清扫也不迟——至少我们在岛上不会焦急。

没有人愿意再更进一步地聊下去，似乎文谷女人的声音一停止，我们大群的生命力就会被顿时夺走。我开始感到有些无趣，便想着离开酒吧去到外面，呼吸一下新鲜空气，或者去买点烧烤——海滩边大排档的灯仍生生不息地亮着。可文谷女人一时半会儿是醒不过来了。我不太想等，便托付白胎来照顾她，然后和幸子、诺登不讲理地离了场。

"那幸福的两口人。"诺登走出酒吧以后说道，又透过那扇玻璃窗看进去，这个角度正好能够看见两人越凑越近的脑袋，"早点在一起算了。"

（三）

闹钟准确无误地在四点响起，我迷迷糊糊地睁开眼，手无力地搭上床头柜，一点一点挪向手机，终于摸到，我按下了电源键，一切回归安静。再十分钟，就十分钟……可时间在半梦半醒时过得最快，最心惊胆战。热情的吵闹嘻哈声很快便再次响起，鼓点由远及近地打击耳膜。我毫无起床的意愿，也懒得再伸手去关掉闹钟，就任凭整首歌在我耳边唱完，也许是两遍，我记不得了。可我们说好了要一起去看日出啊！我翻了个身，眼皮之间勉强撑开一条缝。窗帘紧闭着，没有一丝光能从其缝隙中挤过来，于是什么也看不见，房间里如同几个小时前一样黑。我毫无情绪地坐起身，用尽所有的力气站起来，僵硬地来到窗前，似乎担心本就残留无几的体力会被多余的摇晃所消耗干净。扯开窗帘，只见窗外无光，虽说算不上是黑夜，可太阳的踪迹还是无处可寻，天空与海尽是透明的颜色，空空的，不论是黑夜还是光芒都不在其中。那就再睡一会儿吧。我留着大开的窗帘，倒回床上。床太舒服了，就像甜蜜的陷阱，鸭绒与棉花的沼泽正打算将我吞噬。我感到身体越来越重，思绪渐飘渐远，我内心里不断地警告自己别再睡去，可连自己的声音听着都像从云里传来似的。唯独摸不透的精神力还能拴住我，让我每隔三五分钟都骤然惊醒，免得一不注意就又会再睡上五六个小时（这在以前可不是没有发生过，假期里的每个双休日都是例子）。我侧头看窗，可天空丝毫不像我一样紧张，不紧不慢地在调色盘里一点点一点点加进白色，那蓝紫色瞧着就是亮不起来。直到在近五点时，我的最后一丝倦意也终于被磨尽，我第二次坐起身，挠挠头，思索着是时候去叫醒其他人了。

可两个房间都没有人回应我的敲门声。我不想去打扰他们的睡眠，便不再尝试。门廊里阴暗空荡，旅馆这个时间醒来的人应当只有我。白起那么早了，隔了半晌我才意识到这一点。推开门，我走到外面，站在露台的入口处，想起昨天晚上的画面，黑暗，两人，草莓奶昔，就是这儿。我移开了眼神，昨夜海风吹来的腐败浪漫的腥味似乎还萦绕着我，我感到胸闷，赶忙离开。脚下的台阶路非常不均匀，得格外小心，我穿着拖鞋，险些在一格较浅的阶梯上摔倒。回到自己的房间前，低头看着自己还穿着的睡衣，又抬头看天，太阳这时候还是没出来，也许真的能够等到呢？我思索着，放下已握上门把的手，转身走上山路。

石头阶梯的两边长满了比我还高的芦苇，那手臂般长的穗在晨风中悠扬地摇晃，发出窸窸窣窣的响声。它们中有一些不老实地把头弯到道路中央，挡住了我的视线，似乎在耀武扬威地炫耀那头金发，我只好不耐烦地一次又一次将它们拨开。可芦苇却不肯放过我，又垂下养了十多年的最修长的叶子，不停地刮着我裸露的脚踝。我有些心浮气躁，开始思考这趟一个人的旅行是否是个错误。但我还是没有停下脚步，也许是身体习惯了向上的感觉，再转换态度反倒更加别扭。眼前的石阶也是唯一的路，由于被芦苇穗挡住视线，我判断不出它究竟会通往何地，只能盯着脚下，努力地避开每个大自然妄想捉弄我的机会——石块，芦苇伸出的枝叶，还有我至今为止见过的最大的蚂蚁群。这时，我注意到左侧出现了一块空地，竟是一块菜地。我想起昨天吃晚饭时，酒店老板娘特意提到过有种菜是他们自己种的，想来或许就是这些。我盯着这些说不出名字的低矮绿色菜叶看了会儿，莫非真的有机，我不想深究。

　　感觉走了蛮久，我便驻足回头，相信太阳是可以再等这片刻的。已经看不见旅馆的任何踪迹了，我只能瞧到懒散的芦苇与它们恼怒的金发。再往远一些地方看过去，便是波光粼粼的海和接连着看不清分界线的天空。最远最远的地方是红色的，不，更偏橙色，tangerine dream 般的颜色，想来是沾染了水下边跃跃欲试的日光。可我却丝毫看不见这份色彩更进一步的尝试，它就静静地待在那一块海边，只照亮那一方的美丽。这样也好，我不用着急赶路，可以多花些时间看看景，顺便养成一下作为艺术学生该有的必要修养。海面还是太平的，只有一艘孤独的帆船颤颤巍巍地驶向远处，又同样颤抖地开回来，再返回，令人费解，除此之外便再没有多余煞风景的人造物。那时候的我，丝毫想象不到几天之后从对岸刮来的台风会摧毁现在所看见的一切。完美幻境，已经见怪不怪了，我在伙伴身上目睹了太多。我不知站了多久，感觉也许有一二十分钟，可一看手机，却发现只过去了五分钟而已。我叹了口气，其实我比自己想的要浮躁得多。转回身子，我继续往前走去。

　　完全没有预料过会在这野路上撞见寺庙，但再想也发现没有毛病，只有过于虔诚的人才会不倦地探寻这芦苇掩映的道路吧，那在尽头处寻得一庙，必定不胜快活。我不敢说自己有多么地信佛，可在家庭氛围的作用下，我还是感到这暖黄色的建筑格外亲切。走近了，我听见里边传来念佛经的声音，那声音忽近忽远，想来是有人在院子里踱步。从门口悄悄往里瞅，只见那是一名男子，双手合十绕着院子里的香炉走，这时他正背对着我，应当是没有留意到门口的不速之客。我看他的衣着不像是这庙里的师傅，也不会是游客。竟起得和我一般早，还不是为了追日，那想必他就是东极岛上最为虔诚的人了吧。我想着，没有进门打扰，悄悄地走上左边的路离开。

太阳还没有升起的迹象，海上的那抹粉色依旧诱人，帆船依旧摇摆。我继续向前走，可感到越来越吃力，石砖路两旁的芦苇与其他大型叶片的植物向我越靠越近，直到最后狠命地把身躯往我身上压，穿着拖鞋的我无比艰难地一一越过它们横在路中间的茎，前行的路越来越窄。我开始意识到走错路的可能，但狮子座执拗的性格迫使我继续走下去——毕竟这的确是这边唯一的路！不过这场"冒险"很快就终结了，那些植物的过分生长是有原因的，原来这石板路竟不是指引游客前往观光胜地的向导，而是方便这山上的某家人祭拜先人的道。当我撩开最后一片大叶子看见一座墓时实着受了一惊，这可不是你每天一大早就想面对的东西。好在这是一座新修的陵寝，干干净净，没有任何瘆人的特点。我恭敬地拜了拜它，移开手臂，叶子很快自己弹回了原位，将墓碑与世隔绝，遮蔽了这不愿常被陌生人看见的东西。我又举步维艰地返回，回到路开始狭窄的地方。寺庙的飞檐与瓦此时与我的膝盖在同一高度，显然这里是能够到达的最高点，我就只好站在这里等待。

我明白太阳是矜持的，它会温柔地升起，可也不至于到了现在连一丝提示也没有吧？我开始感到迷惑，不断思索着究竟是哪里做错了？就在我不解地四处张望时，目光无意间落在了左侧的山上，只见远处的山顶似乎有黄色光芒的影子，而我也能清楚地看见那上面每一棵芦苇的剪影。我沿着山脊继续看过去，心也随之跳动得越来越快，直到一座亭子映入我的眼眸！

我什么都明白了——那儿应当才是正确的观日点吧！事到如今我才反应过来我从头至尾都想错了太阳升起的方向（我永远都学不会如何分清东西南北），一直错误地把水面的粉红当作前兆，以至于忽视了山后更为灿烂的预兆。我看见那亭子周围有人影走动，那些聪明人！可他们究竟是如何前往那儿的呢？就在我还在思索怀疑时，日出了。光芒的乍现也再次证实了我的猜想——它是从山后面迸发而出的，我这儿能够看到的，仅仅是溢出来的最微不足道的阳光。我似乎能够看见亭子那边的人举起手机疯狂拍摄的样子，看见情侣们相互拥抱热吻，友人们互相击掌大笑。而我孤身一人，还错过了日出，心里不禁略微漫上遗憾的浪花。会不会是太阳为了想取悦更多的人所以才打算在那边升起呢？如果我的伙伴们同我一道来，太阳会不会因被我们感动从而选择在我面对的地方升起呢？我毫无逻辑地想到，也许是缺失睡眠的后果。来东极岛前定下的唯一目标最终还是没有完成。可看日出什么的真不适合我们，晚上熬得很晚要玩到尽兴，白天自然就起不来了。

在下山的路上，我回忆起昨夜，眼前又浮现出当我们三人还在夜市上欢笑，痛快地吃着海胆蒸蛋时，在露台上谈天到凌晨的那两人的背影。藏匿于黑暗，窸窸窣窣，像是羞于被其他人知晓行踪。从长岛冰茶到草莓奶昔，他们倚靠着栏杆吹着海风之时究竟发生了什么聊了什么我们是不会再知晓了（如今当事人也都忘记了，吗？），但好在时间久了这些也将变为陈年旧事，最后化为某一酒局上的笑柄——那时候所有的真相便都会喷涌而出吧。那个晚上，我只专注于脚下的路，忘了抬头看天，所以只记得满场的黑，纵使有露出来的希望我也捡拾不得。

（三）

　　餐厅里是寂静的，即使是像现在的晚餐时分，还是没人敢于大声喧哗去打破这静谧。昏暗的灯光好似零星的火烛，幽幽地勾画出空无的影像，投射在那雕花蔷薇的墙纸上，文艺复兴时期的贵妇人油画像旁。整个房间的色调本是用来让人静心的温暖，可现在却反显压抑，犹如雨后的夏季，厚重的暖色让人无隙喘息。巴赫的钢琴曲隐约从不远处传来，音符轻快却满载忧伤，摩擦着我们的心弦。

　　一名妙龄女子，她用小指上戴了银戒的手摇晃着仅剩有些许香槟的玻璃杯，涂饰了黑色指甲油的指尖和她鲜红的唇色无与伦比地般配。女子的黑色长发服帖地悬垂于身后，刘海蒙眬了她的双眼。她身穿华伦天奴的高定银色镶珠长裙，屈着膝盖靠坐在玻璃墙旁的高脚圆桌边，穿着普拉达高跟凉鞋的双脚搭在高凳支架间的横杠上，亮色的丝绸在玻璃上映出了闪烁的影子，如同星星的长河般流淌。裸露的锁骨上躺着一根细细的银链，一颗不大的钻石吊坠紧贴着她的肌肤，感受着女子心脏的温度。她一只手撑在桌子上托起下巴，眼睛不知是看向玻璃外遥远江对面城市的闪耀灯火，还是仅仅打量着自己在窗中的倒影。我坐在她的对面，仔细地听闻女孩吐露她的故事。

　　"在你看来，如果在友情与爱情之间做出选择，究竟哪个能使我受到更少的伤害？"女子微微抬起脑袋，只是刘海依旧挡住眼睛，隐隐约约，我无法从中读出她的心境。

无奈地摇摇头，这是我能想出的唯一的回答方式，两把同样锋利的刀，刺在心上，没人能说清哪一道疤痕更刻骨铭心。

　　"因为她，他失去了我；又因为他，我失去了她。我应该不是唯一迷失在这种情网迷宫中的人吧？可是，这一切的发生真的有必要吗？无时无刻的尔虞我诈、勾心斗角。一方是错误地把我当作恋爱目标的痴心人，一方又把我认作是假想敌。可再怎么样，解决的方式也不需要如此极端啊。"女孩继续，"欺骗，背叛，这所有负面的辞藻是不应该出现在我身上的，至少是现在。我本应享受青春，而不是背负如此沉重的负担，我真的不希望这样。我已经不奢望快乐了，可难道他们就不能让我轻松地活着吗？我知道，和你讲的这一切或许会给你带来压力，可是我的的确确需要一个地方去吐诉……"她缓了缓，把酒杯举到唇边，将那淡粉色的液体一饮而尽。此时，我终于看清了女孩刘海下的瞳，淡淡的棕色，闪烁着无所畏惧的光芒。

　　"每一天，我都要低着头做人，只是为了避开他们嘲笑与厌恶的目光，不论走在哪里，我似乎都能够听到旁人在窃窃私语中念到我的名字。我真的累了，面对这看似没有终极的一切。不止一次，我想就这样结束，结束一切的烦恼与痛苦，可我不敢真正踏出这一步，毕竟我还总是殷切盼望着不知何时会到来的幸福，不论多么黑的夜都会迎来黎明吧。"女孩咬了咬下嘴唇，又叹道，"不过或许这只是我懦弱的说辞罢了，谁又会懂呢？"女孩用平静的语调描述着，好像这是别人身上的不幸。远处的琴曲不知在何时已经终止，周围餐桌的食客也都散尽，陪伴我们的，此时仅有那油画中的夫人。可不是吗？她总在那儿笑着看着，聆听着不同的人诉说同样的故事。

　　敢问情究竟为何物？是使人痛苦的心魔，还是令人恐慌逃避的黑暗？童话中幸福的桥段看来不过仅仅存在于少女天真的梦幻中，戳破后的一切只会让人心伤。

"天知道接下去我的生活中又会发生些什么，不过从现在来看，没有什么是不可能的，我相信已经没有再能让我感到恐惧的事情了，也许我就应该像这样一直麻木下去，人间的这种种，我已经厌倦了。

　　就这点而言，我还是欣慰的。"

2015

（六）

女孩最后还是露了面。

天黑了，世界阴沉得发慌，紫色的烟云环绕着月亮，似乎想要将它就此埋没一般，张牙舞爪。

她发来信息，把我叫了出来，却让我等待许久。

夏日的夜晚是聒噪的。蝉们都刚从土地中爬出，迎接它们转瞬即逝的第二次生命。夏季虽短，可它们不管不顾啊，依然趴在树干上，叫啊叫的，自在地挥霍着时光。

"对不起，果然我还是过不去这个坎，我没有办法面对他们。对不起。"女孩低着头，站在路灯照射不到的另一面，用脚轻轻踢着路灯柱下的大石头。大石头纹丝不动。

这又是另一个故事。主角是一名男孩和她。他们本是天造地设的一对儿，郎才女貌，每一个人都给予他们最好的祝福。就如同童话里一般，似乎没什么能够阻挡他们。

"我不知道怎么了，难道是一切来得太突然、太美好了吗？不是他的错，不是你们的错，只是，只是……"女孩不久前如此和我说道，战战兢兢。她失了魂。我从她的眼神中丝毫不能够读到任何情感，她只是一个人喃喃自语："也许我的才能就是作践自己，明明机会就在眼前，我却任凭它流逝。我这样的人不多见吧，分开了想要在一起，而在一起了却又不会去珍惜……"从捕捉到的片片信息中，我隐约发现两人分手了，而且是她先开口的。我并没有感到惊讶，我向来不认为世界上存在忠义的爱情，没有火花与一次次的分分合合，没有人会知道自己需要的究竟是什么样的。

"我不过是需要一个能够陪伴我的人，仅此而已。"我笑了，再坚强女生的内心都需要呵护；而爱情，在此刻充当不上任何重要角色。在我看来，友谊，似乎是这时候的良药，在困境时对你伸出的那只手往往不属于你的恋人，而是在你身边默默鼓励你的伙伴。

"可现在，我连他们也失去了……"女孩自嘲道，"我没有很多的朋友，甚至可以说，真正与我交心的，从来就只有他们几个。明明那个时候鼓励和安慰我的是他们，为什么我会将他们狠心推开？"于是我明白了女孩面临的真正难题是什么。也许失去一两次爱情，生活同样得以继续，总有替代品等着你；可倘若身边的同伴一个接一个离去，从知心沦为路人，没有人能轻易释怀。

每个人的内心都是苦涩的，他虽然在平时和你打闹玩乐，可这不代表他没有故事。没有人知道，在面具的另一面，是否有一双在黑夜里哭红的眼睛。

"哼，是他们自己太过于娇惯了，忍受不了丝毫的刻薄。他们应该也知道的，当时的我心情不好，所以会说些气话，"女孩突然急转语调，轻蔑地说道，"我可与他们不同，你知道么，我对这一切都不在乎，因为不在乎，所以不会受伤。我已经看惯了。"女孩转过头，透过路灯背后的树枝看向远方的漆黑的天空。我不知道她在寻找什么，想要什么，但不论她之前拥有过些什么，现在，她全都没有了。从她的语气中，我捕捉到了些许无奈与刻意，但更多的还是她的高傲。而这份高傲的理由是她灵魂深处的孤僻，更像一种骨气，一种别样的坚韧。

她走的时候，没有发出一点声音，可透过路灯洒下的白光，我看见了她背后黑色的翅膀，以及她的前路，那是无尽的朦胧与未知。坚持一个人去面对一切也许不会错，可旅途中的孤独，却不是每个人都会懂的。

2016

东极故事（下）

（四）

接下来的一个上午我们在爬山中度过。前一天诺登就指着岛另一边的菩萨雕像说："明天一定要去那边。"仿佛他有什么尤其重要的事一定需要得到菩萨的保佑。虽然我没有崇拜佛教到每去一个地方就要参拜当地的菩萨的程度，但既然海滩安排在下午，此时没有别的事情可做，就加以赞同。那尊菩萨像应当是东极岛上最高的存在，从群山之中挺拔地站出来，浑身金色，面朝大海，给予人希望平和的力量。

都说夏日的岛屿是晒出古铜肤色的最佳地带，但为了不晒到脱皮，我还是极不情愿地抹上防晒霜。走山和之后的踏浪没什么不同，我们的队伍不出意外总是会自动分成两组：文谷女人与白胖的二人世界，以及不知不觉就被甩在后边的其他三人。我们也是明事理的人，特意放缓脚步，既然他们只想要彼此存在的道路，就给他们呗。诺登对幸子说道："他们为什么还不承认呢？明明两人都对对方有意思，却还各种否认，看着就让人起鸡皮疙瘩。""真不知道他们在想些什么，但这一次我一点也不想管，就随他们去吧！"幸子的语气饱含不耐烦，我看向她，她低头看着路面，过分花俏的衬衫随风微弱地晃着，与背景大海的自然格格不入，"她自己情感上的事让她自己解决就行了，和我们什么关系……"我理不出她话里带有的羡慕和厌恶的比例，却感受到一份疲惫，混有放弃于其中，可对象不是文谷女人和她的男伴，更像是她自己。

一直以来，幸子都是我们所有人之中对爱情抱有最大期待的——我总把其他计划看得比两性关系重要，文谷女人在那次的经历后一蹶不振，诺登需要的绝对不是爱情而是具象肉体的陪伴——而幸子，她作为我们之中最单纯的存在，一直对爱情抱有着强烈的幻想，城堡与白马王子在她简单的灵魂里是真实的。两年下来，我能够感到其他人的质变（包括我自己），而对于幸子，不论她是如何疯狂地打扮自己的外表，我都依旧能看透她，找到她那未与社会同流合污的初心。只可惜，世界没有以公平的态度待她。

从两年前开始她就在追梦了，一个有关爱情的梦。那时故事才刚刚开场，男主还是那个保险大亨的唯一的儿子。幸子曾喜欢过他，两人也多次约会，是个幸福时光的开始，我能够感到走廊的空气里流淌着幸子对生活生命的感激。只可惜好景不长，其他更具攻击性的女生开始不断介入，那男孩也逐渐显露出花花公子的形象。这和幸子心目中的标准爱情相差太远，于是她痛着选择了放弃，把男孩留给豺狼。这之后她不敢随便爱别人了，她太早看明白皮囊与腐烂之间的关系，这其实不好，女孩子还是需要享受青春的。她开始在爱情面前畏手畏脚，不敢再有发言权，这却在不喻之间吸引了坏男孩的接近。由于与生俱来的体贴和好，幸子不忍直面拒绝别人，要是她有文谷女人一半的冷漠，事情反倒好办。她便是这样莫名其妙地把第一次给了大彪——学校里有目共睹的坏孩子（我们点到为止）。从那时开始，幸子枯萎了，她彻底放弃了在学校里筑梦，害怕再因为过度显露青春而受到更重的伤害；接着匆匆地，她黯然神伤地离开了这个城市，把逃避当作解决问题的唯一方式。

这时，我看到远处的文谷女人又往白胎的肩膀上蹭了蹭。幸子看见了，淡然地念道："她对男人的肉体是有多渴望啊……"遮遮掩掩的，永远上不了台面，可演员却最会收到掌声和感谢信。"别管他们了，我们来拍照吧！"诺登在一旁插了话。终于还是一个绝佳的主意。

很快我们就到了山顶，巨大菩萨塑像周边有着比想象要多的游客，但相比起九寨沟、鼓浪屿等地来讲不值一提。当我们三人终于到达此地时，先行部队的两人正坐在石台阶上畅聊着（事后我再去问文谷女人他们那时候的话题究竟是什么，她却说完全不记得了）。见我们过去，白胎知趣地站起身，把位子让给我们。幸子把手机递给其他游客，请他给我们照相。于是五人在菩萨像下坐成一排，尽可能地摆出适宜的姿势。我有些累，便不再在意动作与表情，只简单地把手撑在身后，轻轻摇晃垂着的双腿，看向远处。远眺那海平线，宁静的水面上没有一丝动静，没有烦人的船只和出海捕鱼的人（感谢台风和禁渔期！）。一切都太自然与美丽，我逐渐忘却自己也是这景致的入侵者，只感到身边的色彩逐渐凝固，我们也静止在了这一时刻里，青春的笑容嵌进岛屿，永不分割。往后我又无数次翻找出这张永远存在于手机收藏里的照片，看着，便以为自己又年轻了稍许。身边好友虽然一直在换，但那年的四，不，三人毕竟陪伴着我度过青春期的尾声，说无比的情谊也不是子虚乌有。

拍完合照后，我们往菩萨身后走去。太阳光很强，泥土地上布满网状的龟裂纹。幸子在这时又拍起了视频，却是给她的作业服务。她叫文谷女人沿菩萨像后边的一条小路走下去，希望拍下她的背影。我们三个男生跟在后面，无言，只听得见鞋踏起尘土的声音，也许我们都想说什么打破沉默，可惜缺乏勇气，原因不过还是彼此之间的话题太少。新加入的白脂暂且不提，就算是诺登也不能说是我的交心友人。实在想不起他是怎么进入我们圈子的（当然也有可能是我误入了他们的圈子），我从最早开始就和幸子玩得甚欢，文谷女人虽然是后面转学来的，但共同作为不参与主流圈子的人，自然而然与我们成了一派（还有一个叫作粒莎的女生也属于我们这一群体，她也曾答应说要一起来东极岛，却因为种种事项而爽约，她的事在下一篇章里会更为详细地描述，此处便不再过多提及）。在学校里，我与这个男生只是点头之交，直到我们三人都去了英国以后，回国时的聚会里便莫名开始有了他。他在我们这个圈子里和文谷女人的关系最为亲密，无可否认，所以要不是因为她，我想我和诺登的交集将会少之又少。从某种意义上来理解，我是在附和文谷女人，她不断地局限自己的圈子以至于在宁波只剩我们四人，每个大小假期的聚会都是应她的要求才组织起来的，从烧烤到酒吧，以及这次的东极之旅。不能否认我有时的确会因为太多此类的聚会而感到疲惫，毕竟聊来聊去也跳不出这几个话题：前任、学校里的孤独、未来的迷茫。每个人的确都需要有能够分享最黑暗秘密的大群在身边，可倘若一个人仅有这种类型的伙伴，混得久了，不免也会怀念天真无邪的世界。我能够看出文谷女人无畏外表下的柔弱，她渴望呵护，她需要能够无条件支持她、听她诉苦的人。我们离她最近，便受到最大波及。我明白，我参与这些聚会从不是为了自己的玩乐，甚至谈话的内容几乎无关于我也没问题，毕竟要是能借此安抚另一颗脆弱的心的话，这些时间花下去也是值得的。

可白天还是要享受的，不论今夜又会发生什么伤天害理的事情。我们永不停息地拍照。我最爱用拍立得是一件不争的事实。在这半复古相纸上，海的蓝会更深沉静谧，芦苇的飘摇也会愈发柔和，在山顶上我和文谷女人一起合照，便用这样的背景。诺登不知何时化身为比我还称职的摄像师，捕捉到那最完美的瞬间。我金黄的头发在阳光下泛着淡淡的荧光绿色，与相纸一圈的芦苇相呼应；文谷女人和我今天都穿上了最夏日海岛的淡蓝宽松衬衫，上边尽是鸟与花的纹样——说实话真的有一点点情侣装的感觉——凉快清爽，仿佛被水沾湿后就能融化在身后的湛蓝里似的。我们两人故作稳重严肃的表情也是我最钟爱这张相片的缘由之一。我眉骨的阴影投在眼睛上，嘴角一如既往下垂，文谷女人的眼神则藏匿在她的短发之下，无言，要说气质是严肃还是挑逗则是仁者见仁了。二人的头正好处于海平面上，仿佛那是一条分界线，以上是纯净天堂，以下则是魅惑世俗、欲望乐园，而我们都浸没其中。最后我以 Lana Del Rey 的一句歌词为它命名：You are my religion.

下山同上山一样，还是那两人快步走在最前面，我们三人走在后面，拍照，闲聊，没有更独特的情节。

（五）

爬过山之后我们便去了海边。还记得几个星期前，当我们决定要去东极岛时我就开始幻想海滩，天真地以为只要是海岛就必定会有沙与浪花，便没有对目的地再去做更深的调研。可到了岛上我才发觉，这和我想象中的竟完全不一样，岛的一周完全没有金色沙滩，取而代之的是冷酷的礁石，尖锐黝黑，残忍地斩断了我的梦想。不过天无绝人之路，客栈的老板娘告诉我们东极岛也是有可以下海的地方，只是时间有限制，会在 6 点停业，得趁早去。于是我们迅速地洗了澡，换下被汗浸湿的衬衫，又踏上了旅程。

观光车送了我们一整路。我坐在最后的位子上，面朝着车前进的反方向，看着两侧的大排档向远处跑去。人越来越疏，大片的芦苇等植物开始霸占起道路两旁的景。车开得很快，但很平稳，我把手臂向车外伸展，感受风的流速，驰骋的自由，还在那毫无防备的瞬间突然渴望起了爱情。

"在你心里夏天的冰可乐像什么呢？"我听见文谷女人问坐在他身边的白胎。白胎没有立刻回答，也许是思考，也许只是一如既往的反应慢，"爱情吧。"他最后说到，望着远处波澜起伏的山丘。文古女人沉默了，兴许是因为没有想到这男孩竟说出了她心里的答案。"对哦，第一口爽，第二口就腻了，喝完第三口就可以扔掉了。"她最后笑着说道，用手扶着草帽，随风飘起的头发遮住了半张脸。

海滩在岛的另一面，一个可以说是与世隔绝的地方。好在东极岛本来就没有很大，车速又快，十来分钟便到了。观光车没有直接把我们送到海滩边上，我们还需自己走几步。太阳很猛，甚至比白天的山上还要烈几分。诺登摸着自己的脖子后面说道："完了，这下子肯定要晒蜕皮了。"一边说，一边一层又一层地往上喷涂防晒霜。文谷女人带着草帽与口罩，和幸子闲聊着，白胎跟在她们两个身边，偶尔插句话，不过一般会被女生们忽略。我慢慢地走在队伍末尾，说实话，我还蛮享受眼下这氛围的，没有自我的情侣，所有人终于都混在了一起；更好的是这路上还没有其他人（至少前后二十米），我顿时有种想要放声歌唱的冲动。

笔直往前走五十米左右，在红土大陆的边缘拐过一个硕大的弧度，最后是一斜坡，然后就到了沙滩。忘了提件趣事，在观光车把我们放下的地方竖有一个牌子，上面写着：东极唯一沙滩。我们笑得乐此不疲。"据说还是人造的哦！"白胎说道。

梦想中的马尔代夫是难以实现了，我抱着看热闹的心态而来，想瞧瞧这个所谓的“人造海滩”究竟有多可笑。

而事实上一切并没有预计的那般差劲。这海滩虽小，但好在游客不多，居然还有空闲的躺椅。它处在一个峡谷里，两侧都是拔地而起的峭壁，唯独这儿莫名出现了一个缺口，还满地铺了细腻的白沙，想来白腊说的应当是对的。但我们可不管你是天然的还是人为的，只要能踏浪玩水，年轻人就心满意足了。

我有段时间没有碰水了，上次游泳还是去年圣诞节的事情。虽然越南也有海，说享受过芽庄天堂湾也丝毫不假，但我真不会把那满地残枝碎片、四周尽是脏乱倒闭小店的海岸当作我最珍藏的记忆。在自己国家的海里，总觉得更能放得开。我解开衬衫的扣子，在浪花的边缘转圈，台风序曲带来的阵阵微风将衣服托起，海浪怎么拍也没不过脚踝。一时间里，我再也不想把自己当作成年人，渴望像一个孩子一样自在地玩耍。我蹦跳着来到文谷女人身边，让她加入我；又到矜持的诺登面前挥手，命令他放下架子下水玩去。我和幸子玩得最欢，一如既往，说我们心有灵犀也并非无稽之谈，她在我的眼角贴上数颗亮钻，也给自己同样的装扮。我拿着摄像机，调出默片电影式的滤镜，跟随幸子的脚步。她或背对我，在海风柔和的臂膀里舒展，或看向镜头，爽朗地笑。我伸出手臂，让自己的手出现在镜头里，幸子握住我的手，拉着我向前跑去，装作蜜月中的爱人。说起爱人，在关闭摄像机之后，我看向了文谷女人，她正站在白腊身边，嬉笑着讲话，这时，一个不大的浪花打过来，没过文古女人的小腿肚，她吃了惊，不住地往前跨了两步，赶忙握住白腊及时伸出的手，又顺势趴在他的肩上，头倚在男孩怀里。我看着白腊无奈又怜爱的表情，回过头给身边的幸子一个意味深长的眼神，幸子也把一切看在眼里，她耸耸肩，表示不想发表评论。文谷女人很快就注意到（或是掐着时间算到）了"不合规矩礼仪"的举止，急忙抬起头，还向白胯喊了两句，我没有听清是什么，因为注意力全落在他们仍未放开的双手上。愣了两秒，我才反应过来漏做了什么，连忙从诺登的手里抢过拍立得相机，记录下这一时刻（以及之后无数类似时刻）。这趟东极岛之旅其实就是他们的蜜月旅行吧，我们其他人都是摄像师罢了，在他们化完妆，被水花完妆的狂欢时为他们记录这种种有的没的——可摄像师的水平再好也仅能用来记载别人的快乐，自己心里的空虚是闪光灯永远无法点亮的。我又把相机还给诺登，让他来拍我，文谷女人这时也走了过来，我想那就拍背影吧，她同意了，看不见脸就不用花心思去特意摆放表情，也不用去压抑什么，反而给看照片的人更远的思虑。拍完照片后文谷女人又回去找白胯，不亦乐乎地玩着他的草帽。我没有再看他们，而是看着海，由于没有带眼镜，我的眼前其实一片朦胧，我努力地想要分辨出海天相交的那条线，可无论如何都是徒劳。在这时间，烤炙整日的太阳终于没能跟随我们进来这峡谷海滩，于是一切看上去都略显清冷，不论是人还是沙滩都泛着浅浅的蓝，投影着海的颜色，仿佛是海水在向我们诉说自己的忧郁。可游客不会理睬海的矫情，他们发出大笑，踏出旋律，同潮玩弄着。一切仍旧充满活力。

临近六点，我们离开沙滩。冲了冲澡，也不急着擦干，就用手胡乱抓抓头发，不管已经花了的眼线，点上一根烟，拾回潇洒气派，走上回程。

（六）

在海边的夜排挡吃过晚饭后，我们没有再去酒吧过夜，而是径直买了两箱啤酒，打算回旅店更自由大胆地消遣。等老板拿酒时，我侧过头看角落里的歌手，他弹着吉他，唱的是与昨夜一模一样的歌单，同样的动情，同样的声嘶力竭，的确能感染所有初次到来的客人，让他们热泪盈眶、感触非凡；可对于第二次前往的我们，却不再有任何魔力。有些氛围确实只敢体会一次，浪漫电影看得多了，难免会对类似的情节麻木，仿佛情感也是工具，是上了发条前进的机器，而非源自于心底。可其实很多歌手都是如此吧，说是唱着心中的故事，引得听众一齐流泪，纷纷忘我地挥舞手中的荧光棒，恨不得能够冲到台上把那可怜人搂在怀里亲吻安慰，忘了这实际上都是赚钱的戏码罢了。所以越随着时间的推移，我对情歌的偏见越大。歌手唱的不过是他自己杜撰出来的故事而已，也许有片刻的真实，但那甚至可以忽略，可听者却不断带入自己，把每一句歌词都对应上自己的过往，对应上记忆中的那段情那个人，然后他们逐渐认为歌手与自己有着无与伦比的共鸣，他们是惺惺相惜的彼此。于是他们越来越爱歌手，痴迷歌手，忘却了那都是商业手段，忘记了他们应该更在意自己的故事，记录只属于自己的回忆与情（这也是为什么我要写文章写歌的原因）。我从老板那儿接过两大塑料袋装的酒，道了谢，走出门，正好看见文谷女人和白胎站在酒吧外的路灯前，笑着指着两人在墙上的投影。墙边种着向日葵，不清楚是活的还是装饰道具，此时它们都藏在两人的影子下，仿佛阴暗处的娇羞希望。那两人又比画起剪刀手来，文古女人拿出手机拍照。我看见两人的影子逐渐重合，最终成为一体，融进深夜。

　　从酒吧走回旅店的路上很凉爽，两旁盈盈的路灯洒着冷光，不禁回想起年少时最痴迷的鼓浪屿，和母亲一起听孔雀悲鸣，看萤火虫盘旋，大叫着走夜路的日子。不过此时我能感受到的更多还是温馨，虽然我们这伙人都没有太好，但一起说笑漫步，甩开包袱，就像上世纪无忧虑的农村孩童，还是有丝丝暖流汇聚于心间的。

（七）

那最后的派对在我的房间举行。女人们先洗完澡，又换上新装，干干净净地坐在我的床上（我有着唯一的大床房）。我拉上窗帘，在最后的时刻透过自己的虚像看了眼窗外，那是一片毫无起伏的黑，看不见一点点人间烟火。

文谷女人把我们这一天里所有产出的拍立得堆在一起，翻看着还新鲜滚烫的记忆。趁她不注意，我又按下快门，捕捉住了这一时刻。她在闪光灯亮起之后才反应过来，万分害羞，连忙从我手里夺走相纸。她边快速挥动相纸边责怪我。但我明白我的拍照对象是什么，我向来明白我在做什么，果然，当相片越来越清晰时，文谷女人停止了牢骚。"还不错。"她故作不屑地说道。幸子也凑过来看，"哇，这也太色情了吧！"她大叫道，随即又大笑，惹得文谷女人脸红。我凑上前看，只见照片里的她弯腿坐着，一只手撑着床，一手拿着一张相片，红色指甲油在她纯白睡衣的衬托下格外醒目。在短发的勾勒下，文谷女人的脸型格外动人，几缕搭在脸颊上的发丝更是毫不委婉地推翻了她外表的纯情。她的锁骨隐约可见。她的睡裙很短，再加上她此时的坐姿，仿佛是在特意地流露些什么。我心中暗暗地笑了，回忆起了什么，但什么都没有说。文谷女人从我手中夺回相纸，"这张可千万不能被别人看见了，鬼知道他们都会瞎说些什么！""你知道我是什么都不能保证的。"我坏笑着说，觉得自己有时候的确卑鄙，可不知为何，反派的姿态要比乖孩子有趣得多。"你！"这时，有人叩响了我的房门，想必是男孩们。我不再和她纠缠，下床开门把他们赶进来。

（八）

忘了我们是如何开头的，兴许是玩了一些小游戏，几瓶啤酒下肚，就渐渐失去了状态。我能记得的部分开始于熄灯之后，那时我们已换上睡衣，除了诺登以外的四人都蜷坐在床上，我感到有些冷，便整个人缩进了被窝里。毕竟这到头来还是我的房间，我想到。坐在我正对面的幸子正在玩手机，手指不间断地滑动屏幕，微弱的白光打亮了她毫无表情的侧脸。我认得这类神情，心中有事，却又绝不想被别人发觉，于是表现地过分冷漠，甚至演出了一丝仇恨，达到令人退而远之的目的。我自已也常戴这种面具，这是从令人窒息的学校社交中全身而退的唯一做法。可我却想不出幸子沉闷的原因，我的意思是眼下，不是一直以来，要是算上去年那些麻烦事的话，幸子可能会是我们之中最最需要酒精的人——可我们现在正解放于岛上，大洋彼岸的破事就该留在那里，除非你是文古女人，把它当行李一样带在身边，如今还坐在我床上。我侧过头，看向白�，他闭着眼睛，是醉了还是累了都不关我的事。

我的目光回到幸子身上，有时感觉真的看不透她，虽然她是我在这些人里最早认识的，可我们的交心程度却从没有到太深的地方。不是我们相互不愿意，而是在她身上我找不到认真的感觉，一直会把她当作太年轻不经事故，于是不忍心往深里聊；不像文谷女人，和她一对上眼神就能看到哲学和思想的影子。我不想说幸子未受社会污染的单纯是件坏事，可也就是因为这点，我和她之间的距离越来越大。我们三人在英国每个假期都会碰面，可要是文谷女人缺席，我不敢想和幸子之间还会有什么话题——这是最令我感到恐慌的，我们的友谊在淡化，如果不想方法系紧我们之间的纽带，我怕迟早有一天会失去她。回想起最早故事的开篇时，我还会把最黑暗的秘密吐露给她，可如今我不敢保证还能做到。我又看向文谷女人，她坐在离我最远的床脚，侧身玩着发梢，其酒后气质与众人截然不同。洗手间里透出来的灯光蹭亮了她的轮廓，我看不清她的脸，我也不想看清。现在她知道的最多。她就像沼泽。

这也是为什么当文谷女人血淋淋地挑起幸子最渴望逃避的话题时我一点都不吃惊。"你对他到底是怎么看的，你究竟有没有想过去解决？"文谷女人依旧没停下手中有关头发的活儿，"我可是清清楚楚地记得我们坐上大巴离开时他投来的那个眼神，当然，是投给你的。"

这些都是上个夏天的事，一场演绎在成都的谜，是一个与我毫无瓜葛的故事（感恩上帝）。这么看，这三年来所有最令人心碎的事都发生在夏天，明明在暑假时学校里的圈都散了，人们应该去休闲或是环游世界，不再见厌了的面孔，可这燥热的季节却意外成为情感疯了般发酵的时期。从最初的相识、最深的矛盾、最恶的撕裂、派对怪兽的诞生，到绵延至两个城市、两个国家的藕断丝连，以及这趟东极的驰骋之旅。夏季，当人们都离去，众鸟各投林，当陶器表面的油彩都被搓得干干净净之时，最不加修饰的露骨情节才得以继续，幸存者才敢发言。

"但我就是不知道该如何开口啊。"我看见幸子低下头喃喃地说道，搂着摁灭了手机屏幕，她的脸庞回归黑暗，身板似乎在一霎那单薄了几分。"我一直待他是最好的朋友，我们一起相处了十多年，他就像家人一样，可是我无论如何都没有把他当成过一个潜在的交往对象！""但你要是不和他说清楚，他是会一直想着你的。"提问者咄咄逼人起来，她的语气是那么的正直，令人不禁自省；但我要说是她天生自带的操控力，没人会愿意和她正面对峙辩论，就连孙哥也不可以，更何况此时是酒后。我心中暗暗为幸子祈祷。"你要么再好好考虑一下，毕竟他是一个难得的好人，既温柔又会关心人；要么就和他说破了，让他别再一直抱有虚无的幻想！"

幸子没有说话，仍旧低着头，不敢对上文谷女人的眼神，也许是感到了羞愧。她一只手翻来覆去地颠簸着手机，一只手紧紧地拉着裤腿。"我永远不会忘记他把我们送上车时的表情，他投给你离去背影的目光，那是我迄今为止见过的最痛苦的离别，他似乎认定了那次成都街头的再见就是永别——不是说永不再见，而是你们两人的生活从此将彻底分道扬镳。那天也许是他最痛苦的日子，他多期望你能再做出些什么，甚至只是多说一句话，可你却什么回应也没有，甚至不愿在上车时的最后一刻回头看看——就连我都这样做了！

"至今你都还在回避，你究竟还想让那个可怜的孩子等多久！"我似乎听到了幸子心里的啜泣。诺登这时候插进话来，第一次发觉他的声音如此嘹亮："说起成都，在你们之后他又带我们一些人去玩过。他把我们带去了和你们当时一模一样的餐厅、小吃摊。现在想起来他那时候真的有些小忧伤，常常走神，陷入沉思，看来是在回忆和你一起的时光，当然尤其是你（他看向幸子）。"我看见幸子拿起手机，顿了顿，抬起头说道："那我该怎么和他说呢？我都听你们的好不好，求你们了，告诉我究竟该怎么做吧。""你先问他在不在吧，说你们需要谈谈，"文谷女人面无表情地说道，"他会明白的。"其实他早就明白了吧，他没有那么傻，有可能他就是心甘情愿地想要活在那种幻觉下呢？真正放下一个人太难太难，有情的人都明白，真爱上了，那就是无可替代的，仿佛化作了灵魂的一部分，割舍不得，否则就是要了命般地疼；就算狠下心来挖去了，那伤口却也永生难以愈合，想起来抚上去总还是痛的，会忍不住流下眼泪。

我盯着文谷女人看了很久（当然她没有注意到我），在阴暗的光线下她的身躯格外柔弱，那件洁白轻柔的睡衣能够激起所有男性的保护欲，不及肩的短发在她摇头时微微晃动，掺杂进背后的微光，却转瞬即逝。人们是万千想不到这之下藏着的灵魂有多残忍。她的目的究竟是像她所说的一样为了幸子好，还是仅仅觉得眼下的戏码不够刺激，需要更多的牺牲者来满足低俗情趣，我不在意。我已经习惯了。我也不是好人。我没在意她之后又讲了什么，只是打趣地欣赏她扮演的天使中的魔鬼，那份令人欲罢不能的姿态。

　　当我还在回味过去时，文谷女人与幸子之间的话题已经来到尾声。"好的，我今天会试着向他说清楚，这样你总该满意了吧。"幸子的语气中透出空洞，同时又填满了杂糅的情绪，"再给我一点点时间就行。"这时，文谷女人说要去洗手间，便离开了房间。最会聊天的人不在了，剩下四人不禁进入尴尬的沉默，同时还因为文谷女人是我们与白胪之间唯一的锁链，说实话，我们对白胪了解得太少，除了他单方面无结果的暗恋以外，只知道他还来自一个离异的家庭，他跟着母亲和继父生活。这就是所有和他有关的消息。目前为止我还是很难说他究竟合不合适我们这个圈子，他似乎太正直了（当然我不是在说我们不正直），和我别的群里的友人无异，可那些朋友已经够多了，心里便再没有位置给他。

　　我又回想起昨天晚上他和文谷女人一起做的事。鬼知道他们在深夜里谈心到了哪个地步，只知道那绝没能止于破晓，否则今天山上也不会有那番情景剧的桥段。他们似乎有着无尽的话题，令我诧异，也有些羡慕，毕竟我连和最亲近的抉惜待久了有时都会产生沉默。他们数月前相识，缘由是那个人；接着从某一时刻起，他们开始聊天到通宵，话题也渐渐离开了那个人。文古女人在私下里对我说过，和他谈心时她总能感到一种莫名的温暖与亲切，她已经很久没从男生身上得到过了。她说，他身上没有都市男孩惯有的风尘气息，意外的清爽；他说的话有时也会意外地击到她的心，此类共鸣文谷女人自称很长时间没有得到过了。

这两天里两人亲密的关系令所有的旁观者都认定了下一步的发展会如何，这无尽小说的下一章节呼之欲出，纵使两人还在极力地否认。"我和他第一次见面的时候就知道我们不可能。"文谷女人那时信誓旦旦地说道，"先不说其他的，我对他的身体产生不了任何兴趣。"没错，你和那个人在一起似乎就是源于对他腹肌的动心。"再说了，你又不是不知道我和他相识的原因，如果我们真的在一起了，岂不是会非常的尴尬——可不得不说他真的与众不同。因为那是儿童节的前一天，他特意给他妹妹买了大熊玩具。他选时别提多用心了，不光在意妹妹的喜好，还多次问店员哪种材料最好，现在能做到这种程度的哥哥不多了。

"后来晚上他陪我走回家，一手夹熊的样子莫名很憨，老实却有安全感。我们在河边看星星，聊起文学和电影，他发表了些我意料之外的看法，竟颇有智慧，果然人不能貌相。然后我们又聊到我的前任和他暗恋的人，他说了些激励我的话，我很吃惊，感觉已经很久没有从一个男孩子的嘴里听见那般成熟的话了，甚至觉得在他身上看到了失落已久的自己。他的确很会照顾、安慰人，这也是为什么他会是一个理想的友人——而不是情人，因为我们太相似了，虽然有共鸣，可自己的缺点也在他身上赤裸裸地表露出来。"

我原本不想再挑起这个话题，但问些平日里打死也不敢问的不就是这些夜晚的主题吗？于是我转过头，白脸正在低头玩手机，我问他："你喜欢她吗？"只有酒兴能带来这般的直白吧。我看着他按灭了屏幕，慢慢放下手机，转过头来。幸子和诺登也纷纷把目光投到这个文静的男孩身上。他的肤色原本就很白，在此刻的光线下，更显苍白；又蜷缩在被窝里，活灵活现地演绎出标准的受害者形象。可他全然不是，我们心里都明白，文谷女人才是我们关心的。我不希望过去的错误会重蹈覆辙。"我们是不可能在一起的。"他不怎么带感情地说道，"我觉得我们现在的关系挺好的，没必要往下发展。""难道你对她一点感觉都没有吗？"我学会了文谷女人般的咄咄逼人。"那也不能这么说吧，"他的神色躲躲闪闪，"但我知道我们两个是不会在一起的，就算我有那么一点点的想法，也已经被我的理智战胜了。

　　"我怕她再受到伤害，毕竟那个人给她带来的影响至今都未完全消散。我可不想和他一样——但要是我们真在一起了我可不敢保证究竟会发生什么！如果我们再分了手，那可就连朋友都做不成了。"他顿了顿，我尽力忍住，没有在此时发表我的建议，听他继续说道，"我很珍惜这段友情，虽然我明白它起源于最尴尬的情节，但我不希望它会因为这样而不了了之。""那我不明白了，你为什么会答应来这次旅行？"幸子抛出了我心中扎根最久的疑问，诺登也点头附和。他作为一个外人，明知道我们四人的关系和这次旅途的目的，在接受邀请时却没有表现出丝毫的犹豫，似乎他比我们对这场游戏抱有更大的兴趣，显然有其他目的存在。

　　"我答应的原因啊，"他的笑容有些尴尬，"其实是因为你们。"嗯？"因为感觉你们好不一样，我从没有见过和你们一样有趣的人类，之前仅有网上的聊天，就感觉你们和我身边的人完全不同，再加上她对你们的介绍，讲了讲你们身上的故事，我就更想认识一下真人了。"这个答案出乎意料，有些小得意，但也品得出深层意义上的讽刺，觉得我们是 freak show 里的展品，是装在罐子里的畸形器官。但我不把这当成冒犯，毕竟我们的天赋就是特立独行。

"你的意思是你来这儿和她没有任何直接的关系吗？""其实还真没有，她的那些琐事我已经听得滚瓜烂熟了，完全没必要因此而来。"虽说这听起来好像是一个接一个谜团的解开，我应当豁然开朗，可是没有，不知为何我感到背后升腾起更大的阴谋。"但她可不是这么认为的，"我想起了最后一个证据，"昨天你们两个在阳台聊天的时候，她对你有动手动脚吧？"我明白这听着很是别扭，甚至有一丝可耻的笑，但根据我们在酒吧的所见，并非无理。白胖也没打算隐瞒这一点。"不是一点点啊，"他苦笑道，"一直在有意无意地靠上来，我也不知道该怎么办。"我暗地里笑了，感到柠檬在腐败，她在不断自我催眠下可能真的相信起所谓"对他身体提不起一点兴趣"的谎言了吧，但果然在醉酒的状态下一切原则都可以违背，一切伪装都会被打破。可我又想起了昨夜幸子和我说的话，关于她是否真正喝醉。"之前就我和她两个人去酒吧的时候，她喝干了两杯长岛冰茶都若无其事。这次也不见得她喝得特别多，半杯冰茶一杯莫吉托是不可能那么快将她灌醉的。""所以你的意思是她没有真的喝醉，而是借着酒兴去靠近白胖的吗？"她耸耸肩，"也不是说她不会这么做。"那也就是说原则本就不存在，是自欺还是欺人的谎言只有文谷女人本人明白。我不想再去推测，很累，很沮丧。

"好吧，"我当作信了他们的话，假装看不见其他的所有证据，"其实我懂你的感受。我也常常被旁人传莫名其妙的闲话，就因为和某些个女生的关系太好。但我们当事人明白，我们永远都只会是朋友，甚至从某些角度看，这份友情会比爱情更重要。"有人会说男女间最纯洁的友情是不存在的，对此我不屑一顾。和一个人处得久了，常人来看未免就只有两种结果，好伙伴或者情侣，不过一般都是同性会属于前者，而异性将会沦为后者；可以我的经历来看，这之中却还潜在着第三重关系，那便是堪比亲人之间的联结，玩着玩着，不知不觉地便成了兄妹姐弟，于是就再也不可能往另一领域发展了。有时这是好事，但有时也因为过多地坠入这点而感到悔恨。

我们又沉默了片刻，直到文古女人回来。她问我们刚刚说了什么。"你觉得你不在我们会说什么呢？当然是各种与你有关的事了。"她表现得并不在意，神情之间的意思似乎是——我已经将我的故事无数次讲出来过，没什么可继续畏惧的。

"该你了。"文谷女人看进我的眼睛，我明白今晚是逃不过的，"你和她的故事究竟是什么样的？""这真没什么有趣的，"我直着目光，不偏不倚地看回去，还真以为自己有足够的底气，"你们该知道的都知道了，反正最后我们没有在一起，我也不想再等了。就是这样。""你是从什么时候开始发现你喜欢她的？""开学吧，不，应当是开学前第一次见到她时就喜欢上了，只是那个时候我自己都还没有反应过来而已。"我想起她的影子，有段时间没有出现在我的脑海里了，从最开始时便是白色的，轻薄地像雾一般，摇摇欲坠，果真最后还是梦一般地散去。"那两年里就一直持续下去没有中断过吗？"我想起了风暴来临前威尔士高山上的湖塘。我曾在夜半的时候走出帐篷，来到山坡之后的灌木丛，那时的湖面是纯黑色的，我的影子在里边更是曜石般的沉重，被涟漪雕刻成失去声音的赛壬。

我看不见任何一颗星星，只有浓稠的云与巨人骸骨的山脉，零下温度的风蹭过我的眼眸与脸庞——这也是我唯一裸露在外的肌肤。我被冻得没有知觉，却仍旧不忍心回去，仿佛我的身子被一根无形的线拴着，危险与死亡在此时格外诱人。"不是这样的，"最深的疤痕正在撕裂，"曾经还有一个人也踏入过我的世界。"文谷女人没有回避我的目光。

"你知道的，那时候我喜欢过你。"我不想否认。所有我内心最暗的地方埋着的情愫，唯有这段随着时间挪移如今已尸骨无存，于是我也就不畏惧回忆。

（九）

她是有男朋友的人。两人非常般配，甚至是老师眼中的模范情侣——男方原本不是什么优秀学生，却在女方的帮助下进步许多。可惜这都只是表面上的和睦，两人真正该交心的地方却千疮百孔。这一些，都是我在与文谷女人无数次的夜半聊天时她提及的。她称之所以和他在一起是因为塔罗牌的预言，"六个月后我会遇到一个人。"她努力地想要通过描述那时的满心期待来隐藏如今的悔意。于是当他告白时，她就没有考虑更多，念着命运，答应了。而实际上他们根本不是一个世界的人（我，还有许许多多旁观者都如此觉得），两人对待世间万物的观念、对待金钱、对待人，全然背道而驰。文谷女人曾无数次发来信息说，是时候分手了，我和他是没有未来的。我让她遵循自己的内心，于是他们分手，然后不久后又复合。如果一次两次可以理解为鲁莽，是所有情侣之间正常的隔阂矛盾，但三番四次之后我逐渐感到疲劳，好似我的夜晚被浪费了，牺牲了时间——这些发生在她还留着长发时。在她将头发剪短后，在我对她动心后，我没有丝毫的流露，就像我之前一样不动声色，白天仍旧与她和幸子一起拼桌吃饭，夜晚依旧无声无息地在被窝里敲打键盘。直到那一天，她又在半夜时分向我发信息，称他们又分手了。这次是认真的，她说道，她再也受不了两人截然相反的世界观了。我看着手机屏幕出了神，一时间竟不知道该如何回复。我觉得眼前出现了一道希望，一道silver lining；乱石的高山终于放晴；山竹终于被剥开黝黑的硬壳，露出白嫩的果肉。我的手指在键盘区打转，原本是打算永不说出口的，因为我明白这种感觉是会过去的，不值得留恋。可偏偏时辰和我作对，给我开了个玩笑，让我对着面前的空白与机会束手无策，好比没有教养的小女孩来到了无人看守的糖果店，喝到烂醉的大龄失业男人阴差阳错地来到红灯区，握着刀的贫穷瘾君子走进银行，我该怎么做呢？这毕竟不是道我有能力去抚平的伤口，她需要的是忠实的听众来诉苦，而不是再多一个难堪的追求者。我一直都是明白这个道理的，可那个晚上我强迫让自己忘记，一直渴望自己能够再勇敢一点、鲁莽一点，把禁锢的感情释放出来，就试试看——

果然还是不应该啊，要是我能在那个夜晚那一瞬间坚守过去藏匿内心的性格的话，未来也许就会转变，我们也许不会像现在这样来到东极岛，不会像现在这样共坐一床，成为往死里交心的友人。过去的秘密为未来的聚首埋下了极深的线，所以她的命运言论并没有错，她的确遇上了一些人。我不知道我们这样一群人的定义究竟是什么，但至少是比情侣要好的。

"其实我要谢谢你，"文谷女人面无表情，好像这是别人的故事一样，"若不是你当初说出来了，一切都不可能发展到现在的样子。我和他可能不会分手，我也不会像现在这样抛开一切追逐理想，我可能完全不考虑提前出国，可能现在仍在中国学校，可能我想读的专业也会完全不一样，我的未来可能和现在截然不同，我们几人也不可能有现在这样的关系。至于白胼，更是永远不会像今天这样如此重要地出现在我的生活里。"

　　未来真的扑朔迷离啊，唯有过去是真实的，而当下又为何物呢？无时无刻不在回忆过往。这段东极的回忆想必也会是我们未来长久的谈资吧。其实都是无人在意的故事，是只有三四人的游戏，在主场里掀不起任何的波澜，只是旁观者看主角的缤纷生活红了眼，心生妒忌，自己搅出来的剧而已。

　　幸子在我们都没有注意的时候出了门。我在她旁边安静坐下，注意到她的手机屏幕亮着，上面似乎敲满了字。我没有再去问她这边的事，她的故事应该要自己谱写。门边的灯在三五分钟后自动熄灭了，这时我才明白幸子看天的原因——那灿烂的星空啊！我第一次看见真正的银河，那钻石色彩的缎带，遥远黑暗里的梦幻王国；终于明白了为什么说星星会眨眼睛，原来它们真的会闪烁，没有任何规律，它们跳跃着，摩挲着天幕。我看着天，数着黑夜里遥远的花火，伴着微醺的美，忘了时间，也忘了泪痕。耳边突然传来开门的声音，我一看，文谷女人和白胼正笑着走出门，灯又应声亮起，星星与银河消失了。

　　嘘，我心里念道，你吵醒了光。

2018.7

无上

风暴源自海洋，
岛屿即将埋葬。
嗜血的母爱为万物通性，
爱美的道理是人人在意。
醉生梦死的人终结于自省，
悬崖边上的鸟泯灭于高傲。
永无止尽的道路永无边界，
目空一切的行者心无挂碍。
囚禁在十米左右的世界里，
前进，眼中只有灰白；
转身，存在更为黯淡。
疼痛给予少年绿色的头发，
孤独又给了他蓝色的嘴唇。
六色的彩虹被遗忘在角落，
或藏在抽屉里，锁住，
但阳光下依旧没有人。
大雨在干旱的大地上不愿多停留一秒，
狂风不会在大雪纷飞的时刻嘶吼着退场。
在大病里昏昏沉沉却仍踏上通勤的道路，
塞得满满的车厢要是一出事就所有人都死了。
苹果终究不会落到离根太远的地方，

鸟儿通常按时回巢；
潮汐在一定的年份里不会涌得更远，
人类永远离不开地球。
时间是最早被遗忘的东西，
紧接着的是爱情和友情。
如果记忆在不断散去是否说明它和梦一样，
那就意味着未来会比想象中的更跳跃复杂。
从相反世界拉来的伴侣会在接触的瞬间爆炸，
毁灭之最强大的力量纵使是真爱也不能挽救。
红发女生会因为历史而献出自己的生命，
但如果当下不入眠，还有什么机会呢？
如同生日当天的葬礼，
棺材与蛋糕蜡烛相依。
看客终将离去，香槟酒与水晶灯，
硕大的白色屋顶，燥热的外地城。
人造的假花比天然的更纯洁，
刺绣水晶的连害虫都会被钟爱。
咖啡与骨髓混合会是什么味道？
人皮做的纱在雨中竟真会发光。
黑色背景的头像上写满三番五次的表情，
狰狞，却又罩上朦胧的圣光。
时间在咖啡馆里流淌得最快，
但选择面对书籍还是荧屏是个问题。
未来的人们是否会研究我们当下创造的恶劣时尚，
然后制作成舞台剧上的服装，观众拍手叫好。
敏感的未成年人敲打着手机写不可告人的话，
幼稚的年长大人却想着如何把自己打扮年轻。
懵懂的男孩会在成年的那一刻因进酒吧而成熟，
爱情里的男人却血淋淋地把心脏剥开给他们看。

倘若只能在疯狂与静谧间选择其一，

平日的乖孩子会选择前者，

而相反，玩遍了灯红酒绿的少男少女会叛逆地选择后者。

传说有十九年一度的轮回，

古老的将军凯旋而归，

佩戴着永不凋零的丝绸鸢尾花。

孔雀石是钥匙，是翡翠的眼睛，是咽喉；

而绿松石、青金石与苏妃石是一文不值的尘。

当水湿了半夜冥想的头，

不论寒气热气一股脑儿地灌进，

能因此进入不毛大地的，

只有赭石皮肤的人。

在有着三十六个小时的一天，

却只值享有五分之二的睡眠。

当一觉长达半年之久，

当餐餐间隔五月之后；

当公鸡在黄昏打鸣，

当蝉在冬雪里尖叫；

当你走在天上，

地狱就在你头上了。

2018.8

（七）

"你相信命运吗？"女孩问道。她摘下眼镜，甩甩头，细密的发丝从鬓角垂落，挂在她的脸颊上。"我是相信的。"没等我开口，她自己先回答了这个问题。命运可谓是人间最难以触碰的东西，没有人知道是谁创造了他，又该如何去改变他。命运好比是一捧粘稠的黑水，在你以为已经将他牢牢俘获时，他却又无声地从你指间滑脱，只留下狰狞的黑色踪迹。

"是我太痴迷了——我是清楚的，他不适合我。"女孩将她的长发从脸庞捋向耳后，抬头看了看装饰在墙上的木质古铜色面具，上面有触目惊心的红白笔触和凶悍的獠牙。这是我从非洲的某个部落里寻来的圣物。越是原始的民族，越是有信仰和崇敬，那是对于一些神圣事物的崇拜，就像我们痴迷地相信命运一般。不久，她收回目光，叹了口气，不断用指尖拨弄发梢，说道："但这一切，不都是那双掐紧命运咽喉之手的所作所为吗？"

"没错，我不相信自己，我甚至开始憎恨自己，我根本无法改变自己的生命！"女孩的睫毛微微颤动着，在烛火的映衬下格外动人。"这些年我一步一步走来，我不知道是什么支撑着我，我还能就此走多久。与他的这份感情是没有未来的，别说出路，如今我在绝境中看不到一点光。"

唔，难道又是一个没有目标、放弃了灵魂的女孩么？在这个物质欲流的社会中，一个又一个女孩放弃了自己最后的桀骜，成为男人手中的傀偶。她们中有的无力反抗，有的拒绝反抗，甘愿沉沦堕落，成为爱情的俘虏。这是一个多么让人感到痛心却又无力改变的事实啊。

"不，我和她们不一样。"女孩突然这样说道，我愣了一下，莫非她能看透我的心？

"我知道你在想什么，"女孩苦笑，低头把玩那一个月光石做的灵摆，"我不属于她们，我，我更像一只迷了方向的鸟，被命运干扰了磁场，陷进怪圈。我本是自由的，不，我现在仍是一个自由的人，不希望被任何人所拘束，更不会容忍成为他们的玩偶。但我和他，我们的相识，我们的结合，一切都开始得那么完美，差点就要让我忘却现实的残酷，可是……

"可是我们还是不应该在一起，我无法了解他，我知道我和他完全是两个世界的人。我不知道他究竟当初是在什么方面吸引了我，也无法想起究竟是什么力量促使我和他在一起，我甚至不知道我与他之间那一层无法洞悉的隔阂是什么？那我又该怎样与他更进一步呢？这一切，难道不都是命运的诡计吗？"

命运弄人可不是现代之语，从古至今，因为过分将所谓的命运当作信仰，从而落魄一生的人还在少数么？也许是有人造就了我们，可要是命运能够主宰一切的话，为什么还会有眼下千千万万努力奋斗的人呢？也许他们只是过分自信，认为自己能够战胜老天罢了。

"因果是什么，真爱是什么，完美结局又是什么？而我又是为了什么？"女孩口中的问题无人能答，无人敢答。烛火闪烁，房间里的光线也随之在明与暗间切换。我注意到女孩的眼里泛着泪花，但这份眼泪并不仅仅是因为悲伤那么简单，里面包含的，更多应该还是迷茫无解吧。

这是事关爱情与天机的咒语，没有一味恰当的药方能够真正治愈此类伤痛。不会有人知道故事往后的发展；可盲目的奋斗，总比坐待天时要可取。王子究竟会不会去吻醒沉睡百年的公主，苹果里究竟有没有致命的毒药？

我们知道，公主可以永远等下去，总会有一名勇敢的骑士出现，斩断那些荆棘，将她从幽静的古堡中牵出；而毒苹果的背后，也许只有牺牲才能换来真爱吧。

2016

通勤有感

　　我咳嗽着从咖啡厅里走出来，手中的茶滚烫，难以入口。好久没有这般生大病了，还碰巧是在这总共就五天的难以请假的上课时分，很是颓废，感到整个世界都在和我作对。我又一次擤了鼻涕，头一阵接一阵犯晕，萎靡不振地移进了地铁站。

　　高峰期的 London Bridge 人多到就要漫溢出来，可又分外有序，人群集体从一个方向涌向另一边，好比血管里挤在一起流动的红细胞，工作无休。这不太亮的地下大厅里填塞满灼热干燥的空气，带给我近乎窒息的惶恐，又想到高峰期地铁里的拥挤，不禁暗暗咽下口水。刚迈出第一步，我就发觉自己已成为这通勤大部队里微不足道的一分子，好似大波大浪里无主见的呆痴的鱼，随着人群无差别向前移动。由于身高这一先天缺憾，我几乎看不见任何指示牌，能做的仅仅是心中默默祈祷希望脚下是正确的路。

　　茶还是烫，喝不了，只得小抿一口。为了使心神平静，我戴上耳机，循环播放起 Pure Heroine。

　　……Sometime this has a hot sweet taste. 我无声地跟着唱了出来。板寸季节就是眼前这夏天，我现在全身上下从里到外都能完美体会这 hot 的含义，也暗自希望第二层的 sweet 滋味能有朝一日被我品出来。

脑海中能够想象的伦敦该有的所有种类的人在这儿都有代表。身着深蓝色或黑色西装的男士遍布所有的年龄段，他们均留着精神的胡子与不谋而合的发型，手拎公文包或背着双肩包，穿着擦得反光的皮鞋大迈着步子，唯一的性格体现是在那花纹略微不同的领带上。这是所有行人中风尘仆仆的代表。其中偶尔夹杂着几个亚洲面孔，或许是韩国人或许是中国人，但与国内城市白领的精神很不一样，他们似乎更为拘束，紧锁着眉头，嘴角更是看不出丝毫情绪。为了融入西方都市的节奏，他们不得不挺起胸，藏匿起所有悲欢压力，板起扑克脸，拼了命地向前跑。黑人女性是其中最闪亮的，她们用最艳丽富华的丝巾披肩搭配最精致的发型，在耳垂胸前挂上最大的人造珍珠，踩着高跟鞋最自信地向前走，似乎想凭借一己之力把这毫无生机的地铁长廊走成闪光灯下的 Met Gala。还有蒙着面纱的阿拉伯女性，身着慈善协会工作服的印度男生，大声打电话的俄罗斯金发少妇，如此如此，以及穿着格子衬衫一手拎着作品集一手举着茶的我。不过所有人都混在一起，所有民族所有肤色和地位，搅出色彩斑斓的糊，没人会去挑剔身边究竟站着谁——再换句话说，既然都是挤地铁出行的人，谁也没有资格去瞧不起谁。

人群在检票口前自动形成笔直的队列。我摸了摸口袋，意外发现没有带 Oyster 卡，应该是忘在昨天换下的外裤里了。我叹了口气，无奈地走出队伍，不敢想之后又要花多久才能排回来；不过万幸今天出门早，有时间纵容我的恶习。逆着队伍向外走，不禁自比逆着洄游群的大马哈鱼，太过渺小与无助。

熟练地买完票——这也许是我大病日里唯一能完美做好

的事了。在回去的路上我经过监控室，透过玻璃窗注意到无数显示屏，上边无一例外地充斥满人头，黑压压的一片（没想到伦敦黑发的比例居然那么高），摩肩接踵，可以比拟北京庙会、四川九寨沟、上海迪士尼。想到这儿我忍俊不禁，如果欺骗自己说地铁其实是一个非常刺激的游乐项目，是在阴暗隧道里飞驰的过山车，那通勤之路会不会有意思起来呢？想着想着，我在不知不觉中走过检票口。

一层又一层地往下。本以为自动扶梯是一路上唯一允许我们暂时停下脚步稍作休憩的地方，却发现几乎所有人都奔跑在扶梯的左侧，和我一样乖乖站定在右边的人屈指可数。真是分秒必争，我暗自庆幸，还好现在不着急赶上班。但随即又自觉惭愧，不知这一理由还能适用几年。扶梯下的十字路口更是壮观，阡陌交通井然有序，反而是因为行进得太过于规整，我越看头越晕，感到恐惧，害怕一个不小心就打乱了这边的规矩，使一切乱了套。可还是不能挡了身后人的道啊，没办法，最后我还是决定把自己投身于不知为何的事业里，同不知什么流合污。

左拐，往前走，靠左走，右拐，第一次走这隧道的人必定会迷失方向。终于到达尽头，我又禁不住连打两个喷嚏，吸了吸鼻子。总觉得自己是热到感冒。隧道一如既往的幽暗，与之相比宁波新建的地铁可称得上酒店大厅般亮堂；黄色警戒线是唯一制止你坠落的符号，却防不住暗地里冷不丁的推搡；地面墙面老旧发黑，却没有任何灰尘或是肮脏的水垢——至少我是一直好奇他们是如何保持的。地铁驶来时带起的风惊动了铁轨下的老鼠，我目送着它左蹿右蹿越跑越远，直到意外对上了身边戴黑色头纱的阿拉伯女子的眼睛。她也在看那鼠，嘴角带笑，我也报以无声一笑，然后迅速回过头，不知是在害怕那纯净眼神里的什么。

地铁终于驶入，我看着一扇扇贴满人脸的玻璃窗从我面前闪过，自己的倒影也隐隐融于其中。车体的速度逐渐放慢，最后静止。地铁门"籁"的一声开了，人从中鱼贯而出，好像是塞满沙子的气球被戳破一般。车厢以肉眼可见的速度空旷起来，我感到其生命力随之衰减，直至奄奄一息。直到最后一名提着公文包的西装男人走出门，站内等待许久的人群才难耐不住地向里挤去。西方一贯有名的纪律与排队此时不再作数，我想稍稍地表现礼貌，特意往一旁侧了侧身，其他人便毫不客气地挤进来（譬如说原本在我身后的阿拉伯女子）。眼看着这扇门内就快满载，不再有我的机会，我瞧了瞧隔壁的门，似乎比这边的竞争要和气很多，便急忙改换目标，在最后一刻冲进门，占得最后一个狭窄的空档。门快速滑上，玻璃窗上贴满了新一批人脸。

我一动不动地站着，把袋子放在两脚之间，左手握紧头顶的杆子。地铁开动时最令人心烦的便是惯性，把你狠狠地甩起来，仿佛生活里的压力还不够过分似的。过了两站，我逐渐被挤到车厢深处，闷热的空气让原本就感冒的我大脑更加缺氧。令我想不到的是在停靠第三站后，车内居然出现了空位，而站在座位周边的人似乎没有要去抢占的念头，那我就自嘲为病人，给自己去坐的理由。边走过去，我边想到，也许他们是怕一旦坐下就会因为太过舒适而再也站不起身了吧，必须时刻绷紧弦才能活下去。

真好啊，作为学生。我戴上耳机——不知那是什么时候被挤掉的。今天只是无心的体验罢了，还不用被迫迎接这份磨难，真正意义上社会的烧灼。但这是总有一天需要去面对的，总有人会一辈子这样过日子，或者更为悲惨。我又叹了口气，所谓大人工作的最真实写照也就如此吧，不论在上边是光芒万丈还是低声下气，一旦赶上通勤的时刻，还不都得挤在同个管子里穿梭地底的黑暗。可这样也好，不再分民族、身份与贵贱，最尽可能地拉近了人与人之间的距离。

2018.8.6

学骑车

第一次"正式"意义上的工作结束了，所以说手艺人怎么着都有饭吃的确不假。母亲发来信息说：来我们这里吃饭吧。我便乘地铁赶着夜色过去，隔着玻璃窗，看着把衬衫塞进裤子、系着皮带的自己，终于得装上大人模样了吗？

走进餐厅，先看见的是妹妹的背影，她穿着校服，后脑勺一如既往地扎着马尾辫，随着身子摇晃。她正和坐在对面的母亲说着话，手还不断地在空中比画，看样子很是激动，兴许是在分享开学的喜悦吧。实在让人想不到这小身板竟也上初中了，不禁叹息时间飞逝之快，也许再过不了多久，眼前的这个画面就将改变：那个女孩子将会是我的女儿，而母亲的身影也将被我的爱人取代吧。

母亲看见了我，伸手招呼，妹妹也转过头来，大声地叫唤我，带着满脸的笑。我在妹妹身边坐下，给了她一个拥抱。母亲笑着说："你看看还想吃些什么，我们再点。"我点点头，让妹妹也一起去看。最后我加了一个鱼汤，妹妹想吃猪脚，我就叫了三个，一人一个。"都做成椒盐的吧！"

饭后，看着时间还早，我便不着急回去，和她们在小区外闲逛散步。在别墅封闭的氛围里待久了，发现自己想念起邻里社区的和睦。大妈们三五人站在一起，摇着蒲扇扯家常；和谐的一家三口从便利店里有说有笑地走出来，每人手中还拿着这个夏天最后一根冰棍；时常有小学年级的孩子大叫着从我们身边跑过，散发着自由与活力的气息。我看向妹妹，妹妹也正看着他们，从眼神里我能读出她也想同他们一齐奔跑玩乐。虽说上了初中，可她不论怎么看都还是个孩子，我常在她贪玩时提醒她要多想想自己的年龄，什么事该做什么事不该做要有数，只是她那份最原始的童心还是难以被埋藏——这不是坏事，我如今不也在想各种法子去隐瞒自己的真实年龄吗？总觉得长大了就需要去压抑，得有成年人模样，承担更多责任，成为榜样。于是有时候就会感到好累，渴望回归，回到那无忧虑的时代。

既然不能像孩子一样疯狂，妹妹开始寻找下一个游戏对象。这时，她注意到路边有共享单车，便兴冲冲地想要去骑。由于不会骑，我对自行车向来敬而远之，所以这也是我第一次去操作，不过感谢现在的科技，只要扫一扫就能解决一切。

锁开了，妹妹开心地跳上去，熟练地向前骑去，平稳又流畅。我十分诧异，没想到她竟能骑得这样好；甚至有些嫉妒，因为平日里太忙，实在没有空学自行车，现在又出了国，更没有地方使，这项计划便被一再耽搁。在我思虑时，妹妹已经来来回回地有几趟了，她骑到我面前时还特意响了响铃，似乎在炫耀，同时又带有点点嘲弄：你不行吧！的确有些惭愧啊，至今没能学会这一项人类的基本技能。"我就学了三天哦！"妹妹骑到我身边停下，和我说，"也就是晚饭后老爸陪我在家后边练练的。"

这下子我才回想起来，前段时间父亲饭后的确都没有出门拜访朋友，而是陪着妹妹一起练车。原本我以为她只是和以往一样骑着装有辅助轮的车玩，而父亲也只是在一旁看看，抽抽烟而已。原来他们竟背着我在学车！脑中不免浮现这样的画面：晚餐后，在我们家后边的铺砖路上，借着幽幽的路灯光，父亲陪在妹妹身边，一只手握着她自行车的扶手，让小心翼翼的车轮不再左摇右摆，于是妹妹的动作不再僵硬，手脚都逐渐放松起来。自行车愈发平稳。然后父亲看准时机，趁小女孩不注意，安心地放开手，妹妹大叫着继续向前骑去，却不再摇晃，笔直地前行，父亲从背后看着她，露出慈祥的……

"你想要试试吗？"妹妹打断了我的想象。为什么不呢？既然现在闲来无事，就玩玩吧。我扶着把手，先坐到了座位上。妹妹立刻纠正我："不对不对，你要先站在地上，一只脚踩着脚踏，另一只脚蹬地，再坐上去！""那样太高难度了吧。"我为难地说道，"先让我就这样开始呗，反正也没有想今天就学会。"妹妹妥协了，但还是重重地叹了一口气，仿佛我是个不老实做作业，专想些歪门邪道的孩子。开始骑了，妹妹扶着车把手，让我不要紧张，往前踏就行了。也许是座位太高的缘故，我感觉踏板踩得很吃力，对先前妹妹的轻松自如很是费解。平衡的掌握是骑自行车的关键，我自以为这方面的能力是不错的，小时候也不乏训练。可在自行车上却是另一回事，车把手总是不由自主地偏移我心中的航线，以至于我要奋力地把身子往相反的方向扭——我明白这在旁人的眼里是有多么的忍俊不禁！但还好妹妹一直走在我的左前方，一次次把即将倾斜的车扶正，我这才敢大胆地继续踩下去。看着妹妹执拗的脚步，虽然看不见她的面庞，却仍能想象到她坚定不移的目光，就像父亲的责任啊，我念到。恍惚间，我感到父亲的身影和妹妹重叠上，我也回到了八九岁的年纪，正满心欢喜地学着自行车。这时，父亲会突然松手，然后我大叫着自己向前骑去，也许我会骑出三五米然后摔倒，父亲会在背后鼓励我，让我自己站起来；也许我会骑出一条笔直的道路，然后回头向父亲招手，看着他脸上慈祥的笑……但我不会再知道了，这些记忆无法再被造就，时光过去了就不允许任何人再做涂改。而眼下的情景，像是一切颠倒过来，小人教大人骑车，孩子给成年人引导方向，妹妹履行父亲的义务。

我是再也体会不到这般的父爱了，若真要说我的人生里缺少过什么，那便是此类型的温情吧。随着我越长越大，和父亲之间的关系逐渐局限到餐桌上的高谈阔论，你问我答的人生哲理。他说这是大爱的体现，这才是我人生路上真正有用的东西；但曾经的我还是更希望得到表面上"肤浅"的爱，对于一个八九岁的男孩子来讲，父爱就单纯是一个在晃荡前行之时给予安全感的健壮臂膀，能让他不再对眼前的路感到慌张，笑着笔直看向前。

妹妹找到了一辆新的共享单车，让母亲帮忙解了锁，便抛下我一个人去玩了。可我还是把握不稳方向，挣扎地向前，总是骑出三五米便斜向一边。就在我苦恼时，一旁一位陌生的阿姨叫住了我："你骑车的时候呀不要看地，也别看车把手，不要把注意力都放在这上面，要抬头看前方，看你骑的方向。"一旁的母亲也笑着赞同。我一试，还真稳了很多。接下来的几趟，我都高抬着头看天，眼里尽是深蓝无星的天和藏在那后面的宇宙，虽然还没能骑得和妹妹一般好，却也有足够的进步。又回想了下陌生阿姨的话，越听越像人生，要看大方向，要注重格局。都是父亲最爱讲的话。

在那个农历意义上已经入秋的夏日傍晚，最后我还是没能学会骑车。

2018.8.24

大艺术家

　　距离返校时间还有十来分钟，我飞奔着从小镇一边的商业街区跑到另一边的艺术中心，Cranleigh Art Centre，其间似乎还闯了次红灯。我急急忙忙地推开玻璃门，吓着了坐在门廊里聊天的两位大爷，他们纷纷向我投来疑惑的眼神。可我来不及道歉，就朝他们摆了个鬼脸，慌慌张张地大步跨进展馆中心。

　　画展果然就是从今天开始。一走进大厅，纵使我已熟识这里的每一幅画（甚至其中有几幅我目睹了它们诞生的全过程），但当它们被摆放在一起，充斥了整个空间时，我还是又一次受到了震撼。那哪是画，分明是一块块天空的碎片，大云翻卷着似乎就要从画布里呼啸而来。人类视觉能够分辨的所有色彩都在它们里边了，从最温柔的鹅黄到深邃的墨绿，其间叙述的故事太多太多；每一度褐色与红色的相融，每一抹从灰色中透出的天蓝，无限的想象充斥了每一个微小的细节。这些画的灵感来源于天空，可大自然哪敢这般肆意挥洒色彩呢，除了极光，再没有一片天会比这些画更绚烂。恍惚中，我似乎又看到Charlie站在整面墙大的画布前，拿着那把大刷子，蘸着颜料在上面画着圈，一层又一层，直至没有人能回答那黑色之下究竟藏了多少秘密。

　　我独自游走在大厅，欣赏着这些作品，又不禁伸出手去触碰画布，用指纹感受上边细密的纹理。我由衷地为 Charlie 感到自豪，可在欣慰的同时我又感到空落落的，似乎是深切的惋惜，一份对流逝时光的不舍。因为我明白，这场画展代表我与 Charlie、Gillie 相处的日子终于走向终点，将永远成为回忆，但它必定是我记忆里最弥足珍贵的一部分，就像一场散射着柔光的梦，醒来后还在我的眼里闪烁。

——那是我第一次与艺术家为伴。

Charlie 曾经是我们学校的学生，她已经毕业多年，如今在一个距离不远的学校当助教，闲暇时她会作画，最爱的对象是天空。也是凭借着数幅巨大的天空色彩画，她赢得了一个颇负盛名的奖，之后便与一家公司签约。公司希望她能继续天空系列，而 Charlie 自己也对这个项目十分感兴趣，便接下了。由于需要较大的空间，Charlie 看中了 Gillie 教室楼下的一间工作室，那儿平时几乎不会有人进去，一直荒废着。她向学校说明了情况，校长欣然地将工作室的使用权给她。

Gillie 是我的美术老师之一，也是我有史以来最喜欢的老师（如果以后有机会，我希望可以专门写一篇关于 Gillie 的文章）。有一天，她和我们说："我们学校来了一名真正的 artist 哦！"接着便领着我们去到楼下的工作室。那是我第一次见到 Charlie 和她的天空。我与同学都在第一时间被那同墙壁一般大的画布和上面绚烂的色彩所折服。同她以后更为温柔稳重的作品不太一样的是，那是一副以紫黑色调为主的天空画，大片大片的乌云里偶然露出些许白的天与高光。我向来欣赏紫色，欣赏它的神秘气质，可在 Charlie 的画中，它更具力量，更为魅惑，那云的堆积构建出由浅到深的隧道，里边泛着金色，又掺杂了粉红与蓝，还有无尽的其他，令我不自觉地想往里看去，根本移不开目光。我当时脑海里除了感叹词再没有别的想法。

Gillie 站在一旁，乐呵呵地看着我们所有人目瞪口呆。

之后又有一天，Gillie 问我平日里有没有空，如果闲的话可以去工作室里向 Charlie 学习请教，而她自己也将会常常在下边工作。我感到受宠若惊，自然不愿浪费这难得的与真正画家相处的机会，便立刻答应了（现在想起来，这应该是我前一年里作出的无数正确决定里最值得感恩的）。虽然在新学校里，我在艺术上花的时间要比以前多好多，可课程里规划的毕竟还是偏应试，没有机会去实践一些突发奇想的灵感。但在工作室里我终于可以甩开这些束缚，随心所欲地发挥。怀揣着这样的梦想，我推开门，开始了这段旅程。

从那时起，每个周末我都会前往 Charlie 的工作室。最初我还会紧张，以为 Charlie 会有艺术家般的脾气，不敢上前去搭话，只战战兢兢地缩在角落里敬畏地看着她工作。Gillie 似乎看出了我的不自然，便特意怂恿我去向她提问。来回对话几次后，我才发现根本就没有必要顾虑。Charlie 十分亲切，和我们说话时不但温柔，还总是会带上大大的笑容，令人舒服。我们很快就成为朋友，我也越来越频繁地开始向她请教。

我发现自己在每一幅画的开头都十分不自信，总觉得笔触和用色像极了小孩子的手笔。这让我十分沮丧，觉得自己怎么做都不顺眼，也就愈发烦躁起来，难以进入状态。Charlie 总会在这时鼓励我，让我不要拘束，随着性子来，大胆地放开画，不要在意对错。我对 Charlie 的天空系列一直抱有好奇，很想知道她究竟是如何开始那么大幅画的创作的，想看看那复杂厚实的层云最下面是什么样子的。她笑着解释道："其实在一幅画的最初阶段时，我和你现在在做的没有任何不同，都是自由地大面积铺色，完全不用担心后续该怎么画。"那时我还有所不解，不懂什么样才算"放开"。直到亲眼见证 Charlie 下一副画的开头，我才如梦初醒：噢，原来这就是自由。只见她面对着庞大的画布毫不胆怯，随心所欲挥洒刷子，大块大块地填上最鲜亮的颜色，不讲究规则，只凭照片给她的第一印象来；湿答答的颜料不停地滴落，上边的红色融进下面的蓝色，于是造就了紫色的纹路，像极了细长的海星臂膀。这样子的创作才畅快啊，我想到，横冲直撞的不羁，不加束缚地释放想象，尽力地向外伸展拳脚。精细的活儿不是说不好，可倘若只专注于临摹出与照片一模一样的人像，从角落开始一点一点地磨，甚至还用上了框架和公式，不免太束缚自己的手脚了，这样的创作少说都失去了部分灵魂。

除了美术上的顿悟，在工作室里我更是第一次体验到那种只有画画人才懂得享受的氛围，那份艺术家之间独有的宁静与平和。当工作进入状态时，我们相互可以好久不说话，只听角落里的收音机轻声放歌，每个人都沉默着专心投身于眼前的画作，暂时忘记了身边的一切。虽然我加入美术的行列已经有几个年头了，可这般令人舒适又能专心的环境我却极少遇见：国内的画室人太多太嘈杂，在家里又找不到灵感，学校更是因为社交而无法专心。与 Charlie、Gillie 一起工作却是例外，我发自内心地热爱并享受这份令人舒服的安静。我们之间不需要言语，与此同时却又能心领神会一直默默激励着自己的同伴，从而更为专注、奋进。

我是三人中比较容易走神的那一个（没有办法）。有时就是觉得刷子与画布摩擦发出的"沙沙"声太迷人，会禁不住侧过头，钦佩地欣赏 Charlie 用她的大刷子从墙般大画布的一端打着圈刷到另一端——这也是她最热衷的工作方式，叫 dry brushing，便是用极干的笔蘸上一点点颜料在画布上抹，特别适合表达融合与叠加（我特别喜欢她的这种方式，之后也尝试了一副，画了母亲拍摄的晚霞，用了最鲜艳的的红与蓝，也成了我最自豪的作品之一）。

不过这个工作室也没有那么不食人间烟火，除了沉默、鼓励与建议，我们三人之间也会常常闲聊互动。譬如每一次Charlie都会主动给我们泡茶。那是差不多专心了两三小时，我们也都开始累了的时候，她会拿出最袖珍的烧水壶，向我和Gillie喊："有人想要喝茶吗？"最初我还蛮拘束，会推辞说不用麻烦了；可随着我们逐渐熟悉起来，我也就不再客气。"我要红茶！""我水就可以了。"我和Gillie分别回答道。小小的水壶很快就煮好了水，刚好够我们三个人一人一杯。Charlie把杯子放在我画架边的小桌子上，对我一笑，我轻声向她道谢。

"你想不想要加一点奶呢？"Charlie有一次问道。我觉得不错。她又说："不过我只有豆奶哦，你介意吗？"我知道豆奶和各种植物奶在英国非常流行，却从没有机会尝试，便同意了。"有些人第一次喝的时候会感到有些奇怪，但是我非常喜欢这个味道哦！"Charlie边往茶里倒豆奶边说道。然后她把杯子递给了我。我闻了闻，的确没有牛奶特有的奶味，反而有股清香；再喝，第一口热茶刚咽下喉头，我便不由自主地赞叹起来：好喝！真的非常出乎意料啊，由于喝惯了普通的奶茶，不禁觉得豆奶与红茶的结合太过质朴，竟让我想起了大地与丰收；同时我还感受到一种温和，如同我们现在的这个画室，简单，安静，却又快活，充满希望。（虽然这样说有点令人起鸡皮疙瘩，但我还是想提）直到如今我都还偏爱在红茶里面加豆奶，虽然它不再能带来初次体验时的惊讶，但那种温暖却仍会在不经意间让我想起Charlie以及与她一同工作的日子。

Gillie 偶尔会带蛋糕，在喝茶时便会拿出来。只见她坐在椅子上，费力地弯下腰，从包里掏出一团蓝色纸巾，再费力地起身，慢慢地一层层揭开纸巾，直到露出里边的一小块巧克力蛋糕。接着，她会特意提高音调地问我们："你们要蛋糕吗？"然后睁着大眼睛从镜片上方看我们。Charlie 从我看不见的角落里喊过来："谢谢，但我不用了，我自己有带饼干。"我说："也许过一会儿吧！"Gillie 就说："那我就放在这里哦，你们想要就可以来拿。"说完便把摊开的纸巾放在桌子那唯一不被颜料沾染的小小的一角上，然后就哼着小曲继续开始她的创作。

Gillie 的位置在门口，离我工作的地方三米远。门与桌子之间的墙壁上正好有一个空档，她便裁下大小合适的画布，把四个角落钉上，把墙当作天然的画框（要是我以后有了自己的工作室，也一定要这么做，太随性太自由了，我第一次见到时便这么想）。有时候我画累了，会转过身看 Gillie 工作，她不太会注意到我，于是我便安静地盯上好久。

在那段时间里，Gillie 主要把精力放在一个有关"岩石，木头，断纹"的项目上，她用极为丰富的颜色来表现这些自然界里较为黯淡、易受忽视的存在，这在我看来特别有意思。我也问过 Gillie 关于她为什么会想要画这些，Gillie 笑着说："这个嘛，你不觉得它们很美妙吗？"说着，她举起手中的图片指给我看，"这些颜色多美啊！"的确，那木纹上的金褐色里泛着紫，甚至折射出宝蓝，还有火一般的红从底下透上来。真的是非常与众不同的角度呢，挖掘出了平凡中的璀璨。我看向Gillie，她正睁着大眼睛抿着嘴笑，似乎是在急切地等待我的赞同。"的确啊，真的很漂亮！"Gillie 便摇晃着脑袋，乐呵呵地继续画下去。

我转回头，继续涂抹我的大理石。画什么其实不需要理由，只要是热爱的事物都可以成为画笔的对象。至于从审美角度来讲，借用罗丹罗兰的话，生活中并不缺少美，只是缺少发现美的眼睛。其实我也喜欢表现较为抽象的东西，而不是实实在在的花草人物（当然作为基本功的训练，写实还是必不可少的），岩石的裂缝、大理石上流动的线条与色块是最令我感动之物，似乎在那纹样的后头有一个想象之外的世界，我们被允许去探索，却永远无法触及其尽头。

可也是因为这类与众不同的喜好，我遇到了其他人的批评。有一天晚上，霍莉悄悄地和我说："今天在美术教室里时，我听见老师们在评论你的 sketch book，他们好像不太喜欢你在做的东西；还有俄罗斯女生阿里，她对你的作品说了很不好听的话。"我当时的项目叫做"Surface"，我正在尝试运用各式非常规的材料来表现，譬如石膏、液体乳胶等。我对自己的这番研究还是很满意的，丝毫没有想到会收到批判。那个晚上我很失落，可又想到 Gillie 的话：只要你认为是美的事物，便都能成为灵感。每个人的艺术形式都极为不同，都有所爱与所恶的风格，一些人所反感的地方在另一些人眼里会是最出彩的部分。没有一幅作品能够取悦世界上的所有人，所以完全没有必要因为几个人的说辞就失落放弃。夜晚，我在灯光下轻轻摸着本子里的 sample，感受着石膏与帆布结合产生的纹理，这是我态度的展现，没有什么错的。

很多人说艺术太空，是只能意会的东西，这没有不对；但倘若因此就断定没有学习的必要性却是致命的错误。艺术的学习不是为了画出精美的画然后卖钱——当然要是能就此谋生也是好事——而是找寻自己、抒发情绪、传达感悟、探究美与存在的意义：你可以是一个愤怒的舞者，用热情吓退所有观众；

可以是一个孤独的诗人，所用的文字令所有恋爱中的青少年热泪盈眶；也可以是一个天马行空的画家，渴望用斑斓的色彩征服世界——而这种种可不是金钱能够简单做到的。

再回到工作室的话题，人活着最振奋的时刻不就是与志同道合的人一起奋进吗？《诗无尽头》是我最痴迷的电影之一，而最重要的原因便是里面所展现的 artists 集合地——那儿简直是我梦里的乐土——这栋房子里有舞者、音乐家、画家、行为艺术者、诗人等，艺术是他们沟通的桥梁，他们互相只有毫无保留的欣赏与包容，不存在批判与比较。而与 Gillie、Charlie 共同工作，我的梦第一次真正实现了。我们共享着对艺术的热爱，一起在鼓励中前进；这之中再没有前辈与晚辈的分别，在那时刻，我们都是艺术家，都是自由的灵魂。

我明白，相比较《诗无尽头》里的艺术家来说我是再正常不过的普通人，可我仍由衷地期待有一天我也能够像他们一样找到志趣相投者的集聚地，像他们一样无所保留地骄傲地展现自己。

2018.10

面对死亡与美丽我们截然不同的信仰

今天的夜空很美，洒满了星星。舍监妻子还特意为我指出了银河的所在。沿着手电筒的光望去，真的隐约能见到那片微弱的璀璨。我们都不介意一直抬着头看，直到脖子发酸，毕竟是真实的赏心悦目，可话说回来，其实只要不下雨，每一天晚上都可以如此，只是平日里的我们是千万都不会主动走出门去看天的。纵使知道美丽的事物就在身旁门外的不远处，人们就是懒惰到不愿意推开那扇门。去到篝火的所在地要走接近二十分钟，舍监叮嘱要穿暖了，我们便纷纷披上最暖和的外套，用手机打着光走进黑暗。

穿过木屋前的足球场后，我们进入了森林。我心里升腾起一种异样的兴奋，走进半夜的树林是我渴望多年的愿望，总觉得它过分地充满了仪式感：巫师的法术、时间的穿越、异世界的入口，似乎都与漆黑的树林有着千丝万缕的联系；精灵、迷宫、兽人，太多魔幻色彩的造物都以此为原型，却也全是我的最爱。听着晚风擦过树梢的声音，我幻想着背后狼在啸叫，蝙蝠群飞过月亮，会动的影子侵吞着大地，老树无声地藏起了我们走来的路，于是再也不能回头……

胡思乱想影响了我的步伐，不知不觉地，我落在了队伍的最后面。回过神时，我与其他人之间的距离已经不小了；下意识地往后看，发现世界漆黑又可怕，不禁毛骨悚然，担心藏在其中的怪兽就要睁开血红眼睛，赶紧扭回头，快跑着去追大部队。

舍监在与本地学生聊些无关紧要的事，我没有加入，默默地在旁边专注走路，却再也不敢掉远了。麦吉原本走在前半组人群中，见我独身一人便来陪我。我冲她笑笑表示感谢，有人陪伴其实永远是比一个人待着要好过的，特别是在伸手不见五指的树林里。由于感到好冷，我没有再举着手机照明，而是把手插在口袋里，也是因为这样，我好几次没注意到地上凸起的树根，差点绊倒。麦吉靠拢来，把手中的光往我的方向挪了挪，眼前顿时明亮了几分，路上潜在的危机暴露无遗，也就不存在威胁了。

终于从某一刻起，我发觉脚下踩着的不再是泥土，而是坚实的水泥地面，想来目的地就在不远处。

这时，我注意到了光芒，不是来自手机的照明，不是来自月亮，而是来自侧过头后，我看见的那座嵌在夜色里的教堂。教堂的四周包紧了无暇的黑，只有从它脚下投上来的灯光，微弱地照亮了它灰白的墙砖；十字架延长的剪影无章地散落在教堂的边缘处，与平整的屋檐形成动人的反差；拱弧的窗户里也是满溢的黑，仿佛是夜色在从我看不见的另一侧涌进教堂，填满了里边空间的每一个角落，此刻正打算从这一边倾泻出来。

虽说是墓园教堂，这时却没有为我带来丝毫的不祥，相反，因为见到了它，我甚至感到平静与安定：脚踏实地的放松，落叶归根的舒坦。

我热情地叫麦吉来看，可她却觉得害怕。我说："你不觉得一个人在废弃破旧的教堂大厅里，靠着生锈的管风琴，脚边都是枯萎腐烂的玫瑰藤，身着黑纱孤独地死去，是一件极为浪漫的事吗？"说着，我的脑海里浮现了哥特吸血鬼电影的伤心结局，不禁美醉过去。

麦吉显然被我的话吓坏了，她一脸惊讶，表情中还透露着一份厌恶："当然不认为啊！究竟是什么心理变态的人会认为那样浪漫啊！"说着，她摇晃着满头蓬松的发。

我暗搓搓地笑了："那你最喜欢什么样的死法呢？"

"我会希望我爱的人、亲人都在身边吧。"麦吉想了想，最后说到。很正能量的标准答案，和我想象中她会说的一模一样。

回到自己的脑海里，我继续这一话题的思索。对于离开世界的方法，除了上述的古堡吸血鬼式以外，我最钟意的其实是"天上天下唯我独尊式"：独自一人走进下着暴风雪的苏格兰岩石山，用不着穿很厚，也不用背包，就沿着石阶一步一步向上迈；翻过石栏，走过半山腰冰冷的湖，到连羊群都上不去、植被都消失尽的最高山坡上去；走累了就随重力倒下，不用挣扎，就这样睡去，从此消失在灰白世界里。

不禁注意到我的答案都有一个前提，那就是一定要一个人：我不太愿意与别人分享死亡这件事，总觉得这是人一生中唯一一件只能靠自己做好的事。去世时身边亲人朋友多了反而会感到委屈吧，总以为还有太多挂念，太多遗留的梦想，太多见不到的希望，便难以轻易撒手而去，不由得希望自己能够继续待在人间哪怕是再多一秒，却无济于事，只能在心里流着泪，在无声地唾骂死神之际极不情愿地断气。对我而言这样的死亡是很痛苦的。如果真的可以选择，我更愿意迎着北冰洋吹来的风走上大雾弥漫的山，躺在结了白色晶体的石头坡上——在生命最后一刻时只看见大自然最凄美震撼的景色，头脑里再也放不下任何其他念头，所有人间的杂念、无意义的悲欢离合在这短暂的时刻都荡然无存。就在这一霎那，灵魂离开肉体，思维来到宇宙，生命归为灰土，美哉。

不过我会希望告别，越隆重越好，越热泪盈眶越好。这里不得不提我人生的终极梦想，那便是见证自己的葬礼。听着是有些可怕啊，但我的确有这样的想法：提前按照我的设计做好一切安排方案，如主题啦、遗产啦、邀请名单等，接着我会买通医院来作假，然后葬礼时，就站在高高的房间里透过窗户往下看，或是混在人群里当作无人问津的老头，偷笑着看亲人朋友的哭泣（如果他们在笑的话就尴尬了）；我想亲耳听到每个人的悼词，看他们在我还"在世"时有什么羞于开口的评论和爱（说来也遗憾，葬礼的主角明明是棺材里的那个人，可他却再也不能知道自己最后的仪式上究竟发生过何种感动）。葬礼过后呢，我想就一个人搬到某个美丽的与世隔绝的小村庄、小岛，或者是西藏，养一只猫，扫一个花园，度过余生。

到了这儿，我的嘴角不由自主地弯起弧度，想得真美。

收敛起不知跑到宇宙何处的心思，我把注意力放回到脚下的路上，又一次提醒自己今天的主题：看篝火与烟花。走着走着，不知不觉地，身边的人多了起来，显然和我们都是向着同一个目的地。越来越多的闪烁着强光的手电筒晃现，人群嘈杂的讨论声也响了起来，仿佛整个银河系坠落在眼前，都市搬进了森林。我感到失落，以为有种追求甚久的感觉又失去了。

这时候，我注意到不远处那片暗红色的天空，好似《银翼杀手2048》里那个红沙漫天的情景，这显然是被来自地面的光源照亮的。我看见高过树梢的烟雾埋葬了月亮以及光年外恒星的亮。再往前走几步，拐过最后的路口，当视线不再被路两旁的树遮挡时，当那条写着"HOLMBURY BONFIRE"的横幅被前面人的手电筒光打亮时，我总算见到了篝火。

这和我想象中的截然不同！原以为这所谓的篝火晚会只会是人们围着小小的火堆唱歌跳舞，买根热狗倒杯巧克力坐在树桩上与好友聊天那种规模，我可丝毫没有预料到它的体积居然能这般大！我想说就算把整栋木屋给点燃了也达不到此时辉煌的一半吧。我激动地看向麦吉，只见她也和我一般兴奋。

走进入口，我才意识到此次活动意义之重大。那大火前挤满了人，他们就像不怕烫一样想离它越近越好。我们没有办法再靠近了，便待在最外侧的小吃摊前。我努力地踮起脚想从人群的肩膀上望去看一整簇篝火，却是徒劳。也许是汇聚了整个山头的人吧，我往后退了两步，感叹到，又联想到过年时的庙会和伦敦 Supereme 营业的第一天。

我有些入迷，看着无规律跳动着的火舌，注视着被热气扭曲了的空气与背后漆黑森林的影子，想象随之翻腾起来。旋转的火星在上升过程中爆裂，继而化成无数的亮点随着气流飞得越来越高，往树的方向飘去，它们是精灵，是柴源源不断失去的灵魂。说起灵魂，我不禁担心起要是某一火星过于燥热，点燃了树叶，引起锁链式的森林大火该怎么办？人群会尖叫着四处逃窜，小孩子的哭声此起彼伏地响起，大人们你推我撞，不免有可怜的跌倒者被践踏在脚下；最快最快的赛跑者可能夺得一线生机，闯过那扇藤蔓的门，头也不回地跑去；可对于其他人，火焰会从容地提前到达每一个出口，用最滚烫的笑脸迎接他们；有鲁莽的挑战者想要尝试，他们不听身后女人的哭喊，硬生生地冲进火焰之中，他们以为那火仅一堵墙，后边就是安全的完美世界——只可惜他们错了，燃烧的背后只会是愈加猛烈的烧灼，于是满身皮肤逐渐化为焦炭的猛者开始同女人一起尖叫，他们连拥抱告别的机会也没有，只可惜哭泣哀求声在火的残忍下一文不值；其他胆小的人往我们这边挤来，他们天真地想只要远离火源就安全了，却忽视了空气中传播的死亡，那弥漫着整个空间的暗红色可不是单纯用来营造恐怖绝望氛围的滤镜，而是死神用来杀死你的最小的工具；当我们之中最小的女孩哭干了最后一滴眼泪，蜷缩在母亲的怀里睡去后，总有那一秒钟，一氧化碳和各类美丽色彩的粉尘会取代氧气的地位，充盈所有幸存者的肺泡，于是除了旋转的火星还在继续没心没肺地上升，继续发出噼啪的声响以外，这块地方就再没有别的声音或活着的灵魂了；赭色的天空见证了一切，却什么都没做，一滴雨也没有放下，它继续蔓延，直到与黎明的第一缕光合为一体；又是崭新的一天。

我问麦吉要不要去买点吃的。女孩说好，我们便走近那挂着灯带的白色帐篷，来到长队伍的末尾。真像游园活动呢，我环顾四周，打量着前边有说有笑的人。一个小男孩趴在父亲的肩上向后好奇地张望，正好和我对上眼神；买完咖啡的女孩们高声聊着校园闲事从我们身边走过，其中一人不小心撞上了麦吉的肩膀，她立即热情地抱歉，接着又加入了伙伴们的对话之中。我看着一个买了条热狗的人正狼吞虎咽着，愈发感到饥饿。

就在我伸着脖子数前边还有多少人时，听见帐篷里围着白色围裙的红发阿姨对面前的顾客很抱歉地说道：我们没有Mulled Wine 了。那个顾客一脸的失望，我也是，不由得抿起了嘴唇，连忙回头告诉麦吉这个坏消息。"那我们就来点其他的吧，我什么都可以。"她没有很大的反应。"那就红茶加奶吧，两杯。"排到时我这么说到，又抬起头看着写满诱惑菜单的黑板，"还要两根热狗！"红发阿姨向我点头微笑，立马着手准备。之后我才意识到红茶和热狗是那时他们仅有的食物，花体字的黑板只是用来装饰而已。我用纸巾裹上热狗，又在上面挤上番茄酱和黄芥末酱，也为麦吉挤上番茄酱，不过她不要黄芥末酱。

我喝一小口茶，还滚烫着，便含在嘴里，过了几秒才咽下；热气凝结在我的镜片上，不过瞬间便退去了。又咬了一口热狗，把那小半截漏在面包外面的香肠啃掉，首先满足嘴巴与胃对肉食的呼求。这才是个像样的入冬模式，我边咀嚼边想到，倘若背后不是凶猛的大火，而是迪士尼的城堡或者摩天轮，这定会是个极其温馨的情景，会令人想要把头侧往一边的肩上，然后发出"ow"的声音。

我们在烟花表演之前结束了晚饭。用那张沾满黄红酱汁的纸巾最后擦了次嘴，将它扔进角落的纸箱里后，我走回麦吉身边。

说起烟花，都会想到新年，想起好几年前当烟花还没有成为违禁物品时孩子们的喜悦。

这还是第一次在异乡看烟花，作为中国人我有一丝骄傲，对于烟花成为全世界喜悦庆祝的象征感到满意；另一方面，我也有暗搓搓的小心思，以为见识过了国内烟花以后，这边的应当不值一提，就当看着玩，饶有兴致。

"砰"地一声，第一朵烟花开在了天上，那是一发橘黄色的，没有特点甚至有些杂乱，残缺地出生又同样萎焉地消失，只留下擦过天空的灰烬被篝火的光打亮，消失在接近树梢的地方。我的嘴角露出了坏笑，一副意料之中的样子。殊不知，我的这份高傲的自信心将在接下来的五分钟里迅速瓦解，直到粉末都不留下。

紧跟着首发的升空光点目不暇接，此起彼伏地绽放出五彩又清澈的烟火。这些开幕式时的花火并不张牙舞爪，只含蓄地用了单一的颜色，可仍旧震撼，每一道金黄、靓蓝、粉紫都恰到好处，直直地撞击在舒服审美的红心上。那炸开的火星里除了绿色的光像金平糖一样有丝沉重外，其余的皆是干净利落的光弧，无比整齐爽快，宛如黑夜是一块打火石，而那烟花是摩擦时生出的星火，转瞬即逝，又无痕。冷风送来的烟尘气息似乎在嘲笑我的无知，我有点惭愧，认为自己不该过早地作出荒唐的判断。

伴着庄严的协奏曲，十字架和罂粟花出现了，标志了主题：铭记历史，呼吁和平。虽然这不是我或者我国家的战争，却还是怀抱了由衷的敬意，跟着人群一同鼓掌——这是我唯一能做的。

曲终之后，晚会来到了高潮。

本以为这和之前一样只会是两三分钟的视觉盛宴，我便拿出手机录制。可烟花却似乎停不下来了，无穷无尽地一个接一个地绽放，五光十色，斑驳陆离；却又是递进式的美丽，越往后越壮观，像是史诗的歌剧，从天地之建写到诸神之战，期间没有任何一个弱下来的音符。我的心潮也越发澎湃，心跳越来越快，这是好久没有的感动了；可与此同时我又是静止的，一动也不动，纵使举着手机的手臂开始慢慢发酸，也丝毫不敢摇晃一分，怕影响了日后回放时的二度感动。

我能体会到在场的所有人都和我分享着相同的激动。我看见怀抱着母亲脖颈的孩子向父亲笑着，父亲的眼神里充满慈爱，伸出手搂住妻子，在儿子的脸上亲了一口；头发花白的老夫妻紧紧握住彼此的手，再颤抖也不愿放开，我注视着他们眼睛里反射的亮光，那波光粼粼的似乎是泪花，他们上扬的嘴角和爬满皱纹的脸上写着的兴奋和孩子的没有任何区别；情侣们纷纷拥抱，女人把头靠在男人的肩上，握着彼此的手，看着彼此的脸，望着彼此眼眸里的星火，在这一霎那就希望能像这样过一辈子。没有一个例外，今晚没有人不被这烟花所打动。世界上美的事物太多，可能够像烟火一样带来不分年龄、阶级之感染力的，却太少，这也是每一个迪士尼乐园的每一个夜晚都会有烟花表演的原因吧。

这时，麦吉对我说："真希望我能有男朋友，这样我就可以和他在烟花绽放的那一刻接吻，那将会多浪漫啊。"我笑了，真是一个少女甜蜜的梦呢。

我回答她："但是你们要是在那个时候接吻了，可不就看不见烟花绽放的那一刻了吗？这不是莫大的损失吗？"我想起爆米花电影里的桥段，当情侣贴上对方的嘴唇时，背后那代表了两人内心化学作用终极碰撞的烟花也正好绽开，没错，作为观众，我们会因为这番呼应带来的爽快而感动到欢呼，可要是设身处地地想，接吻的二人看不见烟火，只能听见"砰砰"的响声，虽然他们在不停地告诉自己此时是一个极为浪漫的环境，但心底不免感到异样，甚至会有身在战场的错觉，以为那是炸弹的协奏（电影里可真有这样的设计，譬如《无敌破坏王2》和《海王》）。

我没有把脑中后半段的想法说出来，因为知道这绝对会引来麦吉无穷尽的白眼——但这的确是我对此的看法。

烟火的谢幕是今夜最叹为观止的，在我看来就是奇迹，没有别的词可以形容，是人类能够在天空画布上留下的为数不多的能与极光、流星雨媲美的痕迹。它发生在一系列连贯闪烁的小烟花之后，短暂的两秒是人们被吝啬给予的心理准备时间。只听见"噼里啪啦"一声，三发光弹在天空一齐绽放，吸引了所有人的注意力，以至于没人预料到它们只是铺垫，为的是将另外五发送上更高的地方。这些更高位置的烟火又炸出了千万光芒，波及的范围竟是人群所在位置头顶的整片天空。那是场烫金的雨，所有人都明白它们永不可能降落，却仍渴望沐身其中，染上哪怕是一丁点光芒。倘若耶和华或是如来真的要从上边下来看我们的话，夹带的圣光也顶多如此吧，至少我的想象力是到了头。可这压轴好戏真正非同寻常的地方却在于它的持久力。那千万火舌并没有转瞬即逝，而是停留在空中，还在不断地向外溢着。似乎时间被放缓了，世界开启了慢速摄像头——可我们观众明白这不是，因为与此同时小烟花仍在绽放，三发红的，紧跟着的是大红圆圈。那圆完整地让我渴望尖叫，没有一点亮突兀地落在外边，皆完美地遵循着设计的轨迹。不由得佩服起烟花的工匠，这需要多么精准的计算和设计啊。只可惜它们不像那布满天穹的白色烟火一样流连，而是在完成圆的一瞬间消失，率真，令人骄傲。

再美的事物也会有尽头，再慢的长镜头也会拍到结局。金色的雨拖沓着消散了，最后的那两三缕流星扭曲着身子在下坠时分解成闪烁的点，也隐于黑夜了。这本该预告着完结，可设计烟火的人却在这时又突如其来地加了两三个小烟花，人们都还沉浸在方才的想象空间里，还没反应过来它们便匆匆结束，像是恢宏协奏曲结束以后钢琴家的即兴表演一般，让华彩的逝去变得不再沮丧伤感，甚至还想"噗嗤"地笑出声来。这之后，天上再没有别的动静了，人群却还安静着，心里仍暗暗期待是否还会有惊喜。不过这回是真的结束了。

　　人群终于开始欢呼，雷动的掌声仿佛是想再延续烟花声的辉煌，可是地上的声音怎么可以与天上的相比呢？

　　此时我已全然说不出话来了，甚至忘记去按摄像的停止键。先不提我对于自己先前作出的致命错误判断感到无地自容——不，我现在已经没有心的空间或是脑的容量来让我感到内疚或是惭愧了，因为我浑身上下没有一个细胞里不充分塞满让人激动到热泪盈眶的物质。

　　怎么也没有料到我竟然会痴醉于异国烟火，还是五体投地声嘶力竭般的佩服。此时倘若要与我争论何为世界上最美丽的事物，我必会说烟花，而今晚就是最强大的证词。

　　在回木屋的路上，我对这样一个问题的答案产生了好奇：人们会选用怎样一个具象的词来形容极致的幻想与美好？

　　如果在今晚问我这个问题，我会毫不犹豫地回答"烟花"，因为它具有宏伟的光与色彩，以及无尽的遐想空间；可最重要的还是那份转瞬即逝，从绽放的瞬间到化作乌有，仅靠这几帧的时间就能最大限度地使瞳孔收缩，让人汗毛战栗；却又连那阵从脚痒到头的酥麻感还未过去，就匆匆消散了。像一个网不住的美梦，观众只能对着黑夜心怦怦跳。可就是因为遗憾，幻想才有了必要性。

但我明白这是触景生情的结果。

问麦吉这个问题，她的第一反应便是"爱情"。我摇摇头，强调要"具象"的东西。只见她陷入沉思，安静地走着。过了一会儿，她说："那就吻吧。"

我没有问原因，太一目了然了。到头来还是爱情，抽象的或是具象的标志，都离不开 love 这一经典、永恒、万劫不复的话题。我能够体会到这里面的情绪，麦吉可以说是我身边朋友里最向往爱情的，她的初衷也像她人一样纯净，只为了爱情中最粉色甜蜜的那部分：陪伴、牵手、拥抱、吻。

听着脚下枯叶破碎的声音，看着眼前无尽的黑色树丫长廊，突然，我记起了平日里我会给出的答案，那便是"童话"。

总是发生在中世纪，那时还有魔法和城堡这些东西，整个世界都上着黄昏旧书似的滤镜。玫瑰都还是野的，纠缠在护城河和高塔之间；仙女教母是存在的，她们的魔杖能够完成一切愿望；王子最浪漫地追求着邻国公主，把爱情刻上浮雕；乡村里的小人物辛劳地生活着，为了一块面包需要纺一车的线。那时还没有科学的毒害，所有人都依靠信仰单纯地过着日子；也没有蒸汽机或是电，工匠便把时间统统交给美与艺术的事业。

有那么一点点的黑暗，总会有秘密、私生子、交易、诅咒，就像眼前这森林，总有见不到光的角落和夜晚。可未知与神秘也都是幻想的一部分不是吗？不知道前方究竟是迷宫还是女巫的法阵，有一丝害怕却仍止不住好奇心，停不下脚步，还是想扒开一条又一条枝干往深处看进去。

我一直认为我不适合现在这个年代。要是更未来些，当宇宙探索已成为日常，外星人已和人类接触时，我倒也能欣然接受。可现在什么也没有，看惯了已知，未知的还太遥远，不免渴望回到过去。我觉得这是尽头的奢望，恨不得现在就能穿越时空来到某本童话书之中，不要求《爱丽丝梦游仙境》，就连《蓝胡子》《侏儒怪》都心甘情愿。

说到底这是逃避，潜意识里憎恨日常与我们活着的这个宇宙，于是假想出一个完美的地方，认为它充满平时得不到的希望与美丽；与其说这是一个愿望，不如更像一个挂念，一个脑海里设计出来的累了空下来时给自己灵魂休息的场所。

不止我一个人给出了此类答案，好友里有人回答"独角兽"，还有的用典"桃花源"，其实说明的都是一模一样的想法。

有一类回复是真正具象的东西，譬如"床""跷跷板""柠檬茶"。他们是热爱生活的人，满足于日常和玩耍；他们还惦记童年，那个不同于童话，是建在回忆里真正存在过的片段。我很是羡慕，要是自己也这么容易满足就好了。

初中时关系颇好的一位女生回复道："罂粟。"令我怅然。明明是对流血战争的纪念，却被认作为美丽的象征，真是讽刺，但也不无道理。一想到碧蓝的天空反射着无边罂粟田的鲜红，无意间开始念起背后的历史诗歌，战马还在嘶鸣，金属号角一成不变的音符还在耳畔回荡，究竟是为了赞颂烈士还是歌唱搭建在尸体上的未来，每个人都有不同的翩翩联想。

第三类答案来自最世俗之人。他们最知性地明白自己想要什么。他们眼里的世界极其简单，甚至通透到可怕，以至于有意义的，值得花上一辈子去追寻的，逃不出"金钱"、"酒"、"性"。要是这些回答来自工作了十几年的，此时已经三四十岁的大人，我倒一点儿也不稀奇——可我的朋友全在二十岁以下呀，甚至绝大部分都没有成年，这就有点令人唏嘘了，叹他们太老成，该幻想的年纪就这般现实。

我不知道该不该把"初恋"归给这一组，有时以为它是"爱情"的一部分，便和"性"连上了剪不断的关系；可有时又觉得"初恋"与"跷跷板"象征"童年"这一情绪别无二致，给人带来像曝光过度一样洁白的幻境，给人酥酥痒痒的幸福。

最后还有许多故意忽视题目的朋友答了许多空空虚虚的东西。譬如"圆满""未来""死亡""妄想症""橙""背面"等，有的过分快乐，有的格外悲伤，还有的则反映出更为复杂的细腻心思。

说到底任何答案都不会有错。就和审美、世界观、价值观这些东西一样，没有人会对美啊幻想啊这些虚无缥缈的东西怀揣一致的标准，于是造成了每个人这辈子奋力追求的也不尽一样。可尽管如此，我却仍有偏爱的答案，它来自 Lana Del Rey，唤作"蜜月"。

2018.11

在克兰里的一小时

我时常会有自闭日。突然这一天就不想和其他任何人说话，只想一个人待着，戴上耳机，坐在桌子的最角落，眼睛狠狠盯着没连上网的手机屏，却对世界上的其他部分一点儿也不感兴趣。从没有特意选过日子，渴望独处的感觉总是突如其来。有时原因可循，如 Lana Del Rey 又出了一首新歌，可大多数时候是没有征兆的。

2019 年的第一个自闭日却是因为三毛。在这里给读者一个最忠实的建议，那便是千万不可在上学工作的日子里看《梦里花落知多少》，因为它实在太过悲伤，会让你难受到忘记社交，忘记抬起头对坐在你对面吃饭的人笑。

我从来不在星期四下午去克兰里，可那一天下课后我却径直走向了巴士，没有在思考，就像行尸走肉一样，却记得带上了那本散文书。

下了车，我不知道该去哪儿，本来就没有目的。看着其他同学纷纷走向那条共同的道路，我知道那个拐角处是 Boots，再往前是 Subway 和披萨店，继而是两家便利店，终结在 Costa。惯性带着我往那个方向前进了几步。可我今天不想往那边走，我的心对我说。

于是我停下脚步，转过身，走向停车场的另一边。其他辆从我们学校来的载满无正事可做的学生的巴士从我面前开过，我没有停下脚步，就擦着车子冰凉的铁皮过去了。雾气糊着车窗，只看得见里面某个穿着艳丽的女生或是男生身上的亮粉色。

走出停车场，我感到有些凉意，拉高了绿色毛衣的领口，恨不得把脸也埋进温暖的人造纤维里。就是这时，我突然有了去画廊的欲望。

从下车开始我就听着 Panic! at Disco 的 Fairly Local。I'm fairly local. I've been around. 想起自己来到英国已经有一年半了，克兰里更是数不胜数地来过，我在某一霎那肯定恍惚地以为过我属于这里吧，在某一瞬间发觉起身边的一切都那么亲切，便有了渴望在这里住一辈子的错觉。

我不知道今天画廊里会展出什么，只希望能够有点东西让我看。上一次来还是因为自己的画正在参加一个叫"A Splash of Colour（一抹色彩）"的比赛，而强迫着同学来给我投票。

走进艺术中心，来到展览大厅，幸好，挂着一圈的画。大厅里坐着两桌穿着正装的人，看起来像是在谈论公事，我调重了耳机的音量。

这一次的主题叫做作"The Echoing Space"，作品都是一致的风格，有点像印刷品，再加上各式几何图形的层叠。这类作品说实话最难把握，我有亲身体会——做得成功了，会格外赏心悦目，一不小心就半只脚跨进了大师的行列；而大部分情况却只会和幼儿园孩子的手工作品一样。

我走了一圈，的确，有好多副可爱得让我想起了表妹近期的作品——她真的是一个有艺术天分的孩子。我在一副紫色的兔子面前站了很久。它闭着眼睛，身上有着红色的笔触和浅紫色宽宽的线条。它背后是深红色的，像是一滩血泊。是一只被猎枪打死的野兔吗，我想到。

整间屋子里我最喜欢的是一副墨绿色夹杂亮橙色的画。它没有像野兔那样写实，而是靠有意思的错位叠加组合吸引了我。它让我想到了早春。红色的剪影一看就是某种鸟儿，它们藏在新抽枝丫的树后面，很是惬意呢。唯一看不懂的是正中间的一块泛紫灰的长方形，可这幅画要是缺了它，反倒不再有意思。有时候就是需要一些没有任何意义的东西做陪衬，好的才能更好不是吗？最后我又看了一眼这幅作品的名字，Artventure Trust，不明白这究竟是不是名字。

走出艺术中心，我沿着轮椅通道不紧不慢地走下来。右边的土地上种着紫色的白菜，一看就是来自不毛大地的作物，此时因受不了灿烂阳光以及充沛水雨而萎焉，长着牙齿的叶瓣软塌塌地搭着，眼看着就活不成了。我和一旁绿色的野草一起讥笑它们，然后继续往前走。

我注意到路对面的宣传栏，便跨过马路去看里面写着什么——是哪里要开古典吉他音乐会还是又一次"跟着唱"活动？宣传栏里边只贴着一张海报，我打趣地读了读里面的内容：我们从 1170 年就开始帮忙情侣计划婚礼了——我们也希望帮助你们！

可宣传栏的后面却是一片墓园，甚至以我的角度看过去，海报上单膝下跪求婚的男士的正下方，正好立着一块墓碑。不禁令人深吸一口气，感叹到教堂两项最主要事业的结合竟是这般绝望。所谓"婚姻是爱情的坟墓"在这个无人在意的角落里被诠释得淋漓尽致。

离开了宣传栏，我没有像往常一样回到马路对面去，而是就沿着墓园的这一边往前走。

我掏出手机，感觉终于听腻了说唱摇滚，便换上 Florence + the Machine 的 High as Hope。用来静心，我只有两张专辑的选项，High as Hope 或是 Golden Hour。而后者太令人心情愉悦，不是我现在想要的心情。

耳机里的弦乐极轻地响起，被汽车缓慢开过的声音残忍地盖下去，直到好久 Florence 才开始吟唱。The show was ending and our hands started to crack. 而我总是把后半句听成 In my head started to cry，不知道原因。

我来到 Barnando's 的门前，可二手店的门却推不开。我看了看门前纸箱里的二手影碟，上边积了薄薄一层灰，和上个月比似乎一张都没有卖出去过。我无意地翻看，希望能找到一部以前看过的电影，然后可以惊喜地抽出，翻来覆去地看，再放回箱子里。我总是不会买的。

再往前走一些是一家餐厅。我从没去过镇里的任何一家餐厅，包括 Subway 和披萨店，一直以来就只去 Costa——还不是我自愿的，每次都是麦吉或是朱迪想去。这个时间的餐厅里没有顾客，于是我站定在窗户前，看着自己在红色墙壁上的投影，用手理了理翘起的头发——我是死活都用不会发胶的。

又经过理发店，以前去过一次，不建议，里面人态度不太好；走过邮局，我也去过一次；又是一家二手店，里面摆满了孩子的东西，没有兴趣。

下一家店正在装修，里面尽是白色的，白色的墙壁，白色的天花板，白色的漆，白色的梯子，白色的木屑，白色的工人，白色的噪音——唯有那扇窗户是透明的，拱出来一个弧，每一片玻璃都是不同的角度。人走过去，影子在上边分别闪过。我不禁倒退了几步，看着影子也颤抖着闪烁倒退；再往前走，它们又一片片地跟上来。

右边是枯木花园，再往前是永不闭馆的纪念雕像和罂粟花圈。我看向往常行走的街的对面，一张张熟悉的面孔闪过，认得的和叫不出名字的同学聊着天，笑着漫步；而我身边，前后左右，一个人也没有——可这似乎是我自己选择的不是吗？

这一瞬间，我没有继续往下走的欲望了。

不知为什么，一条街的两旁竟能如此不同，一个人的性格也是，怎能这般千变万化？还在思考这个问题，却发现自己已经穿过马路，加入了人潮。

此时耳机里放着 Sky Full of Song，专辑的第五首歌。 Take me down, I'm too tired now. Leave me where I lie. 我握着书的手不禁又握得紧了些，想着三毛该不该喜欢这句词。

我站在这家店的橱窗外，看着橱窗里的爱丽丝与火烈鸟出神。就冲着这一点，我走进店里。这是小镇里我最不常去的店，因为东西真的好贵，譬如一副普普通通的灰色手套就要四十或六十镑。

店内点着精油，不知名的味道，我不太喜欢，感觉太不自然。

环顾四周，发觉店的格局相比上一次来变了很多。摸着柜台上的一只玻璃骷髅头，将它拾起，发现是空心的，轻得让人担忧，便放下。又绕着摆满首饰的台子打转，这一次却一枚戒指都没有看中。这家店里男士的衣服都被挤到了一个角落里，无人问津，那我只能穿梭在女士的衣柜间，摆玩着轻飘飘的披风的下摆。

突然回忆起第一次和自闭女孩说话也是在这里。学校里她总是形单影只，在交际花追星姐妹堆里毫不起眼。她总是穿着那件浅绿色的羽绒服，带着好大一朵花的头饰，也因此受尽其他人暗地里的嘲笑。但她似乎丝毫不在意被孤立这回事，仿佛是习惯了，认命了。我感到小小的伤心，却也明白这不是一个外人能够帮上忙的活儿。

走出奢侈品店，手机又有了信号，这时我收到了霍莉的购物清单。本来我今天真的没有来小镇的意思，所以很遗憾地和她说帮不上忙；可谁知我会这般改变计划，总觉得不告诉她有点不够意思，便在出发的巴士上发消息提出帮她带东西。

走进超市，拎起一个篮子，我晃荡在货架之间。本可以就把单子给售货员让他们帮我去找，却不想，就想享受下——循着标签找东西的不紧不慢的感觉。

鸡尾酒香肠，划掉；巧克力条，划掉，唷，还是促销，便宜。

就在我搜索着烘焙用比利时巧克力时，意外地碰见学校里的朋友，是那个来自泽西的女孩，我向她报以微笑，她也向我安静地打招呼，就走开了，看样子也是一个渴望有些时候能独处工作的人。

看样子巧克力靠我自己是真找不到了，最后还是寻求了帮助。那位正在整理满满一推车货物的老先生瞥了我一眼，一言不发地走向货柜，为我指了出来。

走出超市，几乎到了小镇的尽头。我瞧见两名香港同学正坐在 Costa 外，里面则有更多人。我进到咖啡店，选了新款的香草摩卡，让店员打包带走。走出门时我喝了一口，比想象中的要苦。

三毛的书还一直被夹在手臂下。我看了眼时间，离返程还有二十分钟，便想找个安静的地方坐下。看了眼公交车站边的长椅，不禁回想起那个周六被困住的经历，便连走近也不敢地逃回了人行道的另一边。

枯木花园里没有人，从不会有人。我坐下来，看着那一棵孤苦伶仃的大树和一片都没有的叶子。树桠往所有的角度伸展，分出细密的支，接着再细，再密，直到远看过去编出了网。

我终于开始念书，继续看这本三毛写过的最伤心的书。果然第一次读时还太小，丝毫没能看透这平凡文字背后的悲凉与心酸。

　　走回停车场的路上我依旧在看，上了车依旧在看。看着她把岛上的家贱卖，把用品收藏品统统送人时，我合上了书，又打开，看了一页，又合上，闭上眼睛，头靠上窗户，感到鼻头一酸。想一次性体会全这女人最深的哀伤，还是太难。

2019.1.18

老死

三毛说:"人生那么短,抢命似的活是唯一的方法,我不愿慢吞吞地老死。"

荷西说:"你最近不正常,不跟你讲话。要是你死了,我一把火把家烧掉,然后上船去飘到老死——"

——《梦里花落知多少》

(一)

荷西漂在大海上,面对漫漫前路丝毫不在意。他不用桨,在这趟旅程中还没有花过一点点力气。他瘫在小船一侧的角落里,耷拉着脑袋,乱蓬蓬的胡子像是缠上木船的海藻,螃蟹与螺似乎能够栖居其中。

荷西举起自己的手,看着上边被火烫伤的痕迹,黑炭与水泡,它们早已不痛了。他又放了胳膊。

不知道为什么自己还会有精力,荷西多想此刻自己就是一滩烂泥,这样便能什么都不用想,什么感觉都能不复存在,什么都能得以忘却。他想起自己大吼着举起火把烧了自己的家,想起那白衣的身影晃荡在消毒水味房间的阴影里,还不够,还不够吗!本该哭到地老天荒的,本该哭尽身上最后一滴水,最后一克盐分的——可现在干涩的眼睛里怎么也挤不出一点液体。

对啊，荷西记起来了，他自己在十几年前就沉到海底了不是吗？他捂住眼睛。那为什么我还会知道这些呢？什么是真的，什么是假的？为什么死亡会丢弃不了未来的痛苦回忆呢？

（二）

船行驶的前头只有一条海平线，荷西看着夕阳一遍遍地落下，晚霞、白日、星空、晴空不断地交替，没有一方美得别致，没有一样比另一样更动人、多情。没有一方能再吸引荷西。要是艾蔻在这儿的话，哪一样都是最浪漫的不是吗？甚至不需要漫天雪亮的星星，乌云雷雨也是香甜的。

荷西顿时有了呕吐的冲动，只可惜他空荡的身体没能提供这资本。他想喝水，但他知道自己不需要喝水，他就是想。他把身子伸出船外。小舟向着他那边沉了沉，还不至于翻倒。

水是那么清澈，荷西看见了自己，不是倒影，而是自己那沉在水底浮不上来的尸体。水泡胀的肉体带着狼狈的青色，他真不希望艾蔻会看见他如此不英俊的一面，可这比挂在死人脚边的泡沫还要不现实。水是那么清澈，荷西感觉自己正在被别人全方面地打量，怪难受的。

接着他又看见另一个熟悉的身影，那蓬松头发的女人，以及，那悬在海底的尼龙丝袜。那是个再也没能沉下去的身影，就像那时再也浮不起来的荷西。

荷西呆滞地看着自己妻子闭上的眼睛。她还是那么温柔，只是再也不能流出任何一滴眼泪了。可是，这载着荷西的水不就是艾蔻的眼泪化成的么，托着他，让他生活；却又禁锢着他，让他无处可逃。他多想将手伸进水里，再次触碰自己这辈子最爱女人的脸庞，甚至跳下船去，紧紧拥抱着她。可他却怎么都使不上力气，伸不出手，只能眼睁睁地看着女人最后的样子。最后，可什么是最后，什么时候我们才能意识到"最后"的到来？

水开始变得浑浊，不知从哪儿传来的力量掀出了陡峭的浪花，数万里海沟下的泥沙都被卷起，掀到了海面，扭曲了女人平静的脸，又将她扯破，散在天体倒影那流动的光里。终于，不论再怎么努力盯着水面，荷西什么都看不见了。

这是遗忘的开始吗？轮回的第一关卡。荷西跌坐回小船的角落里，祈祷着希望自己可以不要忘却。纵使忘却之后会是释然，然后迎接新生，可荷西不想要，他只要艾蔻，他的妻子；他只想找回她，然后回到那个灰烬里的家。

（三）

漫漫无尽的漂流里，荷西思考了很多很多。

他沉浸在自己的世界里，紧紧地把自己锁在名为"回忆"的宫殿，纵使里面已经是一片废墟，寸草不生。荷西深沉地跪在后花园的最后一枚将死的玫瑰花前，对周围世界潜移默化的改变丝毫不加关心。

他的灵魂和肉体（那坐在小船上的身子）正在前往两条截然不同的道路，甚至在无意识中，荷西不小心探索了生命的奥秘。

仿佛驶进了安珀的世界，小船周身的色彩在流转与变换，天空时而碧绿，时而金黄，时而紫蓝；时而富贵，时而单薄，时而压抑。云朵的形状时而是蓬松的棉花，正常至极；时而像锋利的刀片一般，感觉在与风决斗；时而又像罗盘的旋涡，和一大个乳白色的银河倒扣在天上一样，旋转的触手缓慢地移动着，好似背后有人在默默旋钮。

可荷西的思绪根本就不在这个空间里，它飞得好远，全然无视这个世界的动静。他竟没有察觉到身下的小舟也在发生可怕的、不规律、不自然的形变。先不说它的材质，正在木头、金属、藤条、岩石、玻璃、宝石、反物质、压缩的空间时间、无名流体之间辗转，它的样子也越来越与"船"无关，越来越没有规整的态度，就像是一团软糖正在被无形的手当软陶泥一样揉捏着。在紫色的天空下，在收缩的鱼鳞状的云下，它像是一张干枯爬山虎编织成的吊床，载着它的水也被秋风所代替，摇摆着荷西，希望他能够入睡。荷西闭上眼，他再睁开眼时，天水相交的地方燃着喷着岩浆，天空像是倒过来的火山口，悬着无数在破裂边缘的滚烫的泡泡。小船此时是红宝石做的，坚固美丽，反射着火的光，荷西的脸也是红色的。他流出了汗，喘着粗气，头皮痒了起来——这是热的感觉！荷西没有再问为什么鬼魂还能够感觉到温度这种无聊的问题，他只是想起了沙漠，前世的沙漠，他想起了他在沙漠里的那个家，那个没有被他烧毁的小房子。

荷西想家了，多希望多希望，他此刻能飞回到那到处卷着动人的黄沙的地方，她妻了口中最"凄美"的地方。荷西幻想着自己站在家门前，满脸笑容，卷发的女人会打开门，叫他赶紧进去。

于是，许愿似的，红宝石下的热汤顿时凝结，成为了沙漠；天空回到正常的样子，只是云一片也没有了。载着荷西的小船这时是巨大的骆驼头盖骨，仰着沉淀在无边黄沙的中间。荷西摸着因太阳过度照射而微微发烫的骨头，无声地愣着。

多么奇怪的表达爱情的方式啊，但的确就是两人的最爱。别人的海岛是他们的沙漠，别人的钻石珍珠是他们的荒野骆驼头骨。

荷西站起来，踏出头骨，踩在沙漠上。这是荷西在这趟旅程里第一次下船，他不知道自己的无尽旅程会不会在这里终结，他心里暗暗期待如果真的能找到前世的家，那永远待在里面也是不错的，否则，当一个沙漠里永恒徘徊的口渴孤鬼是有些凄凉。

广袤的沙漠啊，前世的乡愁啊，铺展在眼前。荷西安静地走，缓步踩在沙子上什么声音也没有。他以为自己是没有目标的，是在自由地、无枷锁地前行，可每个自以为自由的人都忘了这份自由的权利是谁施舍的，他们都忘了自由本身并不自由，都是更高位子上的人掌握的阴谋，就像荷西走的这条路会有一个终点，他不论往哪儿走，都会来到这一个终点。棋子在路线上的自由对于大局玩家是无害的，反而能安抚一些爱疑问的心。

在沙漠里走了那么久，荷西却一丝热意也没有——说到底他就是一个鬼魂，一个念头，只是看他愿不愿意承认罢了——相反，他的心格外的安静、冷，似乎在适应一个宿命，尤其是当遥远地，隔着轻柔的黄沙的模糊屏障，他看见那栋红房子时。

一定是红色的，一定要孤零零的一栋，越脆弱越好，越老旧越好，越别扭越好，越有历史感越好，越与周围的环境不协调越好，甚至不需要是一栋房子，一扇门也可以，对，就一扇门吧，一扇孤零零立在沙漠里的，掉了漆的老旧红门，就像在寻找黑暗塔的罗兰在那个遍布奇怪鳌虾的海滩上寻觅到他的三张牌的通道一样。门总是不会有错的。

荷西走到门前，他没有直接去开门，而是绕到了门的侧面，十公分出头的厚度，不能再多了。他走到门的后面，门的背面与正面长得一样，六分古怪，四分正经。荷西伸手不带迟疑地就握上了那金色的门把，一推，门开了，沙之风轻巧地从里面飞出来，荷西能看见他一路走来的足迹，一直蔓延到沙丘的最高处。他拉上了门。沿着那拐过弯的足印走回去，来到门前。他想了很多关于门后面会是什么，沙漠里的巢与幸福的脸、岛上的房子和火里的废墟、阴森的洗手间还是悬吊在丝袜上的女人，又或许什么其实都没有。一旦打开，门，就意味着得把那些事，统统遗留在门的外边。依旧思虑着想着，荷西握上门把，打开了这扇门。

他看见自己从　侧转弯来的足印以及所有的土黄色。门就是一扇门，别问为什么它不会通向什么地方。门从没有过意义，没有门，一个连接不同世界的口子若是存在还是存在。门不过是给了隐蔽，给了秘密，给了悬疑，给了读者想要看到的东西。

荷西跨过除了红色的木头什么都不是的东西，继续他漫无目的旅程。他曾说过要在大海里飘荡到老死，现在回想起来，和在沙漠里游荡相比，倒还真是不错的选择。

现在后悔还来得及吗，后悔一个控制不住的念头的形成。真的不该去随便想已经远去太远的时光与地方，尤其当你是一个早就该投胎的鬼魂时。

荷西停下脚步，终于明白了自己的错，他抬头看了看天，然后就回到船上。

还是最初的小船，没有像前往混沌王廷般的诡变，周围还是海，荷西还是蜷缩在那个角落，好像根本就没有动过一样，好像这趟旅程这才开始，小舟这才离了岸；好像沙漠是假的，红门是假的，松软的沙子是假的；沙漠是海市蜃楼，是幻像。

倒不如说活过的一辈子都是一个幻像好了，都是假的，都是脑子里随便想出来的东西，都是意淫的结果。没有任何东西是真实存在过的，都是意识编织起的网，那意识哪里来，我说了别总问起源，没有意义的，自然，都是自然，随之而来的。当整个世界，整个宇宙，所有的元素、分子、物理、艺术、音乐、文字、教育、爱情、生育、疾病、睡眠、时间、欲望都是想象里的存在，一切便都好理解了。例如说"疾病"其实是不存在的，只是因为想象力贫乏，再也构思不出更远的画面了，于是就想出"绝症"，早点结束，好进行下一个工作。

而老死，是用尽一切力气憋出了最后一分才华的作品。

（四）

这时候，荷西该来到旅途的后半程了。

他终于接纳了一切再也回不去的现状。他终于接纳了他与艾蔻都逝去的事实。真是令人吃惊，原来一直以来遗忘都不是答案。都以为活了一辈子，想要抛开，想要看清好几十年的羁绊是艰难的，只有忘却，彻彻底底地遗忘才能迎接新的一轮，新的幸福与痛苦，新的劫。

可其实，记忆是不会被抹去的，没有孟婆在迎接刚脱离肉体的灵魂，所有最不堪的回忆、罪恶、善行、爱情会继续陪伴着这个灵魂，到下一部戏，下一场游戏。每一次死亡，每一次轮回并不意味着数据清空，游戏重新开始，而是越来越多的备份，架子上越来越多的硬盘。

德便是靠这样累积起来的，罪孽也是；菩萨是靠这样修为的，恶魔也是。

荷西最后的问题是自己将会停靠在哪里，他已经数不清这水已经流淌过几个星系，几个三千大千世界了。

他是在害怕旅途的孤独吗？还是习惯了漂流，反倒对终点的不确定性感到担忧。他曾想过的，就在小船上漂着，哪儿都别去，别看见其他人，就这样漂着，直到老死。可是，鬼魂还会再老去吗？死去的心还能够在意年龄吗？死人还能再一次死去吗？

从古至今，人类最恐惧的不免就是死亡，任何种的方法皆是，就算是听上去最动人、最毫无遗憾的老死，也还是有错过，反省待过的这百年上下，爱过谁，留下过什么。

有太多的例子不是吗？有的人伴着满屋子花卉的绽放出生，结局却是像无用的商品一样被剥削掉最后一分力气，以为自己的出生背负了多少的责任与重量，其实只是无数同样的人造人而已；有的人从阶级的顶端掉落，苟且地活着，坚强地每天对着镜子哭着梳妆，不断告诉自己总有一天一切会好起来，却在某日被变态跟踪杀死，切成碎块藏在了画后面；还有的给自己灌满酒精毒药，分不清哪里是现实哪里是幻觉，分不清什么是快乐什么是痛苦，然后，有一天就死了，看着他们闭不上的眼睛，难说他们究竟是笑着还是挣扎着离开世界的，这些可怜人的身体也许以为自己仍旧活着呢，在那个光怪陆离的幻境里；自杀是逃避没错啊，可这份勇气用在哪里都是可以举起地球的。倘若大地在不被注意时偷偷积累起这一些能量，打算复仇给人类，那凭我们如今懦弱的百姓，是什么也挡不住的。

（五）

黄河，这趟旅程的末端是黄河。

荷西无神地看着清澈的水流逐渐浑浊，星空、落日、宇宙晶莹的倒影被磨去了光泽，最后全部被掩埋在泥沙的汤里。沙漠，黄河，前者是干的底料，加上溶剂调和便成为后者；渴望里的幻想，加上送别的眼泪，两度让人感动的产物竟被搅和成了眼前的不美好——巫婆的汤药里究竟是哪一环节出了差错。原本清晰明亮的世界像是被肮脏的手当作廉价的画布在随意涂抹，到处都是粗糙的颗粒质感，让人不经意地联想到霉菌、螨虫、肿块、腐烂、生锈、排遗物等，难以静心。

风大了起来，把河水不断地搅动，波浪从小到大地起伏，液体挤压着气体发出吞咽的声响。荷西嗅到空气中出现了一种味道，腥的，湿的，分不清来源处是黄河深深的底还是风吹来的方向上的陆地。

荷西站起身，他的身体有些晃悠，但他很快支撑住自己。他警觉起来，每个人都该像他一样在这时候发现事情的不对劲。他心跳在加快。荷西想过许多种彼岸出现的方式，他想过所有认识的宗教、神话、童话里的方案，可仍未能预料到这般破坏后的状态。

是什么碰坏了死后世界的风水？

他究竟进入了何种不详的地带？

（六）

遥远地，荷西眺望到了岸。没有任何特别的地方，黄棕的颜色，混了些许的红色、赭色。

接着荷西看到了那个女孩，孤独地，在海岸线突兀的地方站着，在整个暗色世界的压迫下，她显得单薄，可同时却一点都不脆弱。她的长发在风中飘着，纵使尘土的雾气时不时吹过，也掩盖不住那黑色的耀眼。她没有朝荷西的方向看，也许是还没有注意到那驶来的船。

荷西第一次觉得死后的生活也许没有那么无聊。

2019.6

（十）

女孩同我一道从美术教室里出来。

今天的气温正巧在这时升到了最高点。推开门的一刻，阳光不偏不倚地刚好照在我身上，柔和到不足以直视时刺眼。得体的温度轻盈地穿透卫衣以及之下的 T 恤，和着金黄的光芒一起把欢喜注进身体；可刚走下两级楼梯，日光就被房屋的角度遮挡，丝丝凉风便从隐蔽的角落里悄无声息地溢出，擦拭我们的皮肤，试探打哆嗦的底线。

不禁拉高领口。可惜了这春天。

我们从校园的最偏远处出发，沿着最外圈的林荫小道走近时间正常流淌的世界。头上看不见天空，只顶着从去年年底就开始光秃的树冠——它们差一点点就能抽出新叶了。不过脚下再也踩不到枯碎的落叶，唯有泥土混合着失去生机的木棍来表示从这儿走过的人已经多了。我们无言地走着，怕轻率的言语破坏了这太美的季节，抑或是这里所有的季节。美丽难以描述又无需赘述，如果真要表达，只能说若是存在完美之地，想必也是以此为原型的。

终于来到尽头，我们走进咖啡馆。咖啡馆里空荡荡的，引得门外的鸟叫声流进来盘旋。也是，此时大多数学生仍旧在埋头苦读，只有我们这些"无所事事"的艺术生会忙里偷闲地光顾。走上二楼，我们来到最靠里的位子，坐在黑白风景照下。咖啡很快被端来，我把杯子举到嘴边，喝下第一口，奶泡混合着咖啡的滚烫，苦涩又醇厚。女生没有去动她的那一杯，靠着墙，她略带心事地摆弄着食指上的银色戒指。

我注意到她在思索，便放下杯子看向她。她没有抬头，却问到："来这所学校，是你还是你父母的决定呢？"我愣了一下，随即回答道这是我的决定。接着她又问："那你有没有后悔来到这里？"我摇头，不解地注视着她。在我看来，不论是教学质量还是课余生活的丰富度，我们的学校都可以被称为拔尖。这让我不禁怀疑起她问询的动机。

女孩把侧脸散乱的发丝理到耳后。她有着一头蓬松的长发，上边翻涌着不同深度的褐与金黄，是中国女孩最会羡嫉得的造型之一。我十分中意她的风格，一身淡黄色的皮草配上深色的唇膏与大气的金色耳环，给人强大有力的爽朗女性形象。但此刻她精心修饰的眉梢上却浮现了因过分思虑而出现的淡淡皱纹。

接着她又说道："说实话吧，我并不特别中意这里。我觉得这边的环境不适合我，也很难去和这里的人交好。"我有些难以置信，要知道在我看来，眼前的这个时尚女生可以说是我们学校里最受欢迎的人之一，她一直穿梭于不同圈子，和各式各样的人交好；同时，所有人也都喜欢她，愿意与她作伴。凭借这些证据，我提出了我的疑问，女孩笑着回答道："哦，你可千万不能把我身边的所有人都当作我的朋友，他们中的大部分都是停留在基本社交层面上的人；至于另一些，要不是因为我最好的伙伴和他们交往颇深，我实际上是非常不想和他们示好的，他们的言行举止实在让我反感，还有他们对待女性的态度，简直难以置信。

"说真的，我在这里当作真正朋友的，两只手可以数得完，比如你，还有……"她在数到四个人时就停下了，顿了一顿，她继续说道："你知道吗，在我上一所学校里，学生之间畅聊的话题皆是政治时事，我们热衷于讨论有现实意义的严肃话题，但是这里几乎没有人在意这些事情。他们只想着如何哗众取宠，如何在一堆出尽风头的人之间再脱颖而出。"我笑着解释道这里毕竟是一所戏剧学校，许多学生的确非常在意这些方面。

"这就是我想表达的，这究竟是一所戏剧学校！我已经没有任何关于当初为什么选择这里的印象了，但要是能知道现在的处境，我一定不会选择这里。"她直直地看进我的眼睛，向我传达那种无奈的优雅。

不禁想起前些日子我和她以及其他朋友一起去小镇，在一家冰淇淋店里，围绕着种族问题与男女平等的话题，她与另一名来自非洲的女生气宇轩昂地交换着各自的意见。当时的我浑身上下充满震惊——从没有见过那样的她，平日里的慵懒随性无隐无踪，取而代之的是从坚定眼神和语气中散发出的自信与热情。我看到了女孩平日里压抑的天性，但怪罪起来还是学校里人的错，倘若日常的社交都能是充实相宜的，谁不会希望畅快淋漓地抒发自己的观点呢？到头来还是因为身边缺少能够和自己往深处交心的人罢了。

又回到常常说起的"知音"话题，所有人都希望有真正了解自己的人。就算是平日里最孤独自闭的角落女生也会有想要向别人吐露的故事。有人说孤独的人值得同情，其实并非如此。孤独是一种选择，他们只是不愿意过度发展表面上的友情，真正的朋友他们多少都会有一个揣在怀里，即使是远在地球的另一边，也仍旧会在夜晚讲话谈心；相反，倒是那些社交明星，他们更容易陷入迷茫，白天时，他们的身边充满说不完的话与放不下的笑，可当夜深人静之时，独自坐在床头，回忆过去的十来个小时，却慌张地发现什么也想不起来，什么都一样，无须思考的肤浅对话飘在大脑皮层的最表面，被记忆和真实的内心唾弃。拿出手机，想要从通讯录中翻出能吐露心事的对象，却意识到他也许从未存在。永远不敢与任何人分享最黑暗的秘密，平时一起笑，一起狂放地叫惯了，那层通透坚实的内心壁垒反而想不通该去如何戳破。

喝干咖啡，我们放下杯子，按原路返回。太阳的位置似乎没有改变，无声无息地散发春季的温暖，这些微不足道的光经历了千亿的距离，穿过所有太空的障碍与细密的大气层，可又有多少能够穿过光秃交叉的树枝而照到我们心上呢——人心的距离却更远啊。

2018

我抽烟喝酒纹身染发

什么是恶习？什么是合格好学生的定义？又是什么在象征叛逆？

这些问题的答案离不开我标题里的这四样东西（违法的我们就不考虑了）。可我一直在想，难道一个人只要接触了烟酒，开始进出会所俱乐部，身上头上开始增添起多余的色彩，就得和"社会青年""小混混"画上等号吗？这些表面上的记号竟真的能完全掩盖一个人的本真？

我以前也算得上是"好学生"，成绩先不说，至少家长老师从来都蛮喜欢我的，那如今接触了这四样东西的我，难道就发生了质的突变，不再是"好学生"了吗？

Stereotype（刻板印象）是一样神奇的东西，每个人都知道它反映了一定的真实，却又不全对，可根深蒂固的观念总还是影响着人们的思维，让我们带起有色眼镜。如今我是"留学生"，于是自然而然地被扣上了"留学生"的 stereotype。

在英国学校国际化的交际圈里，我逐渐地开始接触标题里的四样东西，可其实它们与留学与否无关。人到了成年前后，开始走近社会，多少都是会触碰到的，只是国外的社会对此更为开放和包容罢了。

我认识一些同龄人，他们给自己立了标准，说不抽烟和不喝酒是底线。他们是一个族群的代表，把这些事与"社会混混"画作了等号。而实际上，根本没有那么严重。的确，是有数量庞大的"留学生"将自己放纵在这类事情里，抛开了学业与正事，这也是为什么 stereotype 会产生。可不得不承认，还是有许多人，将这些事看得微不足道，顺其自然，来了就陪它玩会儿，可也不让它占据生活太大的空间；不沉溺其中，可也不硬性地给它画上禁止的差号。

享受生活不就是如此吗？对花花世界里的一切都带有慷慨公平的态度（当然是要在法律允许的范围里），从容不迫地面对诱惑，而真正重要的，其实是对它的分寸把握与自控力。

一、抽烟

烟酒两样东西总是会被摆在一起讲，可与喝酒比起来，抽烟更会被人形容成"不良少年"的标志。"好学生怎么可能抽烟的啦，这想都不敢想嘞！"曾经父母向我提及一个比我早出国的儿时伙伴，说他在国外"混"，随即就说他已经开始抽烟了，可见两者之间"必然"的关系。

实话实说，我不喜欢抽烟，相比喝酒染发，烟对我来说一点吸引力也没有，就算是已经多次试过的今天，我能说"不"时还是会说"不"，毕竟再怎么说都是有害健康的东西。和母亲一样，我从小便知道自己对烟过敏，每次一闻到烟味就感觉呼吸不过来，于是向来反感有中年男人在的家庭饭局，每一次都被迫提前离席到屋外去呼吸新鲜空气。

但烟这东西好像是人生的必试之物，不论以前多么憎恨讨厌，未来是否会上瘾，每个人大都会去尝试一两次，也许是同龄人给的压力，也许是机缘巧合，或纯粹是好奇。高中时，好多同学开始抽烟，目的是融入圈子，和平日学习生活里不太能接触到却又很酷的人有共同语言。而我在学校主要接触的人里没人对烟感兴趣（除了菲比），也不想去特意接近靠不良习惯撑起的"酷"人，于是烟从来就没有正式走进我的世界里。

不过回到国内，在四人组的酒吧蹦迪局里我还是会偶尔拿上几根的，主要为的是拍照片。2017年的圣诞假是我为数不多对烟有好印象的时刻（我在《那些成功以及异地失落》里曾提及）。那时我们三名留学生第一次回国，来不及似的飞机一落地便跑去外滩酒吧，喝了个烂醉。出了酒吧以后我们开始在江边散心，倚着木质的栏杆，看着黑色江面上隐约的反光和对岸高楼的霓虹灯，我突然有了抽烟的冲动，觉得香烟就是符合我们当下气质的东西。既然我是当时唯一一个成年人，便理所当然地去买了烟。在同伴的推荐下我选了万宝路薄荷味的女士烟，的确不错，很香，不点就抽的话能尝到甜甜的味道（而与之相反的就是我在期中假时去伦敦买的烟，那是一个呛人，完全想不通为什么人要让自己的喉咙这般受苦）。就这样，我们站在江边，感受着风擦过耳朵，看着江里片片的水花，吸上一口烟，含在嘴里，停一秒钟，再徐徐吐出，看着白雾在面前逐渐散去，只有那混合着清凉的烟草味和舌侧微微的烧灼感让我反应到我竟真的在抽烟，而不仅仅是对着冷天哈气。后来这包烟被我带出了国，一直放在寝室房间的架子上，我也没想过去藏，也从没有人发现，一直到暑假都来了我还没有抽完。

可是要说在学校里一次都没有动过烟也是假的。我曾在下雪的日子里和菲比偷偷地跑进灌木丛或躲在健身房后边来上一根，在电影院外的长椅上就着树莓饮料接过一根。那时候乌克兰女生叶莲娜还没有被劝退，中国香港女孩安琪还没有和麦吉换寝楼，菲比也才刚刚进入社会，她当时卷烟的技术还没有特别熟练，总是一不小心洒掉一半烟草。我没有把她们当作靠抽烟耍酷的人，至少看着她们的脸我没有那种感觉，所以倒也愿意和她们一起偶尔违反下校规。说起校规，舍监其实明白烟是管不住的，于是就一次次降低保准，最后干脆睁一只眼闭一只眼，只求学生不要在木屋里抽就好，还一遍又一遍地强调木质房子十五分钟内就能够烧完。所以在第二学年，学生开始肆无忌惮地在晚自修后成群结队地走向森林，而原因就不言而喻了。

再往后学校抽烟的氛围弱了很多，原因是电子水烟的不断升级，它们越来越小越来越隐蔽，黑色的和优盘看上去一模一样。学生渐渐人手一个，由于小，他们偷偷地在校车上、课堂上都抽起来。可我却一丝去尝试的欲望都没有（现在想起来真是怪，我怎么会一点点都不好奇呢），要不是之后和另一女性友人逛街时意外看到了，对方硬要和我合买，我还真想象不出自己拿着它的画面。试过以后我理解了为什么人们纷纷抛弃香烟，还就是因为喜欢甜味啊，西瓜、莓子、芒果、薄荷等味道都有（似乎西瓜最受我同学喜爱），还不呛喉咙（也许是因为我抽的方法不对），更没有沾在衣服上难以褪去被老师一闻就明白的烟草味。所以为什么不用棒棒糖代替呢？我问友人，她却哈哈大笑。

四人之家里只有父亲抽烟，据说他是十六岁就开始了。我想父亲应当是不在意我抽烟的，毕竟这是他也在犯的错。那一次在越南旅游，和他走着夜路，他和往常一样点了一根烟，我也伸手要。只见父亲愣了愣，眉宇之间似乎想说什么，却还是递了根给我，同时还特意小心似的叮嘱我别吸进太多。这我也是一直都知道的。父亲抽的烟蛮贵，具体名字已经记不牢了（中南海？黄金叶？），我试探性地吸进一小口，和伦敦街头的劣质产品相比对喉咙要友善很多，不过仍让我有咳嗽的冲动，连忙深深地吐出去。父亲的烟没有水烟那多余的甜味，就是烟，就是往常我和母亲闻见都要捂鼻逃窜，而妹妹丝毫不介意还要去抱的味道。

又狠狠吸上一口，把每个肺泡都灌满了，再大张嘴地吐出。缓解压力不该是烟的用途吗，那为什么我没有感到丝毫的轻松，反而像吸进了五十岁男人的累愁与艰辛一样，在山的压力下喘不过气来。我看了眼指间夹着的剩下半截烟，又移开了目光，后来再没吸过一口，就让它自然烧尽了。我目前还不能理解父亲钟情这一事物的主要原因，一方面我想去明白，而同时我也希望永不得知。

我还和母亲聊过抽烟这个话题。她看着我发在社交媒体上和同学一起抽烟的照片，轻描淡写地说："你们这个样子一看就是摆摆的，真正平时都在抽烟的人谁还会特意在镜头前装成这个样子啊！"我后来仔细地想，发现的确有道理。

可烟这东西总还是不好的，都在说每吸一根烟会减少四秒寿命，还没提随之而来的癌啊失明啊这些更可怕的，所以啊，若不是极端特美的原因，就别拿起烟。想要发泄解压，酒不够的话再试试健身瑜伽；想要解瘾的话，棒棒糖其实真的很不错。

二、喝酒

不像有些家庭对孩子在酒方面的教育格外严厉，点滴不准，我们家在这块管得实着轻松——但其实当今社会里对"酒"还真的是蛮宽容的，不论是国内还是海外。相比较抽烟来讲，喝酒真不能算成是太严重的恶习。

我与酒的第一次邂逅好像是在二年级，或是更小。那次父亲在和老部队里的人聚餐，因为某些原因他当时不能喝酒，于是在面对一整桌人的敬酒时，他把我给推出去了。我只好举着一杯兑有可乐的红酒挨个碰杯过去，一口接一口地居然真的解决完了整杯酒，喝了个满脸通红。那一次之后，我在父亲朋友的那个圈子里就小有名气了，他们看我脸上还有两个酒窝，便打赌说我以后酒量一定好。这件事就算在现在，还常会被父母拿来在旁人面前"夸耀"。

而我的酒量究竟怎么样我也说不上来，毕竟还没有真正喝得烂醉过。记忆中喝到难受，必须去吐的经历只有两次，而那两次都不是因为我喝得多，而是种种额外因素。譬如第一次是因为逞强，那是初中毕业时的聚餐，老师同学都在，为了不被别的同学比下去，我强迫自己在开饭前就灌下一杯啤酒，之后又去继续喝红酒，这样一闹人就不行了。之后去看电影时我蜷着身子在座位上不住地颤抖，感到好冷，头也痛，像是有停不下的大钟在里面共鸣。等电影一结束，我连忙跑进卫生间强迫自己去吐掉，这才安抚了不断摇晃的脑子。那次经历后我尤其地纳闷，为什么会有人钟情喝醉呢？就算喝酒的过程是美丽的，这恶劣的后果怎么说我都不想再试一次。

这之后的第二次喝醉也不是我计划的，而是过于大意。那天下午，我和母亲一起去到老家新开的，也是唯一的一家咖啡厅兼酒吧。她和一个阿姨在谈些事情，我就点了一杯长岛冰茶和一盘咸蟹脚在一旁吃喝打发时光。长岛冰茶我就不过多介绍了，那迷惑人的名字与汽水味道成功引诱杀死过无数不经世故大大咧咧的男孩女孩，也包括那次的我。总之，就着咸蟹，我把长岛冰茶当作无害的饮料，一口蟹，一口酒，不一会儿就解决完了两样东西。直到那时我才感到不对劲，一阵难受至极的眩晕感袭来，头猛地晕了起来，浑身无力，身边人的声音忽远忽近地打着转，天花板和地面也是如此。我意识到我又醉了。我赶紧跑去厕所间，抠着喉咙逼自己吐掉，边吐，边怨恨自己为什么要喝完，还喝那么快。走下楼梯时我的头蹭着墙，一步一步地挪。从那时起我发誓，绝对不能再喝成这样。

　　幸运的是，之后我的确没能再喝成那种样子，也许是因为随着年龄的增长，酒量终于好了起来，当然，我再也没有干过空腹喝酒、混喝这种傻事。

　　到国外上高中以后，每个假期回国我和另外两三个留学生都会去酒吧，这是我们圈子里成文的规定（圣诞节去外滩，复活节去日料和"爱尔兰"）。不像上一代学生，去酒吧就要点个一箱啤酒，还会大声吆喝着划酒拳，为了发泄和快乐；那些夜晚，我们走进"革命"的隔壁（我们记不得他家的名字，每次只好说"革命"，其实去的一直是它的隔壁），或是"爱尔兰"，目的是谈心。酒吧是一个方便说任何话的地方，我们为的是那暗幽幽的灯光与嘈杂音乐下的氛围，酒只是附属品（至少我是这么想的，对于其他人来说好像酒也是重要的）。在酒吧里，我看过同伴不同程度地醉倒，有的会开始动情哭诉，仿佛是琼瑶笔下的失情爱人；有的则开始一套一套地念脏话，其程度令我瞠目结舌；有的则借"醉酒"的机会壮胆，打电话发短信给某某人。我则在旁边看得一场好戏。这本书里类似背景下发生的故事太多，我在这里也就不赘述了。

　　微醺，我忘记是什么时候发现了它的美，但其技巧如今我也算是能够熟练掌握了，平时与友为伴时我会尽力让自己保持在这个区间，不多不少，酒精的温度在身体里流淌，却不会晕了神志。我觉得每个人都该学会。这是种与烂醉时的头疼欲裂截然不同的体验，更像是窝在火炉旁披着毛毯的温暖，想和一只猫一样把自己的身体缩成一团，熟熟睡去，还带着收不拢的笑容。这一点，也是我还没有戒酒的唯一原因。

我喝酒也算是有些年份了，但我还是不敢说我真的爱酒，不敢说离开它我就会失眠会活不下去。首先我不喜欢啤酒，觉得它是人类史上发明的最无聊的饮料，带气又苦涩，说是有麦香，我却怎么也发现不了，实在想不通人们对它狂热的原因。要喝我也只喝果味啤酒，首选桃子，其次是樱桃，至少它们还有像样的味道，还能算是饮料。而对于其他的酒品，红的要看品质，白的敬而远之，还没再老一点不敢尝试。调制酒的话除去长岛冰茶我就只爱喝百利甜酒兑牛奶或是巧克力。一直想让自己喜欢上喝香槟，因为欧美文化的影响，觉得自己一定要去喜欢，可扪心自问的话我还是得摇头。还没有试过任何日本酒，所以不好轻易发表评论。伏特加兑果汁和汽水的游戏我也在玩，只是倘若没有合适的人群与场合的话我也从不牵挂。至今为止唯一让我留恋的仅有冰酒，我只喝过一次，也是好几年前了，却被那动人的甜蜜征服至今。

三、纹身

先写在最前面，我还没有纹身（就目前而言），但其他各种歪门邪道的方法我多少都有接触，如海娜、纹身打印、纹身贴之类的。从最开始的如同绝大部分人一样对纹身的偏见到态度的逐渐转变到最后近乎渴望的迷恋，我走了不是太长的路。

小学和初中时，我觉得有纹身的人与我们是两个世界的存在，只有叛逆的坏孩子和黑社会里的人才会有纹身的想法。我有一个潇洒的阿姨，她在手臂上纹了一只蝎子，我还小的时候，父母曾在暗地里偷偷地和我说不要向她学习，说她是混混的人。那个时候我看她言行举止的确很随性，经常穿稀奇古怪的衣服，最重要的是还有纹身，我就在心底把她和"不值得学习的榜样"之间画上了等号。由于周边再没有类似的其他人，我也坚定着那样的想法很久（现在想起来真是可笑）。

做学生的日子里我倒真不会去常想纹身的事，没有这个心思和时间。直到前两年，它才再次走进我的视野里，不过是以一个更为温和的方式，也就是纹身贴。第一次接触纹身贴这玩意儿还是很小的时候，那时很流行一套动画叫《奥林匹斯星传》，与之相关的漫画书我买过几本，每一本书后边都有送一张纹身贴。那个时候我还小，完全不明白那是什么东西，只以为是某种劣质的粘糊纸，便没有理睬，直到多年后我才反应过来。而接下来的这第二次邂逅也完全不是因为我自己，而是怪我妹妹荒诞不经的爱好。

从有天开始，妹妹对纹身贴展开狂热的追求（到现在我还是不知道究竟是谁给她灌输的念头），甚至希望圣诞老爷爷可以在圣诞节时送给她厚厚一沓（最后她获得了一年都用不完的量）。刚开始时我不太能理解，觉得她只是把纹身贴当作身上的贴贴纸——就像我以前一样。有一天，我无聊地在翻看那些贴纸，从骇人夸张的炫彩蝴蝶看到被拉成各种形状的充满语病的英文词句，鸡皮疙瘩不禁冒了出来，又想起前一天妹妹的手背上还出现了一条黑色的西方龙，忍不住担心起她的审美能力来。摇着脑袋，我继续翻看，顺便怀着一点点的期待，希望往后下去的设计师能够开点窍，先不说能惊人的好看，至少得与时代接下轨吧。

看着看着，不知从哪一张起，我竟开始觉得有些图案意外的不错，譬如那些黑色单色的符号，让我想起科幻乌托邦电影里常出现的身份图腾那类东西。我以前从没有见过这类纹身贴，毕竟和绝大部分人一样，我对纹身的绝大部分印象也是被青龙白虎骷髅头占据的。我端详着一个六芒星，感觉其中别有含义，心想着这种简单的或许我也用得上，便偷偷留下了所有此类贴纸。

站在镜子前，我看了看这小贴纸，又看了看自己，不知从哪里下手合适。最后我把第一个印记留在了手上，靠近虎口的地方——假纹身嘛，本来便是要给世界看的，就不必躲躲藏藏了。可别说，我自己当真是满意的，觉得一下子与众不同起来，和过去乖乖的自己大相径庭（虽然我说不清楚究竟哪里变化了，不过这也许就是纹身的魔力吧）。这个小小的黑色六芒星贴纸仿佛是一把钥匙，解放了我骨子里寄居已久的暴躁，叛逆的精神开始在血液里沸腾，现在我应当穿上牛仔背心铆钉靴，额头系上红色发带，骑上摩托车风驰电掣而去。呃，这样说似乎有点过分了，但我当时内心的想法的确是有那么一点类似。

于是从那时起，我也加入了妹妹的行列，开始追随起纹身贴来。但我有自己的原则，首先那纹身必须是纯黑色的，不能是文字，而且不能够太具象，也坚决不能是蝴蝶啊、龙啊、鸟啊，总之各类动物，还有骷髅头，我反对的理由不是因为别的，而仅因为它们与我的审美背道而驰。

其实最后纹身贴在我生命里并没有停留很久，说到底它是小朋友的游戏，这股热情很快就自然而然地熄灭了。但它却是一段十分重要的过渡，载着我来到真正纹身艺术的世界。

高中时我坚定了艺术这条道路，便逐渐关注起各类艺术家，其中不乏纹身艺术。这时候我已经对纹身没有任何抵触心理了，在接触了西方文化后，我明白纹身与一个人的品格其实没有特别大关系——当然对于那些大腹便便、凶神恶煞，还纹了格外丑陋的标志性左青龙右白虎的人，我觉得还是要敬而远之为好。纹身之所以在广大群众的眼里还是不良人群的象征，很大一部分原因是对他们而言，纹身的概念仍旧停留在港台警匪片里的花臂膀，而非近现代的创意。可现在的纹身越来越具有艺术性了，也就是当我看到那幅三段黑白半脸蒙娜丽莎时，我坚定了未来纹身的必要性。把名画搬上身体，想着的确很带感，是艺术家会做的事情，只是再一想，更深远的意义却还是缺乏了。

　　真正的纹身通常是有刻骨铭心的意义的，对于纹身者来说，那可以是一段情感、一段人生经历、一个命运转折点的象征、一个信条，就算是痞子的大花臂，通常也是一个帮派的象征，代表着某种信念。我有同学在手臂上刺下的俄语"我爱你"，这是她对那个俄罗斯男孩最诚挚的情；认识一个摩纳哥女生，在腰上纹了两只紧握的女生的手，象征着女权和 girl power ；还有一个女生，在手臂上纹了一条有缺口的线，她说，那个空缺是男友在她心里的长度。多么美妙啊，纹身这个东西，它是肉体上唯一永恒的图画，是一个人能够拥有的最为私人的痕迹，它能够包含的情与事太多，令人浮想联翩。

　　不过有趣的是，绝大部分的纹身者在未来的某一天都是会后悔的，或轻或重，持续时间或长或短。倘若有一天我的女同学不再喜欢任何俄罗斯民族的人了，那这俄国文字该怎么收场呢；女权的双手，嗯，我暂时想不到抛弃这般道义的理由；至于有缺口的线，女生以后的男朋友要是问起来，想必会是一个尴尬的话题吧。

但就是因为这份悔意，才让当初纹身的理由更被铭记。没有人能够逃避过去。

人生路上的每一个阶段、每一次决定都是会陪伴一辈子，最后融在骨灰里的，不论纹身与否都无法摆脱——而纹身至少还表现着它曾经刻骨铭心的重要性，重要到都可以忍着疼痛把它刻到自己的肉里去。可既然幼稚的过去都已经过去了，为什么不再看得更淡一些呢：所有语言的"我爱你"说的都是一样的故事；至于那个空缺，女生抚摸着它时最后还是会发现，不过是年轻时最单纯又甜蜜的象征罢了。就像深深的伤疤，每一次的注视都会让人惘然若失，却又不禁会深思，过去究竟意味着什么，经验还是教训的获得，对未来的铺路是否有用？虽说一样疼痛，可纹身却不是肉体的伤痕，而是生活的印记，像是写在皮肤上的日记，用处决不仅仅是装饰那么简单。

我是想去纹身的——我可以发誓，未来的某一时刻我会去纹身，只是究竟该纹什么，目前为止的人生中还没能出现重大到需要我用痛苦铭记的人或事，但我会充满期待地等（既指纹身，又指机遇），我可还有好多年呢。

四、染发

要是如今的我凭空出现在两年前的我面前，必把他吓得不轻——这一头乱七八糟颜色的人是谁啊，肯定不是什么学好的人，不三不四。但现在我看着镜子里的自己，里面人的头发不论是黑色、白色、灰色、绿色、蓝色、甚至紫色、粉色，都和他作为人的品行没有丝毫关系，头发的颜色再怎么改变也动不了人的内在，这个道理如今连我的母亲都明白。

还记得我第一次在电话里向母亲提出想要染头发，而且还是白色，母亲那吃惊的语气；更有趣的是她向我父亲说了这事以后，我父亲十分生气，甚至还说："要是他染了头发，我就离家出走！"母亲告诉我这事的时候，我们两人在电话两边都笑了起来。真是一个过分封建的父亲形象呢，但倘若真要开一个辩论会，让他来谈一谈染发的坏处，他其实是说不出什么所以然来的，都是观念里"想当然"的东西。

可这染发的冲动究竟是从什么时候开始的呢？我真得好好考虑考虑，在国内时可丝毫没有这种想法的，肯定是英国学校里的同学都太特色鲜明了，看着镜子里一尘不变的自己十八年终于厌倦了，需要改变。没人说过改变外表一定是坏事，一定是"不好好学习""变坏"的开始，我要给它作证。

可也担心效果不好啊，万一真的变成那些街头非主流的黄毛，就百口莫辩了。于是第一次圣诞假回国的时候，我没有性急地直接去沙龙，而是先买了一罐白色发胶，只要抹上就能得到"奶奶灰"，一是先试验一下效果，二是给父母一点缓冲的空间，心里暗暗盘算着也许他们看久了习惯了，我就能真的去染发了。货一到，我就立马往头发上抹去。果然，灰白的效果很明显；与此同时，这也是我第一次用发胶，从不知道它对发型的铸就如此重要。我看着镜子里的自己很是满意，有时候非常简单的小措施就能让形象焕然一新，平日里就是想不到去尝试。陷入舒适区出不来可是一件很危险的事，尤其是对于青少年来说。不论是谁都在内心深处有着想出众的念头啊，既然学习上生活上都按部就班，那何尝不试试把多余的精力奉献给外表之改造呢？

我一抹完就赶紧到客厅让父亲看。只见他眯着眼睛看了几秒钟，随即扑哧地笑了出来："你这都快和我一个样了！"我不由得放心，他既然能这么讲，想必是接受了我这个发色。母亲看了以后摇摇头，也笑道："你外婆都不停地想把白头发染黑，你还不停地想要变成白色，真不懂现在的年轻人啊。"她又补充道："你这样子玩玩就可以啦，没必要去真正染，染发真的太伤头发了。"当时我也就支支吾吾地蒙混过去，但心中仍有暗暗盘算的计划。于是我就顶着这样的"假发"过了几个月，每天早上都要涂一次，有时晚上没洗头就睡，日子久了，枕套都被染得雪白。

我越来越觉得麻烦，同时也对这颜色感到越来越不满足。于是第二次回国后，我正式地和母亲说：我要染发！母亲最后妥协了，把她的沙龙卡给了我。我走进理发店时还是感到了一丝胆怯，这曾经和我可是处于两个世界的啊，就像人间与魔界，不能轻易穿梭于其中。面对里边骄傲浓妆、头顶五色祥云的人，我不由自主地低下了头，不敢看上他们的眼睛，全身甚至隐蔽地颤抖着，是害怕吗？没错，我担心是不是从今天开始我就要变得"社会"，不再能自称为好学生，在街上走时会受到别人暗中批判，就要成为小学生母亲口中"绝不能学他"的对象，那"不学好的混混"！可在担心之下我的内心里仍旧藏着难以掩饰的兴奋，像是在拆开一个等待已久的礼物的包装，像是迪斯尼城堡上空烟花即将绽发的片刻，我找不到对此憧憬无比的原因，兴许是我对新造型的期待，又或者是因为我终于要成为第一个敢于改变的人了（不论是初中同学还是高中同学，我都是他们之中染发的第一人，这可是历史性的）。我这两种情绪的斗争持续了整整四个小时，直到我戴上眼镜，再次看见镜子里的自己时，心中的最后一丝顾虑才真正烟消云散——谁会在意别人的看法当自己 feeling fine 呢？从沙龙里走出来时，我发觉身体里有一股抑制不住的前所未有过的自信，但那种情绪区别于舞台之上，而是作为一个人在日常里的骄傲。我渴望这种感觉很久了，而那一天，我第一次尝到了它给予的甜头。

　　说我过去在不在意别人的目光，我难以回答，因为我曾经没有任何能够让别人说三道四的地方，不论是平淡无比的外表还是过分温和的性格。于是我总会被别人定义为好学生、暖男；正常到无亮点，从而被形容为格外普通的好。但我终于是腻了这样的身份，如果好人的定义是缺乏性格与特色的话，那我宁可变坏——至少在外表上，我要改变，我也想要拥有自己的态度。我向来不知道该如何造就新的外表，因为家里人从来不鼓励这一块。"做人重要的是看内在"，他们总这么说。这个道理我们都懂，也的确不假，可倘若外表上也能出众，岂不更好吗？父亲总是在我出门前喷古龙水时嘴贫，故意讽刺地说："你同学闻见了恶不恶心啊！"这时候我总想白他一眼。在他看来，男人就是要粗旷，这是唯一展现男性魅力的方法；当然我是全然反对的，那种真正有魅力的"粗旷"不是源于从不打理，而是造型设计的一部分啊，不过我从不和他争论，时间久了，他也就不再出声。再回到染发，我把它看作是自我改变的里程碑，我人生的下一阶段就要从这里开始，"老好人暖男瑞安"的时期已经过去了，我现在还不肯定以后造型的定位究竟会在哪里，但既然改变已经开始，就可是再也收不住的啊。

　　"Change is a powerful thing. People are powerful beings. Try to find the power in me, to be faithful."

—— Lana Del Rey "Change"

2018—2019

（五）

　　她手中拿着一杯经典的玛格丽特，鸡尾酒那淡蓝的色调搭配晶莹的杯沿盐霜所营造出的神秘艺术效果，很难不让人去联想到那碧浪翻滚的海滩，又或是令人飒爽的自由。伴着节奏感十足的摇滚舞曲，她依然走着自己的节拍，不紧不慢，越过拥挤扭动的人群，最终选择坐在读书的我的旁边。我偷偷打量了一下她，不像其他在这里热舞的女子，她穿着素净的藏青色衬衫和一条过膝白色铅笔裙，唯一的装饰也不过是衬衫上的小小胸针，那是一只由绿松石和黑玛瑙组合而成的鸟儿。女子面部的淡妆与马尾的搭配使整个人的气质提升不少。

　　"《我的名字叫红》，好名字，想当年我也钟情于这种风格的书。"女子撇了撇我正在看的书，呡了一口玛格丽特，靠着吧台的椅子坐了下来，如此说道。"将人心的险恶与艺术相结合可以说是这书的某一亮点，可艺术这样无形的东西，真正适合被冠上如此虚伪的名号吗？"女子把酒杯轻巧地搁在桌上，我斜过头好奇地打量她，莫非来者竟是少见的纯粹艺术的追随者？我合上书，听她的所感所想。

　　"确实，艺术这条道路非常难走，如果没有强大的内心，是没有办法承受那些来自世俗的偏见与批判的。"她没有看我，而是笔直地注视前方，思索着。女子纤细素净的手指在酒杯壁上轻轻敲打着，又发了话："经常有人把怪诞的时尚与艺术归为一类，但它们却有相似之处吗？我可不这么认为。在我看来，从某种程度来说，艺术就好似书籍，普普通通的小说只会收到与其相对应的评价；而那些故作玄虚的科幻书籍以及被盲目崇拜的偶像杂志，也许会造成一时间的轰动，但最终仍逃不过随波逐流的命运，远远地离开人们的视线，这不就是时尚的定义吗？而真正的经典之作，即使在数百年，数千年之后，依然会被人细细品味，探寻内涵。"

手中的蓝色酒精已被她在描述时饮尽。她挥了挥手，酒保走来将酒杯取走。

"可是，现在的人究竟是怎么了？为什么总是将经典摒弃，把所谓的浮华时尚捧上最高的舞台，我不明白？没错，虽然有时经典之作会过于单调——这是不可否认的——但现在这个时代中所谓的时尚，大都已经失去原有的灵魂与美感，仅有怪诞与离奇，再附上所谓天马行空的想象这种称号，这样的设计师自称前卫，而实质上呢，几乎没有任何艺术价值可言——可总有人依然'坚定'地追随着他们，丝毫没有自己的想法与对于美丽的见解。就像那些上流社会的女人，她们自认为对于艺术有着一定的品味，可她们所知道的，仅仅只是想方设法穿进那些'富有创造力'的设计师所设计的不知有多么不合身的衣服！"女子略微有了酒意，神情激动起来。从她的言语中，我隐约明白了她的困境。

我们沉静半晌，看着舞池中兴奋的人们，他们大多是青年，激情洋溢的年纪让他们充满活力。五彩闪烁的灯光下，我看见了他们特立独行的发型、前卫时尚的服饰与首饰，明晃晃地吸引着我的眼睛。他们舞动着肢体，把手举过头顶，或是抚向对面女孩的脸庞，撩起她额旁的碎发，女孩闭着眼睛，露出微笑。

可我厌恶这一切，我从这份所谓的青春中发现的，仅仅是庸俗与贫乏，一个个充满肉欲的丑恶个体，空洞的灵魂以及不存在的未来。

没有欣赏。

没有美。

也许就是天意吧，一旦人们对某人或某物起了崇拜之情，那他们走入极端后，必将因为此等盲目而受到别人的耻笑。可相反，真正敢于站立出来反驳的人，又会有多少呢？绝大部分兴许也欺骗自己去追随那可怖的潮流了吧。深陷泥沼，也就不便去嘲笑和自己处于同一地带的人了。

艺术与时尚，仅仅是此类凶手的某一牺牲者而已。

2016

除夕 2019

第一场大学的面试就是在大年初一这一天，究竟是不走运还是吉祥的保佑我还不知道。

说实话，这是我第一次真正没有家人在身边地过年。去年是我初次在国外过年，可是正好碰上期中假，便在大阿姨家过了。虽然肯定比不上国内的热闹，却仍有淡淡的家的余味——今年却是彻彻底底地孤身了。

我倒也没有多么遗憾或是感慨，因为家里本身年味就不足。除了在外婆家聚餐以外，我们家从没有多余的活动，什么剪红纸、贴对联都没有，连烟花都是可以避免的，也就是比平常稍微热闹点的一天而已（因为小孩子好多）。

而眼下却不停地被社交媒体上各种半生不熟的人用多情的祝福提醒着——今天终于是过年了。

我老早以前讲过我不是什么合群的人，能避开无意义的集体活动时我会尽量去避免，譬如去年学校组织的中国人过年聚餐，我就有意地没去报名。之后我一再反省，其实我想逃避的不是聚餐本身，而是去年我在国人圈子里朋友太少，要是去了反倒会尴尬。可今年则焕然一新。麦吉和遥都搬进了木屋，在她们的调剂之下，我和木屋里男生们的关系好了很多。我开始主动和他们社交，并常到"中国人专用"自习室里写作业，和史蒂文开玩笑，偷他的零食，模仿他滑稽的叫声。

总之呢，说这些想铺垫的就是昨天——也就是除夕夜——发生的感动的事。那时我作业刚做到一半，门突然被恶狠狠地敲开，史蒂文把大脑袋伸进来说道："赖安，你被召唤了！快点下来吃饭！"

我吓了一跳，想着没有和他们一起点外卖啊，便狐疑地说道："可我已经吃过啦！""不管，快点下来！"然后他就摔上门跑走了，留我一个人在房里不知所措。

再转念一想，平日里拿他一个饺子都千万分的难，今天居然主动地请吃饭，这可真难得，便立马合上电脑下楼去。

推开活动室的门，我被吓了一跳。只见电视机下火炉旁的那张方桌上摆满了中国食物，可更令我惊讶的是桌子一周的中国学生，A2 的，A1 的，GCSE 的，就连平日里难以在中国圈子发现踪影的 Jo Jo 小姐也坐着，正和麦吉乐呵呵地聊着天。

我顿时明白发生了什么，禁不住起了鸡皮疙瘩，竟是学生自发组织的除夕聚餐啊！难怪史蒂文会用那命令般的口气——这可的确是千万不能错过的。

我边挤进去边笑着嚷嚷道："这么多人啊，好久没在木屋里看到过了！"是啊，上一次见到这般情景还是在去年，上一届那些团结的学长总是每逢节假日，或是干脆没有借口地聚在一起吃火锅，其乐融融，享天伦之乐。当时我总感到与他们有隔阂（我向来不敢和高届的人交往），便从不敢加入这种局（其实他们也从没邀请过我）。

菲比也非常羡慕他们，好几次偷偷地和我说她好想加入，又暗暗埋怨从没收到过的邀请，甚至觉得他们不喜欢她。我立刻向她解释一定不是这样的，因为我也没有被邀请过。为了让她不感到伤心，我还特意带她去中国城吃了火锅，并说明年我们自己搞。

结果我们一直没有行动，随着新生的加入，我们俩各自有了新的圈子，就再没有提起过这件事情，可我还是觉得没能复兴这一"中式"传统是件羞愧的事情。

史蒂文和义龙听见我那番话，纷纷跳起来，开玩笑地指责我为什么去年从没有参与过他们的活动。我坐到 Jo Jo 身边，听见她也自称从没加入颇有遗憾。

我的到位意味着这桌人终于齐了，便纷纷起筷吃饭（可看情况他们在我来之前就已经开始吃了）。

男生们在聊着天，继续着我来之前就开始的话题。我专注地听着大家讲话，偶尔吃一口叉子上菠萝馅的油条，居然是甜的，不知该不该去沾酱油。

遥在大声地分享她和她明恋的俄罗斯男孩的最新进展，只见她晃着手机屏，努力想要世界上所有的人看见那个男生的视频。

"我正式宣布，遥是我的女友了，其他男性朋友没有我的允许不能给她发任何消息！"里面的男孩努力憋着笑，用带斯拉夫民族口音的英语一字一句地说道。

麦吉在一旁"哇哇"地叫着，让人不明白她究竟是信了男孩的把戏还是更深层的讽刺——直觉告诉我是前者。义龙和史蒂文两个男生则在一旁大叫道："那可真是恭喜，两年终于修成正果了啊，哈哈哈哈哈！"引来遥的脸红与白眼。

Jo Jo 一言不发笑着吃饭。我看她碗里的东西和其他人的好不一样，更像是为中国人准备的真的中国菜，便问她。她回答说这是昨天和姐姐一起提前过节时点的外卖，很地道。她又说昨天还去了一家专门卖馒头包子的店，里面的油包流沙包可好吃了。我看着她碗里剩下的食料（应该是芋芳排骨酱一类东西），好羡慕，又看了看我盘子里还剩一口的油炸面皮，却还是不敢开口乞讨。

Jo Jo 可以说是木屋里最会照顾自己的人了，她也是我们这里唯一一会自己找时间出来煮饭的中国学生。一星期里总会有几天看见她在厨房里摆弄电饭煲，她什么都会做一点，从腊肠饭到粥，到蒸红薯烧蔬菜，每一次都搞出好香好香的味道，令旁人忍不住多闻两下，默默咽着口水——这和火锅不一样，火锅的味道是会令外人皱眉的。

还在国内时，我总以为只要到了国外，做饭这事就能够自动学会。曾经还想着要从国内带来各种食材，有空了就去钻研一下菜谱，可真到了这边才发现这都是不实际的——第一是真没时间，第二就算真的空了下来，我们也宁可去点外卖，或是泡面，没有人会狠下心来花上半天去做菜的。

麦吉在原先的小房子里的确会做一些吃的，鸡腿啊炒菜啊一类的，她在来我们木屋前就信誓旦旦地说以后一定要做菜给我们吃。可结果这都一个半学期过去了，我们一次也没等到。

我唯一一次做菜是在上学期的期中假，那时我住在一个大学朋友的寝室附近，有一天闲着无聊，便想着要做可乐鸡翅。买来食材，在厨房里捣鼓了半个钟头这样，竟然成品还很不错，虽然卖相差了点，味道却出乎意料的好，只靠两个人便解决掉了两大盘。

大学里是逃不掉要自己做饭的，所以现在也不急。

眼神越过 Jo Jo 的碗，我看到了遥面前的咕咾肉，在她面前从不需要有礼貌，便伸长了手臂叉了一块回来。史蒂文在这个时候大声嚷嚷着有谁要"没有一点点味道"的面条，我连忙举手，在义龙拿完一半后我也往自己的盘子里倒了点。说是盘子其实只是外卖盒的盖子，很可爱。面条真的没有什么味道，甚至比家里老妈做的都要淡，让我联想到某本讲普罗旺斯的书里作者为了衬托某地美食极好而戏称另一国度的宝宝只能吃"寡淡的糊糊"。我见桌子上有一瓶"老干妈"，便问主人要了一点，拌在面里，果然这样更好吃。

一吃到辣我便再也停不下来了，明知道对嗓子啊皮肤啊，哪里都不好，却还是忍不住要在每次去中国超市时买上两包泡椒凤爪、两袋酸菜鱼面——这也是来自老爸的最"恶劣"的影响。

遥又问我要不要酸辣汤，我当然要啦，她便把汤和一大半米饭都给了我。

纵使我之前已经就着美剧吃过一碗泡面，现在面对着已经冷掉甚至有点硬的米饭却仍有胃口。伴着酸辣汤里的蛋糊与肉块，我大口大口地吃着，要是母亲在这时候看见了，必定会说："一定是饿死鬼投胎的。"

我听见麦吉和Jo Jo开始讨论起学习与作业，纷纷吐槽着好不容易才结束的英文课题——这两人是我们届仅有的修英文文学的中国人，非常之钦佩。她们又不停地"抱怨"说都还没开始做作业，现在因为这晚饭也没有心情再去做了，这样下去该怎么办啊巴拉巴拉。我插进话说我已经开始晚自习很久了哦，招来了他们"讨厌死你了"一类的玩笑。

吃着聊着，食物消失得好快好快。在我把最后一块菠萝馅油条蘸着枫糖浆和酱油咽下肚子时，桌上的盘子便都空了，就连咕咾肉里的青椒和洋葱都没有留下。麦吉看了看时间，发现这才过了半个钟头左右。

老师推门走进来提醒我们吃完要打扫干净，又走了出去。有人在这时提议合照，这是肯定的，每一次标准的聚餐结局环节。遥设置好了倒计时，所有人都争先恐后地扑倒在沙发上，第一次所有人都完全不在意形象，只希望自己的全脸能够塞到镜头里去。

合照完后人群散开，女生开始收拾桌面，男生开始游手好闲。只见义龙和史蒂文还在沙发上推推攘攘，嘴里不断发出"GEE"的声音——这便是我先前提到的滑稽叫声。丹尼尔和奥斯丁也加入他们的打闹，一不小心撞到了玩着手机的梅子同学，他立即反击回去。

我坐在一边看着男生玩乐。要说实话，我和这些人平日里也没有那么熟，更多的只是点头之交而已，可今天围着桌子吃饭时我却发现他们竟也友好亲切，就像兄弟一样。

这时差不多也是晚自习的终点了，德国人英国人陆陆续续走进来，看着平日里"矜持"的中国学生如此疯狂，皆是一愣。我们和他们对视，突然间反应过来什么，连忙冲着他们惊愕的脸，一齐用中文大叫："新年快乐！"把他们吓得不轻。

收拾得差不多了，人们逐渐离开房间，去玩游戏或是补作业。这时候我才意料到一件惊恐的事情：这是我们在一起过的最后一个新年。连忙告诉遥，她正在玩手机，听到这话，头缓缓地抬起来，给了我一个白眼："滚！"

2019.2.5

再见吉尔福德

在 Caffe Nero 待的早晨，就着冰卡布基诺，我写完了给自己定下的千字任务。

走出店门，忘记今天是复活节，购物中心是不开门的。沿着公交车站，我绕到中国商店旁买了一杯珍珠奶茶，店员看着应该是中国人，或许是萨里大学的学生，但我还是坚持用英文和她沟通，心里暗暗笑话她因紧张而出错的语法。

走出店门，我一时间不知该去何地，只知道不想那么早回酒店。我抬头看天，看见了遥远的小镇草原，它在明亮的阳光下绿得可爱。顿时想起好久没去城堡了，再去拜访一次吧，像今天这样空的日子不多了，至于能在吉尔福德如此悠闲的，天气还那么好的，也许真的是最后一次了。

横穿过两条商业步行街，很快就到了城堡花园。虽说是城堡，但毕竟是小镇里的东西，和爱丁堡那像历史拔地而起的宏伟比不来。栅门前的绿地我还熟悉，去年和外国同伴在这里潇洒过，也是我第一次喝伏特加兑芒果汁，抽水烟。那么快又一年了，再一转身，就到分道扬镳的日子了。

走进栅门，印入我眼睛的是满园的春色。哦对，我这才反应过来已是四月底，我已穿上短袖，英国的春天总是来得不紧不慢，但终于还是到了。我沿着路走，目光不住地在两侧花坛上跳跃，怕错过了某个隐僻角落里的美。紫红色的郁金香从低矮的浅蓝色小花里长出来，更靓丽的深粉色百合在此刻张到了最大，就像我一样大口吞食着春光。花坛或是圆的，或是有流线型的边，沿着城堡的围墙涌过去。草地填满了花坛间的空隙，没有多余的篱笆来破坏这人工的自然。

多么精心设计和栽培的花园，多么讲究美学的园丁啊，我心情振奋地想到。这也是为什么设计将会是我永远热爱的事情，创造美，给予人开心的心情，没有什么比这更能带来满足的了。

好多年轻的父母推着婴儿车来踏青，让宝宝还没有多余的记忆以前就用这份美好填满眼睛。还有好多不同种族的孩子在这里，跑窜着用手机拍照片，有些是本地人，但大多是游客吧。我不知道这里是不是著名的景点，但我私心里坏坏地期待它不是，认为这样我就能多占有一份美。一位亚洲伯伯举着专业的照相机正在从各个角度记录下一朵紫色郁金香的一切，我则在一旁偷偷拿着手机记录下他的这个时刻。

我在面对城堡的长椅上坐下，隔着路，又是一丛郁金香。我安静地盯着它们看，对自己从没在意过这种花卉感到后悔。它的紫色是深沉的，有着令人宁静的魔力，却又不带丝毫小家子气的忧愁。搬新家以后一定要种一些，我美梦到。

隔壁差不多距离五米的椅子上坐着两位满头白发的老奶奶，她们安静地聊着天，直到我坐不住站起身离开时，她们还坐在那里。只有到了那个年纪，人才会真正懂得放下吧，敢于把身体灵魂的每一个角落都交给阳光鸟叫美景，放空，从容。我们年轻人还真是做不到的。

我继续绕着花坛走，走上城堡。扶着栏杆，居高临下地，我看清了整一个花园。这就是炼金术士的后花园吧，古驰最新系列香水的灵感想必就是源自这般的景。这一刻我不禁暗暗感恩我有幸来英国读书，有幸来到了吉尔福德，来到了这最可爱、最亲切、最安全的小镇。我曾和麦吉开过玩笑，说要不别去上大学了，就在吉尔福德打工吧，你去奶茶店我去星巴克，一起合租房子，到老算了。若是能在这花园里一直待下去，待到和那两个老奶奶一样的年纪，也是美的。

往回走的时候，我才发觉耳机里竟在不住地循环 Lana Del Rey 的 hope is a dangerous thing for a woman like me to have – but i have it，Florence + Machine 的 No Choirs 以及 Lucy Rose 的 Solo(W)。我不小心点进了只有这三首歌的歌单，它们是我在这学校最后一次表演的候选对象。作为告别的作品，我想要安静一些、真诚一点，不想再去玩另类了。这两年里我浮躁过、出格过，就像那些酷死青少年的 Hip-hop、Trap，令人叫爽的 K-Pop，可最后还是发现安静才是我的姿态。该玩的时候，该染发画眼线的时候就去吧，但还是别忘了阳光的春天，别忘了什么是最健康的最自然的。这就是为什么 Kacey Musgraves 会在采访里说：年轻时我也叛逆过，玩过流行和其他时髦元素，可最后还是发现乡村音乐是我的归属；总需要有人坚持去做那些让人内心温暖的音乐，我知道那就是我的义务、我的责任。回到我的选择，这三首歌都只要钢琴伴奏，就靠那几个和弦，还有我的感情，那酝酿了很久，却一直无处安放的，对学校，学校里的人，和这般景的情愫。我放下手机，没有改歌单，觉得今天的话，它们三首足矣。

走下城堡，漫步进方才注意到的隧道。城墙高耸的地方挡住了阳光，于是下面养出了阴影。影子的花坛里长起蕨类植物，那还未伸展开的叶子蜷曲着，棕色、毛茸茸的，像是触手。倘若在平时，我一定会把它想作入侵的怪物，然后联系出一串的不幸；可此时它们对我来说仅是无穷的可爱。由不得凑近拍了好多的照片，想着未来也许能用作素材。

在隧道里时我还在想，就把今天的感恩记在心里吧，不用写下来，有些短暂的美和淡的伤感，自己一个人享用就行了。可最后还是按耐不住，在这条树荫里的长椅上坐下，打开电脑，记录下了我对吉尔福德最后的，也是最美的记忆。风把头顶的樱花瓣吹落，落在电脑键盘上，我的指缝里，落在我的背上，痒痒的。

Something's missing when I'm solo. 会是什么呢？我明明有了一切，春天和所有最美丽最幸福的花。哦，我想到了，没有给我拍照的人，发到社交媒体上的照片里只好没有我这当事人的影子了。

2019.4.21

黄河

你见过世界尽头的海域吗？

那儿只翻滚着褐色泥巴的浪潮，脚下的沙滩也是整片整片的深棕色，仿佛潘神迷宫里枯萎巨木根部的土，下方竟是巨大西瓜虫的栖息穴巢。那忧郁的色调一直绵延到海底下，将水染成惘然的棕黄，纵使死气沉沉的泡沫在尽力装扮表象上的惨白，却还是掩盖不住骨子里的忧郁。这边的寄居蟹（如果有存活的话）永远见识不到碧蓝的海水、洁白的细沙和美味的蓝枪鱼；似乎毛伊岛在五十万年后历经了十九次原子弹轰炸，这里可以埋葬一切希望。那海水是实心的，却没有同样实心的死海那样充满魔力、富有灵魂；它像是轻盈的烂泥、温顺的沼泽、冰凉的兑水玉米浓汤、富营养化的海草糊、人间的黄泉，有令人望而生畏的气质，大大咧咧地消除一切潜在的入侵欲。

来到海边就会想眺望。隔着水肉眼能见到坐落远处的三座山岛，真是离奇，分不清究竟是对岸的山还是坐落海中的礁石岛。联系历史，与其说是山或岛，倒不如把那看成远古巨人跌倒死亡后遗留下来的残缺不堪的尸体，也许这翻腾的黄海是他们的血液，不屈的灵魂幸存下来，化作惨白的浪最后一次恶狠狠地打击红尘，接着沉淀，和沙砾骨灰做伴。虽然不是清晨，海面上却仍有残留的雾气，它们也许是海的一部分，随着海的生离死别而生离死别。那些纤薄的雾、那些塞壬的吐息是多么优雅，歌声笼罩水面，又随着水流涌向我们，让整个海滩都像是幻境中的海市蜃楼，时隐时现、飘忽不定。

灰色云层自顾自潜移默化地翻卷着，不在意海浪的节奏；风产生于这两个空间的磨合处，刚柔并济，摸不清时速。大作时，让人感叹它是否想要切下每一个活人的头颅；微抚时，却像婚纱一样轻柔。可不论怎样，即使是龙卷台风也吹不走依附黄河而生的迷雾，视野永远亮不起来。但谁说过看不透一定是件坏事呢，有多少寻得真理之人反过来渴望朦胧美呢？谈起朦胧，又不禁感叹这个被遗忘的角落里自产的光与热，因为永远也不会有太阳——金乌和燃烧着的马车永不会来到这儿。光明是信仰之物，而非现实，至少不是世界尽头人的现实。这是一个不凡的地方，似乎因为丑到出奇，让我感到美得惊天动地。

不禁忆起《漂流教室》，一部讲述未来极乐净土的漫画。孩子是这里的主角，最单纯却也最能反映人之本性的对象。幻象与怪兽、疾病与饥饿、内战与邪教、死亡与爱情，都是高等的试炼，他们经受了无数我们所不可想象的。在空无一物的崩坏未来世界里，就像是我面对的尽头水域，还又多了无数个有触手与血盆大口的海星怪兽，希望何处寻？在陌生的橙色空间里，在《银翼杀手》的黄尘宫殿中，迷茫与对未知的恐惧杀死了所有久经事故的成年灵魂。他们只会接纳一个时空的自己，那久居在沉闷社会里的单薄形象。在齿轮世界里，流水线的运作是绝大部分人必不可少的出路，简单直白，甚至还可以轻松看到自己二十年后的样子。有人热爱这般无望即希望，于是便无缘改变，或是他们本身惧怕改变，惧怕飘忽不定的可能性，宁可死去；所以他们无缘成为幸存者。这不是在夸耀孩童的幼稚有多有效，只是他们眼下的性格还是柔软的，还能顺利地合适进任何极端的环境，他们的生活还没有公式，举手投足还没有后果；可他们终将和你我一样，随着年龄增长失去水分，固化成为一个所谓社会上的身份，然后在时间的压力下像盐柱一样被缓慢消磨，直至殆尽，化作这黄色大海的一部分，最不起眼的一部分，然后随着曲折环游的水流淌，直到连这看不到边的水都融化进太空，才得以解放。面对这样的一番景，不禁觉得自己见到了他们的所见，顿时发觉末日也不过如此。这是个将会一成不变的地方，赭石色的海浪在水域中央形成，互相冲撞、抵消，又形成，向我们涌来。连海螺都不会留下，纷纷在这潮汐冲击下化作细腻的碎片，混进黄沙，终于成为广袤无机物的一部分。

我的女孩便在这儿玩耍，即便她心中渴望着的是碧蓝的大海。有时，她假装身处天堂湾，把棕褐的砾当作柔软洁白的细沙捧起来，对着里边偶然出现的残缺贝壳痴痴地笑；有时又不知因为何事的触发，回过神来，停驻下脚步，呆滞地向黄河尽头眺望。她在安静下来时，如同身边不知已经木讷多久的干草化石一样，在海浪和天空的对照下，看去竟如此渺小，不值一提，担心随时就会像海的女儿一般化作片片泡沫，洒在海里，飘散开去，成为爱情与海底巫婆的牺牲品；有时她蹀步，沿走在沙尘与水的交界之处，浪花到她脚下便都沉默了，纷纷压低身躯，像搁浅的水母一样化作薄薄的透明皮层，乖巧柔和，你甚至可以看得清其中每一颗运动的尘埃，每一个张牙舞爪的反抗灵魂。然后它们狡诈地笑着撤退，不发出一点声响，重新回到大海——好像那是它们的母体（的确是），是有生命的庞然巨物，而不是无私的稳重母亲。新的一批侵略很快会展开，海浪又把自己当作矫健骑兵扑着过来，发出隆重声响。可女孩摸清楚了其中的规律，便开始和这危机嬉戏，你进我退，永不湿裙边，孤单又忧伤。

于是不经意间，《悬崖上的金鱼公主》中的一幕浮现脑海。那是波妞反叛的开始，她打开地下室所有装满金色魔药的罐子，让她所有的兄弟姐妹都化为巨大的鱼，和着台风的暴雨，成为龙一般的水柱。海浪以它们为原型，海浪是有目的的。它们一波接一波地翻滚跳跃，爆炸空中，在运送爱与希望时牺牲；但它们不休不止，继续顺着身后所有上涌的力，又一次高傲地跃起，又一次高傲地粉碎，直到金鱼姬上岸，面对男孩，它们才恋恋不舍地离开，重归大海的深蓝。多美啊，顿时连眼前的黄海也动人了几分，可这些都是彩色的童话世界，不是吗？现实中的汹涌波涛从不会被用来传递希望（无意义的漂流瓶除外）；反之，它们更爱吞噬生命。那些可怜的溺水者，再没能留下最后一句话，就在短暂的挣扎中肺泡灌满了水，红细胞带不上氧气，大脑逐渐失去养分，开始瘫痪枯萎；他们的神经开始麻木，再也感觉不到苦痛，只能愣愣地用逐渐扩散的瞳孔看着透过浑浊水面的阳光愈发微弱，视觉终于消失在巨型海草的底部，人儿安眠在盐坑旁，与大王具足虫的尸体们为伴。倘若这就是结局倒也得体，被埋葬在没有人能抵达的深处，孤单却神秘。但海会做更多，它先入侵这些无生命体的每一个空隙，在里面催化膨胀，让瘦子长满肿胀的横肉，让胖子成为浮夸的巨人，直到母亲也识别不出他们是谁；再托给海浪趁着夜色把他们冲上岸去，等到白天时又装无辜，憨厚得一言不发，把责任推给划破皮肤的碎石和缠绕手腕脖颈的海带。人们看着美丽乖巧的它，很快给予了原谅。于是海继续为非作歹，人类也无可奈何。死矣，何必再还于世界呢？还是更希望会有长尖牙的仁慈利索的鱼出现，成群结队地消耗掉这可悲的肉体，趁灵魂还有活力之时把它从第三节脊髓里释放；希望水会在这时施舍一点点浮力，祝它升天，否则浪花里又将有一个永不离开的苦鬼。它们窥视着陆地上每一个幸存者，盘算在他们下水的那一刻将他们覆灭，仇恨让它们认为所有东西都应当有着和它们一样的结局，即便它们连带走一块鹅卵石的能力也没有。

　　一不留神便想太远，尽是不必要的担忧。眼前的海还是温柔的，与某些咆哮风暴相比。让思路回到它身上，黄河是这边世界的最大载体，周边一切的景都因它而生，或因它而败。为了营造空荡死气，它删除了所有的绿化，用腥黄沙砾掩盖所有文明的产物；为了营造狼藉破败，它在海岸线上洒满枯萎尖刺的深褐色海草，就像蓝胡子城堡四周的尖叫荆棘，妄想用来隔绝骑士，却在忠实的祈祷下功亏一篑。女孩仍在踏浪，她知道流水的无可奈何；她是黄河的不速之客；她本不属于这儿；她太过生机与鲜艳，难以迎合黄沙水域的悲伤配色。可负面的情绪是会传染的，它们丝丝入扣，如同海葵柔软触手上的纤细毒针，如同蓝环章鱼不可见的口器，麻痹于无形，让猎物在没有痛觉之时窒息；忧伤亦是如此，触景生情并不是毫无根据：像是被笼罩在由山水构成的言情电影里，无限循环播放着《断背山》令人心碎的结局，甚至不需要背景音乐里木吉他的扫弦与幽怨的口琴——风声海声代替了它们煽情的工作。于是渐渐地，我发觉了女孩的改变。她又呆呆站立着，眺望大海，像是要看透它。身上的色彩不知何时被洗去，也许是散碎在风中，也许是添加了黄昏的滤镜；她的身躯正在逐渐适应这边的环境：她的发丝飘扬着融进天空，化在风里雾里；她的衣裙起伏，与波浪呼应；她的身体，此时像是拥有和这边大地同样的原料，共享同样的色彩。女孩的影子渐渐地与黄河密不可分，似乎要成为它的一部分，成为这幅油画里的一抹笔触、一度色调。土色灰色黯淡了其他一切的靓丽，又或者是千姿百态的世界在这尽头终于看透一切浮华里的空洞，大红大紫背后的失落。与其再去作对，不如还原阴冷单薄的本色。

风在呢喃，削弱了一层层温度，女孩感到了冷，不禁环抱起手臂，耸了耸肩膀。擦过皮肤表面的凉气宛如蜻蜓点水，没有狂风暴雨般的张扬，却幽幽地来去，仿佛妖精的讽刺窃笑，意外恼人。女孩又蹲下来，用手去感触湿润的黄沙咸水，拿起百年前的树段，在这流动的固体表面刻下一道接一道的随性笔画，又看着这些痕迹飞速消逝于沙子和水之间的平衡，面无表情。水平静地上涨，漫过她的脚背，湿了她的裙摆；水逐渐离去，离开她的脚背，离不开她的裙摆。

女孩最后一次站起身，她的背影越来越淡薄，似乎能透过它看清水那边的山，又不禁担心起她不知何时就会完全透明淡去，不留下任何气息。那黄河究竟是不是凶手呢？我也不知道。这时，两个旅行者走过镜头，他们赤裸上身，背着大包，一脸忧愁——噢，这才反应过来我们从来都不是唯一被落在这儿的。镜头突然延展开，我意识到向左右绵延的无数旁人，原来他们一直都在这海边，做着所有人都来海边做的事，嬉戏、冲浪、堆沙，也许他们心里都如同女孩一样向往马尔代夫，却也尽量在此地放低要求找到乐趣，至少是欺瞒自己找到乐趣。风声海声不再是我耳朵能捕捉到的唯一频道，我开始听见孩童的欢声笑语、男人的高谈阔论、女人的细语尖叫——可杂音多了，我又开始怀念蒙蔽双眼时的安宁。再看回女孩，她正向我们挥手，看着我们笑，一如既往；原来女孩从不孤独，黄河从不僻静。仅仅是山水罢了，终究不能改变任何人，都是多情善感的心魔在作祟；但即使是这样，即使所有活人都在喊叫都在吵闹，这份藏在万物底下的毛骨悚然的孤独冷清却还是不知何时趁虚而入，让我喘不过气。

这块地终究还是笼罩着不祥的风水。

别不敢相信毁灭那过分美丽的样子。

这里是不毛大地的终点。

2018.3

没能走完的旅程——《空想集》

本想着倒叙，先把那努力想逃避的坏事结局摆出来，吓一吓总是心怀希望的人——这可不是个如何动人的爱情故事，再没有身着紫色礼裙的公主在塔边垂下金色长发，等待毫无畏惧的英雄史诗般的营救，然后伴着弦乐，骑马消失在夕阳落山的地方；现代都市爱情皆为罗曼蒂克的消亡史，随之代替的只有你追我躲的猫鼠游戏，每个人都拽着对方身后的绳子，想着如何翻出新的花样，殊不知，自己被藏得更深的人坏笑着玩弄，脆弱的脏器外被绕上一圈又一圈的铁丝，随着情感的宣泄而充盈、堵塞、膨胀，最后破碎，由内向外地淌着血，终于两败俱伤——所以最终还是选择从头说起，连同着周围皮肤撕裂时藕断丝连的巨大痛楚，慢慢揭开这个绵长的疤痕，窥探下边那坏死血管般不为美满的时光片段，那趴着抽搐，再也不会伸展的暗红色梦想。

在这几亩地不大不小的地方，十来二十个蒙眼的木偶演员牵起手，指纹盘旋着勾起丝丝缕缕的情与感，掐死青葱岁月里的最后理智，然后织成细密的网，网眼积满懊悔的灰尘，如同幽幽的眼睛，散着狡黠的绿光，悄无声息地潜伏在这静谧的校园丛林中，寻找猎物。然后又不知有一只什么手突如其来，抓住搅拌，把所有那些时间的情景画面熬成浓浓的膏，糊弄过每一张嘴巴。于是，没人再敢提起，没人再敢回忆。永远不会有始有终，开学季就是这番吸引人。

　　九月的第二天，也就是隐僻丛林天堂存在的最后一天，五年来无人接管的时光终将结束。黄杨杉那黄里泛红的薄脆叶片尖叫着被风刷洗下来，张牙舞爪确又无可奈何地在风中破碎，摔在红砖路上，引得缝隙中湿漉漉毛茸茸的小葫芦藓偷笑出了声，挤在一起窸窸窣窣地抖动着，它们虽然地位低下从不被在意，却永远是此类小事情的第一目击者。黄叶残败的部分尸体随即又滑落到一节阶梯之下的黑色粗糙柏油地上——那是新铺的路，说实话，这会儿全是新的。作为一个不及百人的剧组，对于一段段也许感动也许不安的剧本来说，这个崭新的舞台哪里缺少动机，哪里不杀死情愫，哪里不是剧情的开始，哪里不是剧情的终结；又或者，这个故事何曾开始过，也许一切不过是我作为笔者的意淫结果罢了。

　　假装坐着飞机低空全速飞行在这校园上方，看着每一个棋子按部就班地走着早已规划好的路线，还被他们单纯地以为是自己的力量和决定；想着掌握全局，却又想品味当局者迷的快感，所以还不如纵身，不加保护地跌入这故事丛林深处，落在每个演员心里，从他们的唇口窥视世界。

　　虽说实质上毫不相关，但一切似乎都围绕着这栋中心建筑展开，那庄重的黑色教学楼看似充满威严，倒梯形的设计使得建筑上方突出的尖角和四个角落的支柱一起构成骇人的头冠，如同丛林中至高的长者以及象征着它身份的桂冕，它大张着血盆大口般的玻璃门，里边翻腾着反射着银光的咽喉与食道，如同猪笼草唇边分泌的蜜糖一样，引诱着猎物进入。没有人知道进去的人什么时候才会出来，从哪里出来。但它终究也只是一个吓人的摆设，内部通透的支架结构恐怕只能撑得起一颗玻璃心，学校干的可不会是什么吃人的勾当，不是么？虽说这是个被改造的学校，可旧校区的一切影子都在这儿荡然无存，神秘的地下室被装潢工人填埋干净，灌满了水泥石灰石，连同记载着昔日怪事的日记本和传说中的密室。说到头来它的这袭黑衣也不过是这块地的新主人给它的见面礼，前前个月它还是一个无人接手的恐怖毛坯房，缺少眼睛和嘴唇，靠着能干的工人建筑师，这会儿就快能处理第一批食材了。此时离正午十二点还差有两三分钟，斜着的日光慵懒地穿透玻璃屋顶，落在另一边默默无闻的天台上。没有人知道上边究竟发生了些什么，它即将在沉寂数月后苏醒，带来震惊一切的大事件（这是以后的事了），却也因此尘封了两个短发女生和另一个人在这儿发出的叹息；它居高临下，透彻一切，看穿了男孩们的每个小动作，但万幸的是老师早已经将那通往万知的门锁牢（在那件事发生了以后），又多加了一道锁，这才终于不再有人能够登顶，用最高的视野通晓一切。

毗邻着黑色首领的是可人的网球场，一排三个，一共两排，紧紧地依偎在一起，倘若坐着飞机从空中看下去，则只是方方正正的六个方块，仅从里边的白线看出这也许能够用来进行某项运动。说实话，它们不论在哪里都一样，就像 2014 年澳洲说唱歌手伊基阿洁丽雅在《我超美丽》音乐录像带中的那样，就像 1995 年经典的校园电影《独领风骚》里的那样，网球场还能有怎样过多的赘述呢？不论是二十世纪九十年代还是二十一世纪还是更早或者未来，它们永远不会像洛德的歌里描述的那样，只有枉自为王的同伙才会孤身来到这里，傍着日出和名为伤的鸟儿一起癫狂——可这里毕竟是圣梅罗尔苏私立中学啊，我们不会缺乏任何类型的野蛮人。

球场外一周的铁质栏杆方才漆完橄榄绿，也许是为了和周边的绿树绿地相映衬，可谁知现在正处秋天，金黄与红色占据了绝大部分的世界，多余的绿反而刺眼。在栏杆里边还低低地挂起了完全不知道有什么用处的青葱色蛇皮布——也许那本该是躺在地上遮灰尘的，却因为太大的风而被吹到一边的栏杆上，然后蛇皮布又不老实地向上爬，最后粘着挂在了栏杆上吧。围栏上那并不怎么环保的漆还散发着不良的味道，有些还黏在布上，如同七十岁老姑婆那生了霉斑的长裙睡衣，令人皱眉退缩。此刻，那霉绿色的裙子和杆子的交接处上正点缀着秋凉的降霜，可那毕竟是凌晨时刻的产物，眼下只像处在濒死边缘的异种玻璃翼蝶幼虫，微微摆动着晶莹剔透的刺，沾上未干的绿色漆点，毫无生机地从蛇皮纹和弧形平面的空隙间滑落，砸碎在柏油路上，颤抖着缩进掌纹般的裂纹里，只留下更深一度的黑色痕迹，在这清冷的新校园里无人关心。足球场以及红色的跑道在另一条黑色柏油马路的另一边，围着同样款式的败绿睡衣，和网球场相对站着，不论是谁不慎走入其中，都会有误入牢狱看守所的错觉。据说那足球场内的草皮是人造的，和某个联盟杯用的是同款，这倒也好，既保持了四季的常绿，也不会有人再抱怨当坐在草地上读书时，有恼人的小飞虫爬上他的膝盖。因为是工业的产物，那青翠的似草非草被齐刷刷地剪了平头，高傲而均匀地嘲讽着路边发黄萎焉的草——那些货真价实的家伙。不过也难怪它们了，一个月前才离开旧居的舒适草场，被运到郊区，还得冒着当初夏天火热太阳的烘烤，来建设这所什么所谓的贵族学校；可再怎么努力，也改变不了这只是将一所荒废多时的旧校给简单抛光的事实。

学校终究还是学校，所谓教书育人和一切情景戏剧的布景罢了。纵使大修整了一番，连破旧腐朽的下水道都被狠心挖出来，替换上最新最结实的塑料管，那些这儿最老的居民——那些接近参天的大树，却不曾被打搅小憩。大楼前的栗子树早已有 200 年的寿命了，可仍然滔滔不绝地繁衍着无用的长毛的后代，越是秋季越是沉甸，它不耐烦地渴望摆脱身上的累赘；可采摘在校园里是不被允许的，即使是熟透了的，长满了骇人尖刺的板栗团。一旁半枯的黄杨杉不再能耀武扬威，懊恼又羡嫉地瞪着噼啪着果实的同伴，却忽视了那咬紧的牙关和崩坏边缘的颤抖，丝毫体会不到那份压弯枝头的沉重。另一条路边齐齐站着的栎树虽说还没软弱到开始落叶，但在此时这无人的校园里，它们毫无生机，作为靠园艺设计师修剪打理度日的园林树木来说，此刻既没有造型师，又缺少看客，面对即将到来的深秋，它们白白火红了头。这新校园里唯一鲜明显眼的变化只有那完全不可忽略的下沉式广场，也就是在主教学楼的正前面，那儿原本只是枯燥的空地，布满碎石砖和塞满恶劣不知名杂草的缝隙；还好挑剔的设计师在一次又一次的妥协之后最终还是不肯放弃这最后的小心思：于是草皮和花坛拔地而起，拱起了不一的弧度。说是下沉式，其实用上突式描述更为直观——毕竟人们将要走的路还是水平的，只是周边的景上抬了一个层次，但这不代表你变矮了，只是除你以外的标准抬高了。刷上了墙白色的边缘壁从侧面看如同绵延的正态分布，和绿化带一齐构成青一阵白一阵的的单向迷宫，不论拐过哪个弯，最后通达的永远会是那张可怖的玻璃嘴脸。部分外移来的树也被安顿在这里，它们心里虽然恐慌，落光了叶子，只留下光秃秃的枝丫供校园里土生土长的长尾鸟歇脚，却仍和其他对它们另眼相看的原住民同类站得平行，不能在气势上输了任何一分。

无人驾驶的高尔夫车沿路开过，两旁未拉上的透明塑料遮雨帘因车速的过快而被卷着飞起，相互摩擦碰撞发出"呼啦呼啦"的声响，吓走了在黑色柏油路上散步的阔嘴鸟夫妇，它们生气地扑棱着翅膀落在黄杨杉已经没有多少叶片的枝上，这一折腾更使可怜的树失去了所有的黄红宝石，夫妇俩顾不着，歪着脖子朝已经远去的高尔夫车小叫了两声以示不满。无人驾驶的高尔夫车没有因此停下来，依旧抖动着透明翅膀沿地面快速爬行，只有路边此刻不亮的路灯低头木讷地看着它，心中默默计时，算着还有六个半小时就要再亮起来。无人驾驶的高尔夫车转过网球场，车轮无意识地碾碎无数玻璃翼蝶的幼虫，可霉绿色的裙子没理它；它又转过操场，忽视了真假草丛之间的叫骂，可人家也没有理它；接着它放慢车速，两旁的透明翅膀也因此收了起来，服帖地挂在两边，若隐若现似有似无地藏起空无一人的车厢。最后，无人驾驶的高尔夫车驶过教学楼前的下沉式花园，在无叶树木的注视下，径直开往校门口。

2017.6

注：原计划在 2017 年起笔的长篇校园小说《空想集》由于各类原因（凌乱幼稚的题材、不成熟的文风、缺乏完善规划等）不幸夭折。

回国的第二天我就开始整房间了。由于不想浪费任何一天的时间，我通常都是在飞机落地的当天就强迫自己倒完时差。回国前我还在和麦吉聊天，和她讲着我暑假挤满的计划，她说："你别把自己弄得那么忙，都暑假了，要休息放松一下啊。要是我的话，飞回去的第一个星期保准每天都从晚上九点睡到第二天十一点，慢悠悠地倒时差……"但"佛系"过日子实在不符我的态度，我习惯让自己忙碌，觉得只有这样才算没有挥霍光阴。

其实每个假期我都会被父母要求整房间，"把不需要的东西处理掉"，可我通常是在装模作样地做表面工作，只把各类东西换个位置放就算完事。但这一次，借着高中的毕业，我想是时候来一个彻底的清扫了，以宣布一个时代的完结。

一个接一个地打开抽屉，数了数正好十个，从书桌到床头柜，再到五斗柜，里面无一不放满快溢出来的有用无用的杂物。满盒满罐的各类小玩意儿：钥匙扣、徽章、优盘、口琴、塑料玩具、手办、书签、画片、毛绒玩偶，等等，等等；铺满一个大抽屉底部的各类扑克牌、好看的笔记本；贵一点的还有拷贝台、数位板、VR眼镜、不舍得扔掉的 PSP、手表盒。我端起那些颇有几分重量的罐子，手指在里面穿梭，然后从中拿起什么不住地摆弄，继而安静上片刻。回忆就是靠它们承载的啊，灵感也是，尤其是那些还没来得及转化为文字的。我将满盒的藏品倒在床上，眼神从之一流转到另一，每一对视都点亮我心脏的某一处、某一段藏得好深的记忆，某一个故事，甚至某一个人。

我有些害怕。毕竟如果不是又一次地翻到了，我是不会再想起来某某事的；如果我将这些东西处理掉了，我便是真的将那些对应的记忆给撕毁了；扔掉了，我就再也不会有回忆的动机了不是吗？未来是一定会来的，而过去如果不被好好保护，是很容易灰飞烟灭的。

太恋旧了——这也是我从来没能好好整房间的原因吧——觉得遗忘是一件最最可怕的事情，不论那片记忆是多么的单薄、无关紧要。

我看着那张初中毕业合照出神。一个个人脸扫过去，冷汗不自觉地冒出来，因为我发现，这张照片上竟有一半人的名字我叫不出来。不知道我是原本就与他们不熟悉还是仅过了四年，我的脑子就热心地帮我删掉了与他们有关的记忆，那些相比较而言单薄、无关紧要的记忆。

那同理，是不是意味着我在毫不知情时，记忆就消失了！我更加害怕，甚至产生了不愿再整理房间的念头。但，这是成长必不可少的阶段之一啊，总得学会放下过去，将更多的心的容量交给更重要的未来。我已经将这一任务推拖太久，眼看着就要上大学，全新的世界就要用最意想不到的方式吞噬我，我不该再有闲暇顾及身后。只能是现在，我想，再痛苦也得干下去。

可我不是那种会一口气干到底的人，这场大扫除注定会延续好久好久。我翻到哪儿就看到哪儿，再坐上床头想想故事。我翻出了幼儿园时候的大头照、小学初中高中时的证件照，一对比，我只想笑，改变的确是不可或缺的，也通常是令人振奋的。

翻出了一个被埋得很深的盒子，里面装了好多的纸，我把它们拾起来看，上面竟是母亲的笔迹。哦，是那时候啊，我还在小学呢，母亲总喜欢给我写"信"，尤其是在我犯了不该犯的错误时。她会在当面斥责我，然后第二天给我这样一封信，告诉我她是为了我好、她是爱我的。我将这些信放在一旁，它们是需要被永远留下的。

这张初中录取通知书也是，又一次感叹时间流逝之快，转瞬就到了该拿上大学录取通知书，飞向苏格兰的时候了。可我还记得七年前，刚进入那所中学时的兴奋，面对第一次成功我的兴奋与父母的欣慰。我拿出手机拍下它，发给了和我初中同班的，如今最要好的伙伴，她很快回了一个"笑哭"的表情。我问她还留着她的吗，她回答是的。

初中啊，那时的我以为大学、成年、未来都好远，可谁知一不小心就到再不抓紧做出点什么就要被身后的人给超过的年纪了。现在回忆有点可惜，当时毕竟还小还单纯，还没有那么多的奋进精神，初中的三年里我本来可以做更多。

我把录取通知书放在一边，紧接着看到了我在那个时期画的各种"服装"画。太惨不忍睹了！我不禁捂上眼睛，可又耐不住好奇地看了起来。边看我边回想，那时候我还在"服装设计"与"室内设计"之间摇摆不定，便两者都尝试起来：今天语文课上画一条礼服裙，明天科学课上画一个古琴房书房的平面图。难不成我以前竟真给自己定过目标要每天画一张？看着眼前无数的纸片，我又无奈又想笑。如今大学专业应该是正式定下来了，冷门的"戏剧服装"，算是巧妙地结合了我的四样兴趣：设计、文学、音乐、表演，可最后的最后我会往哪一方面发展谁也说不清。

说起艺术，记得在一个抽屉里，我放满了各种工具与材料，大都只用过一点点或者完全没有打开过。五年前从"台湾老外婆"那里买来的超好的棉麻布料我连包装的纸带都没撕掉，那些口金包的配件更是从买来以后就没想起来要去碰；还有各类铅笔、颜料、没拆封的水彩本、炸了毛的国画毛笔、折成小块的宣纸、一大袋的临摹稿，等等。书架上还放着好多的手工书，从布艺到编织到服装打版到刺绣，什么类型都有，却对我什么用处也没有。以前总想着会有空下来的一天去研究，可拖着拖着，我现在意识到，这一天是不会来了。

整理着，把它们依次放进大箱子里，我无声地送别自己的过去，送别还未成年时我那三番四次的跳脱的心思与不成熟。兴趣太多究竟是好事还是坏事？有些人说什么都想试一点，到头来什么都学不好。我想想自己，对啊，我学了那么多，可现在呢，素描画得也就这样，水彩根本还没通，油画更说不上在行，工笔画还就停留在临摹的阶段，其他的手工也不过是三脚猫的功夫；还有艺术以外的方面，今年好不容易古典吉他上了手，古琴却被耽搁了，更别提架子鼓，而我又开始对钢琴产生了兴趣；唱歌写歌表演编剧的事业我最在意，可一点一点磨蹭不知道什么时候能出头；运动之类的总是半途而废，也不知道这个暑假刚开始的街舞会坚持多久；一直想把意大利语学好，但那么多年了，还是在入门的边缘徘徊；茶艺花艺烘焙烹饪在忙碌的如今完全想不出何时能加入行程；微信公众号也处在长久没更新的状态；还有无穷无尽的书等着我去看……合上箱子，我把脑袋放空数秒，然后有了抛开一切什么都别干就全身心投入写作的冲动。

我翻出那一堆初中的作文本，捡起一本打开看。上了国际高中之后，我就再也没有写过应试的作文了，可也就是从那时开始，我真正对写作产生了兴趣。我有些懊悔，认为自己太晚才发现文字的魅力，太晚才进入这个充满幻想与未知的世界，加入这个值得奉献一辈子的事业——可同时我又无比的庆幸，毕竟自己如今连二十岁都还不到不是吗，还在这趟旅程起点的起点啊，更何况，与其他靠青春的玩意比，写作，是不会有"晚了"这一说法的。

我跑去楼下拿来一个大垃圾袋，开始装起那些囤在房间里好几百年的杂货。高中数学项目做的纸质戒指，扔掉；奇趣蛋里的玩具汽车，扔掉；夹娃娃机里夹来的长得像暗杀教室里杀老师的脸的红色圆球，扔掉；兵马俑模型，扔掉；装着过了保修期的维修单的手表盒音响盒，扔掉；香港地区买的手机链，扔掉；美国买的折坏了的明信片，扔掉；雅思考试发的橡皮，扔掉；锁坏掉的字典样子的保险盒，扔掉；玻璃罐装的蛮精致的图钉，可惜没地方用，扔掉……不过说实话，我可不打算扔掉所有的藏品，那也太令人绝望了！最后忍着痛只选择留下二十件，惺惺相惜地用它们代表我人生的第一个二十年。我想着，以后每年多收藏一样，这样到了四十岁便有四十样，把每样上的故事写下来，是一本书；到八十岁，八十样，又多了四十个故事，又是一本书，比三毛《我的宝贝》还要丰盛。

二十岁，十七岁，十九岁，成年。八十岁的人回头看这些年纪简直不足为提，为什么会有人去在意呢？可我就是在意啊。由于小学时休了一年学，再加上国内两年国外两年一共四年的高中，我毕业时，就已经快二十了，而对于大多数人来说，高中毕业意味着刚满十八岁，才刚刚踏进成年人的花花世界。很不甘心啊，不愿承认时间竟这样就过去了，我莫名其妙地就从班里最小的人成了最老的，而当我还是班里最小的人的时候，是不敢去和最大的人玩的。由于不想和这些成年边缘的人产生距离感，我逐渐地开始自称是 2001 年出生的，把自己叫小两岁，就是不愿承认已经成年这一事实。不过有趣的是，外国同学反而更愿意相信我只有十七岁，也许是他们对亚洲脸庞的模糊认知，也许是我在他们眼里真的像一个孩子也不一定。每次听说我其实比他们都要大上两岁时，他们总是一脸的惊愕，张着嘴瞪着眼睛，表示难以置信。

其实，还有个我总想把自己往小叫的原因。本来，我在国内对这方面是没有一点感触的，可国外却有着极大的氛围，那便是"成就"——这是我自作主张创立的概念，非常非常偏激和主观，意思是完成了一些我看来所谓"有价值"的产物，包括创立个人品牌（某意大利同学）、原创歌曲、剧本、小说（太多人了）、国际的比赛（我们学校平均每一届都有一个从世界各地的 The Voice 出来的人）、获得高一级的人际关系、成功的创业等。相比之下，国内的高中生大都被迫着学习考试、考大学，至多往外延伸到考级、奖状、竞赛、社会活动等等（当然这些也是无比重要的），有更多闲的功夫宁愿玩游戏。可要知道，我身边的这一群外国同学，这些未成年的孩子，他们太会想太会做了，让我瞪目结舌。那我呢？我打了个寒战，一转身，什么也没看到，没有"成就"。我感到害怕，虚荣心在身体里大吵大叫：你看看你，比他们都要老，却什么东西都拿不出来，白活了！我害臊得红起脸，又一次唾弃起自己的年龄，又一次想大叫：倘若此时的我是两年前的我，那一切都还来得及不是吗？我和他们还在同一条线上，谁还没多过谁些什么。

可年龄不是靠欺骗别人与自己就能够改变的，现实还是要去面对的。既然那两年回不来了，我就往后冲刺般地补呗；想要"成就"，就抓紧写本书呗。

......

终于快整完房间了，我瘫坐在床上，有一点点的累，更多的是惘然，不知道这下子身体四肢、面部表情和心态该如何去安放。最后我注意到那个藏在书架后面的袋子，一拉出来，发现是三年前去圣马丁夏令营时留下的，上面还有同学的签名与祝福。记得在那里，我和一个住在纽约的哈萨克斯坦女生交过好友，她给我们看过她画的一幅油画，在当时赢得了一个青少年艺术大奖。我边把袋子收进箱子里，边思索着，如今我写了一本书，也终于有能够在别人面前吹嘘的资本了。

2019.6